Mariage blanc à un million de dollars

Table des matières

Chapitre 1

Ophelia

Entonces — Dites-moi, qu'est-ce que Taylor Magnus fait ici ? Ma jupe glissa contre le stuc rêche du mur auquel je m'étais adossée et remonta jusque sous mes fesses. Je ne la rabaissai pas ; ce que l'hôte, très séduisant dans son costume impeccable, ne manqua pas de remarquer. Il s'humidifia les lèvres et pencha la tête dans ma direction, et je compris qu'il était en train de se demander si je portais une culotte.

— C'est la bar-mitsva de la meilleure amie de sa fille. Et vous, qu'est-ce que vous faites ici ? Mademoiselle… Il baissa légèrement la tête pour lire le nom inscrit sur ma carte de presse. Fitzpatrick ?

J'avais appris à ne pas me laisser impressionner ; certaines personnes étaient exceptionnellement douées dans l'art de flairer les pique-assiettes. Je pris une longue inspiration pour apaiser mon stress. — Ça a l'air d'être une sacrée fête. Je travaille pour la rubrique mondaine, vous savez, le trombinoscope du gratin sur des belles pages brillantes. Je lui lançai mon sourire signature, savamment élaboré pour mêler innocence et séduction.

— Coquine ! C'est une fête privée, vous ne devriez pas être là. Je voyais bien qu'il n'avait aucune intention de me faire sortir.

— Pas si je suis invitée. Je me laissai glisser un peu plus contre le mur, faisant remonter ma jupe d'encore quelques millimètres.

— Clara Fitzpatrick, dit-il en jetant un œil à mon badge. Vous êtes juive ?

— Ma mère est juive. Et donc, vous pensez que Taylor a fini par signer la proposition de loi sur l'éducation ? Vous savez, celui qui permettra aux enfants du projet de profiter d'une véritable éducation, avec un accès gratuit à l'université, au logement et à une alimentation ? Je devenais insistante, mais ce type en savait beaucoup plus qu'il ne laissait paraître. J'étais convaincue qu'il s'attendait à mes questions. Il est censé le signer ce soir. Vous n'avez rien entendu à ce sujet ? demandai-je en réajustant sa cravate, qui était réellement de travers. Je veux dire, c'est dans votre résidence privée qu'a lieu la bar-mitsva, et la liste des invités est particulièrement exclusive.

— Et vous, vous pensez qu'il l'a signée ? Il était d'humeur joueuse maintenant et me mangeait presque dans la main. Et plus important encore, qu'est-ce que vous êtes prête à faire pour obtenir une réponse à publier, continua-t-il, laissant glisser sa main sur ma taille, … dans votre rubrique mondaine. Sa voix n'était plus qu'un murmure.

— Tout un tas de choses. Je me léchai les lèvres et arrêtai le trajet de sa main avec la mienne.

— Il ne l'a pas signée. Ses mains se refermèrent plus solidement autour de ma taille pour m'attirer contre lui. Et maintenant, ma petite demoiselle… avant que vous ne divulguiez l'information, j'attends mon paiement. Il me serra encore davantage et je pris un brusque pas en arrière pour me dégager de son étreinte.

— Vous avez toute ma gratitude. Je vous remercie beaucoup. Vous êtes… ouah, vous êtes incroyable. Et cette fête est une réussite ; vous devriez être fier. Profitez bien ! Sur ces paroles, je disparus dans la foule d'adolescents en sueur se dandinant maladroitement au rythme de la musique et s'échangeant de larges sourires métalliques.

Dépêche-toi, juste, dépêche-toi de sortir de là ! Je me répétai silencieusement ce mantra, bavant la fraîcheur de la nuit pour dévaler la rue. Aussitôt en sécurité à l'arrière d'un taxi, je sortis mon téléphone et rédigeai un brouillon de l'éditorial qui dévoilerait que le sénateur n'avait pas signé ce qui constituait jusque-là son projet de loi le plus humanitaire, un jour seulement avant les élections. Puis je l'envoyai à Scott, un ami travaillant au *Times*, qui me rappela dans la minute, tandis que la voiture se rapprochait de mon immeuble.

— Bonsoir, Leah. Tu as des preuves de ce que tu avances ? me demanda Scott, le rédacteur en chef du DC *Times*.

— Tiens, écoute. Je lui fis jouer l'enregistrement de la conversation sur mon téléphone.

— Envoie-moi ton article dans une heure. Il semblait emballé, ce qui était bon signe. Peut-être finirait-il un jour par me recommander auprès des hautes instances du *Times*.

— Je m'en occupe tout de suite. Je raccrochai, puis lança un regard implorant au chauffeur. J'ai besoin de rentrer le plus vite possible. Je ponctuai ma requête d'un large sourire et il accéléra, parcourant plus de trente kilomètres en seulement trente minutes, en plein centre-ville… une prouesse. Gardez la monnaie. Je n'avais que cinq dollars en poche, car en dépit des apparences, j'étais fauchée comme les blés.

Je me ruai dans l'escalier jusqu'à mon appartement, que je trouvai plongé dans le noir ; le signe que mes colocataires étaient déjà couchées. J'allumai mon ordinateur et me mis immédiatement au travail. Mon article n'allait pas être le scoop du siècle. Personne ne s'attendait à ce que cette ordure signe le projet de loi, mais c'est à moi que revenait l'exclusivité de l'annoncer. Je structurai un document de cinq cents mots en un rien de temps, l'envoyai sur la boîte mail de Scott, et reçus dans le même intervalle l'accusé de réception ainsi qu'une notification Venmo m'informant du versement de cinq cents dollars sur mon compte bancaire. Scott allait remanier mon article et y apposer son nom, mais l'argent était là. J'avais obtenu le scoop et étais payée en conséquence. Mon nom n'apparaissait certes nulle part, mais j'étais en train de construire un répertoire et un réseau professionnel solides.

Épuisée, je me traînai jusqu'à la chambre que je partageais avec Harper. En approchant de la porte, j'entendis des voix étouffées et des rires graves masculins. Merde. Jaoquin, le serveur du café d'en face, était encore là. C'était la troisième fois cette semaine. Je tournai mon regard vers le vieux canapé grumeleux, qui provenait en fait de l'Armée du Salut et que nous avions récupéré en fouinant parmi les objets refusés stockés derrière le magasin. Il n'était resté dehors que moins de douze heures et n'avait été rejeté qu'en raison de la couleur vert putride de son revêtement ; des motifs d'abandon qui à nos yeux faisaient de ce canapé un véritable don du ciel. Le seul problème était sa banquette bosselée. J'étalai le plaid que nous utilisions d'ordinaire pour combler les vides et aplanir la surface, abandonnai mes vêtements sur le sol, à l'exception de ma culotte et de mon débardeur, et m'installa tant bien que mal sur le canapé. Peu de temps après, alors que le sommeil me gagnait doucement… commencèrent les réjouissances.

—Oh mon Dieu, oui… Oh oui, oui, oui ! oh… ouiiiiiiiii ! Harper s'époumonait, et les murs se mirent à trembler avec la force de chaque coup que leur assénait ce fichu lit.

Les hurlements duraient depuis maintenant près d'une heure. J'étais à deux doigts de faire irruption dans la chambre, d'attraper le vibrateur qu'elle n'avait jamais admis posséder et de la faire jouir moi-même, si cela allait me permettre d'enfin pouvoir dormir. Le canapé était dur et inconfortable, et les murs, aussi fins qu'inutiles. Et alors que, profitant d'un rare temps mort dans la bande-son de mon appartement, je commençais enfin à m'endormir, les cris reprirent de plus belle. Joaquin le serveur ne valait guère mieux avec ses grognements bestiaux. À croire que ni l'un ni l'autre ne savait comment atteindre l'orgasme. Il m'était déjà arrivé d'entendre leurs ébats de sorte que je savais désormais qu'ils avaient tendance à être longs, mais cette nuit-là était particulièrement navrante. Ils avaient dû fait preuve d'un peu trop de zèle durant les préliminaires et s'acharnaient maintenant vainement. Le temps semblait venu pour moi d'expliquer à Harper que la fièvre était redescendue. Je me demandais comment Eliza parvenait à dormir malgré le bruit. Disposer de sa propre chambre dans un grenier aménagé à l'autre bout de l'appartement, armée d'une multitude de boules Quies de taille abracadabrante, avait ses avantages. Je me mis à imaginer différentes façons de m'introduire dans sa chambre à la place de celle d'Harper, mais je ne la connaissais que depuis quelques mois.

Après avoir obtenu ma licence de journalisme à l'Université du Maryland, je n'avais eu aucun endroit où aller, hormis la ferme de homards que tenaient mes parents dans le Maine. Ma mère avait été prête à m'accueillir à la maison à bras ouverts. En plus d'être le lieu de naissance de Stephen King, le Maine avait beaucoup à offrir ; mais pas à la journaliste que j'étais alors, et rien ne venait jamais secouer notre petite ville endormie… Je n'étais pas intéressée par la chasse aux histoires fallacieuses ; je n'avais pas choisi une option anthropologie à l'université sans raison. Mon souhait était de raconter la vie des gens dans un souci d'amélioration sociale, mais cela signifiait parfois devoir exposer les failles de notre système. Washington DC m'avait paru être le lieu idéal, car il y régnait une rage contre l'humanité qu'on ne trouvait pas ailleurs. C'était en tout cas pour cette raison que je m'étais retrouvée devant l'appartement d'Harper six mois auparavant.

J'avais rencontré Harper en colonie de vacances lorsque j'avais douze ans, et nous étions meilleures amies depuis. Toutes deux avions des parents attentionnés, étions filles uniques et mues par un désir brûlant d'évasion. Enfants, nous avions l'habitude de passer la nuit à la belle étoile dans le jardin et d'élaborer des plans pour le futur, loin du Maine, de ses habitants et, bien que le plus grand nombre les apprécient pour leurs vertus culinaires, loin des homards. Mes parents adoptifs s'occupaient d'une petite ferme et vendaient leurs homards en gros. J'avais passé toute mon enfance en compagnie de ces tristes créatures, si bien que lorsque Harper m'annonça qu'elle s'était trouvée un appartement à Washington, je saisis ma chance de quitter le Maine et de mettre de la distance entre les homards et moi. Elle me laissait utiliser son canapé et lorsqu'elle ne s'envoyait pas en l'air avec Joaquin, le serveur sexy qui travaillait juste en face au café The House, elle s'efforçait tant bien que mal de mettre son diplôme en science politique à profit.

J'étais d'ordinaire autorisée à profiter de son lit king size, mais les soirs où Joaquin venait lui rendre visite, j'étais reléguée au canapé. Inutile de dire que les conditions étaient loin d'être idéales. J'étais plus que prête à expérimenter une qualité de literie supérieure et de passer des nuits décentes. J'abandonnai finalement l'idée de trouver le sommeil, submergée par le torrent de « oui » en provenance de la chambre, et décidai de rechercher un scoop à me mettre sous la dent. Durant mes années de fac, j'avais lu un article sur Reddit décrivant la meilleure façon d'infiltrer une conférence de presse. L'auteur allait jusqu'à exposer étape par étape les instructions pour contrefaire les documents permettant d'accéder à l'hébergement ainsi qu'à certains avantages, tels que les buffets gratuits et les paniers garnis. Tout ce que j'avais à faire, c'était de prétendre être une assistante à la recherche de la liste des participants à l'évènement afin de confirmer l'attribution de leurs chambres. Si on me répondait à l'accueil que quelqu'un s'en était déjà chargé, il me suffisait de grommeler et de me plaindre de mon patron. Je n'avais ensuite qu'à appeler la société en me faisant passer pour un employé de l'hôtel censé vérifier la liste des participants. S'il s'avérait que l'un d'entre eux ne pouvait être présent, je devenais cette personne. J'avais un jour été Fred Sautermeier et personne n'avait sourcillé.

— Fred ? avait demandé la réceptionniste.

— Fredericka, avais-je clarifié, et c'était gagné. J'avais même à l'appui un permis de conduire affichant mon faux nom en toutes lettres. Ni vu ni connu.

L'heure tardive m'empêchant de contacter les hôtels, j'entamai des recherches préliminaires afin de trouver un évènement à cibler. Je tirai rapidement le gros lot en découvrant la programmation d'une soirée de lancement d'une nouvelle cave et de son vignoble. L'ouverture de ce type de business n'était peut-être pas un terrain fertile pour les scandales, mais celle-ci avait lieu dans une chambre d'hôtes magnifique du Rhode Island, et la prépondérance de célébrités politiques sur la liste des invités suggérait qu'il se tramait autre chose.

Je jetai un œil par la fenêtre et aperçus la Maison Blanche au loin. Je n'avais personnellement aucune ambition politique, mais j'appréciais énormément de vivre au cœur de cette frénésie qui vacillait continuellement entre la dépravation la plus totale et un humanitarisme saisissant. Une ville exaltante, pleine de contradictions. J'étais terrifiée, quoique ravie d'y avoir un rôle à jouer. Il s'agissait maintenant de dormir suffisamment pour être en mesure d'accomplir ma mission le lendemain. Je repris ma place sur le canapé, satisfaite du calme que l'orgasme d'Harper avait permis ; à en croire les légers ronflements qui parvenaient jusqu'à mes oreilles, tous deux s'étaient enfin endormis.

La sonnerie du réveil de mon téléphone m'extirpa du sommeil que j'avais fini par trouver et me catapulta presque sur le sol. Je profitai d'être la première réveillée pour utiliser la douche et prendre le temps nécessaire pour me préparer. Sans prétention, j'étais consciente d'être une jolie femme. J'avais un corps musclé, que j'entretenais en faisant de la marche, de la danse et tout un tas d'autres activités. J'arborais une coupe courte à la garçonne, mettant en valeur des yeux verts que je tenais de ma mère. Cette dernière m'avait nommée Ophélia, en hommage au personnage shakespearien de sa tragédie préférée. J'avais ce prénom en horreur, si bien qu'après le décès de ma mère, j'exigeai de tout le monde, à commencer par mes parents adoptifs, qu'ils m'appellent Leah, en espérant pouvoir abandonner une bonne fois pour toute l'atrocité dont ma mère biologique m'avait affublée.

Je quittai la salle de bain rafraîchie, vêtue d'un haut décolleté assorti à une jupe que j'avais choisie bien trop courte. Il était impératif que j'accède à l'avant de la queue, et ma tenue dégageait un sex-appeal qui me permettrait de fendre la foule tel Moïse la mer Rouge. La politique demeurait un terrain de jeu masculin, et j'allais l'infiltrer avec une stratégie d'attaque qui serait visible aux yeux de tous.

— Nom de Dieu, s'exclama Joaquin en sortant torse nu de la chambre d'Harper.

— Il semble un peu tôt pour le blasphème, Joaquin… Je rétorquai sur un ton faussement sec.

— Vous êtes la fille avec le chignon négligé qui dort d'habitude sur le canapé, non ? Enfin, c'était le cas hier en tout cas.

— C'est bien ça ! Je marquai une pause en balançant légèrement mon corps d'avant en arrière, puis attrapai mes affaires.

Mes recherches de la veille m'avaient permis de découvrir qu'une certaine Virginia Sayles avait fait une réservation à la chambre d'hôtes Coastway Seaside ; mais un coup de téléphone auprès du journal pour lequel elle travaillait m'informa que son fils lui avait gracieusement transmis la grippe. « Virginia Sayles » portait donc une tenue dévastatrice, prête pour son expédition au Coastway Seaside et, plus important encore, pour le délicieux scoop qui l'attendait à la soirée de lancement ! JoBob Rails avait confirmé sa présence et cette information seule valait la peine de faire l'effort de s'y rendre. JoBob était un milliardaire toujours ravi de créer la controverse et qui, selon la rumeur, envisageait de se présenter aux prochaines élections présidentielles. Il trempait dans de nombreuses affaires si bien que personne ne savait véritablement comment il faisait fortune. Il possédait plusieurs immeubles et quelques têtes de bétail, mais rien d'autre susceptible de lui rapporter un milliard de dollars et de lui ouvrir l'accès à la présidence. J'étais donc prête ; tout ce qu'il me restait à faire, c'était d'appeler un Uber, de me pointer dans le Rhode Island et d'enfin le rencontrer.

— T'es super bonne comme ça, me fit savoir Joaquin, tandis qu'Harper sortait à son tour de la chambre, en débardeur et pantalon de pyjama.

— J'imagine qu'Harper est ravie de te l'entendre dire, mais je te remercie du compliment.

Joaquin se tourna vers Harper, l'air coupable. — C'est juste que… d'habitude elle est toujours tellement débraillée. Je faisais simplement un commentaire en passant. Faire amende honorable semblait avoir un petit goût d'amertume.

— Tire-toi de là ! Harper ne lui accorda pas une minute de plus. Elle avait toujours été impulsive et ce genre de situation était devenu monnaie courante entre les deux. Elle allait finir par se calmer et les hostilités pourraient alors reprendre.

— Qu'est-ce qui se passe ici ? Eliza émergea enfin de son antre, l'air reposé quoiqu'encore somnolente.

— Joaquin allait partir ! répliqua Harper, en le transperçant du regard.

— Et Harper dramatise, comme d'habitude, dit-il en empoignant son sac avant de prendre la porte. On se voit demain soir.

L'idée me fit grincer des dents.

Eliza attendit qu'il ferme la porte pour commenter. — C'est un mec, donc il pense avec sa queue. Leah est jolie, c'est tout. Lâche-le un peu. Qu'est-ce que tu peux être grave parfois. Eliza s'assit au petit bar de la cuisine et se servit une tasse du café que j'avais fait couler quelques minutes plus tôt.

— Pickle, tu n'as pas grandi avec elle. Elle m'a volé tous mes petits copains. Harper, qui fulminait encore, se laissa tomber sur la chaise à côté de moi. Sans faire exprès, je sais bien, mais quand même…

— Harper, tu es superbe, et je ne t'ai volé aucun de tes mecs. Il s'avère juste que tu n'es intéressée que par les crétins. C'est le cas de Joaquin notamment, et tu le savais avant d'accepter de sortir avec lui. Il y a de fortes chances qu'il soit en ce moment en train de refiler gratuitement des muffins à des clientes dans l'espoir d'en charmer une ou deux. Tu es simplement déçue d'avoir eu à te la coller derrière l'oreille ce matin. Je saisis la tasse de café froid que j'avais oublié m'être versée.

— Oui, c'est vrai. Quoique je ne suis même pas sûre d'en avoir vraiment eu envie. Il m'a dit qu'il était prêt à s'engager dans une relation sérieuse, par quoi il veut probablement dire qu'il est prêt à arrêter de soudoyer les filles avec des muffins ; le problème, c'est que… il ne me plaît pas tant que ça. Je veux dire, est-ce que les hommes finissent un jour par grandir ? Voilà, on y arrivait. Je pense qu'il est temps que je m'avoue que je suis simplement en train de chercher une excuse pour me débarrasser de lui. Excuse-moi de m'en être pris à toi, Leah.

— Je ne sais pas si les hommes finissent par grandir, mais ce que je sais, c'est que je suis prête à être ton punchingball verbal quand tu en as besoin. Tout va bien, ma poule. Je lui fis un grand sourire en gage de confirmation.

— Je pense que les mecs grandissent quand ils deviennent pères, ou peut-être que le magicien décide de leur donner du courage, un cœur et un cerveau. Ça arrive en tout cas. Et Joaquin est trop beau pour que tu le lourdes. Tu devrais attendre un peu, c'était juste un commentaire, lança Liz.

— On verra bien. Je n'ai pas encore pris de décision. Enfin bref, alors comme ça Leah, tu comptes encore t'incruster dans une petite sauterie entre gens de la haute ? C'est pour ça que tu t'es mise sur ton trente-et-un ? Harper était enfin en train de retrouver son calme.

— Exact. JoBob Rails sera là, leur révélai-je, impatiente d'entamer ma mission.

— Il se passe tellement de choses intéressantes et imprévues dans ta vie, déclara Eliza, l'air rêveur.

Elizabeth Piquel était la colocataire d'Harper. Elles vivaient ensemble depuis leurs années à l'université et étaient devenues de très bonnes amies. Elizabeth et moi nous entendions très bien, mais n'étions pas aussi proches l'une de l'autre. J'étais ravie qu'Harper, à qui il arrivait parfois d'être intense, ait quelqu'un comme elle sur qui compter ; quant à moi, j'appréciais de pouvoir lui parler d'Harper. Bien sûr, pas pour dénigrer, mais pour l'aider lorsqu'elle piquait une colère. Par-dessus le marché, Eliza était ravissante, douce et adorable… parfois presque trop. « Pickle », c'était le surnom que nous lui donnions pour le simple plaisir de l'agacer. Son nom de famille était français et se prononçait « pick kale », mais nous adorions la taquiner avec. Elle trouvait en outre son prénom trop banal et préférait ainsi qu'on l'appelle Eliza.

—Hum… ok. Il ne se passe rien de particulièrement intéressant ni d'imprévu dans ma vie, mais c'est peut-être sur le point de changer… qui sait ? En tout cas, les chambres sont chouettes, regardez-moi ça. Je fis pivoter mon ordinateur afin que les filles puissent admirer la suite attribuée à Virginia Sayles.

Mon cœur s'emballa à l'idée du coup que j'avais fomenté. J'avais hâte de boire du vin en excès et de profiter du calme, installée dans les draps moelleux du lit à baldaquin de la photo.

— Appelle-nous s'il se passe la moindre chose parce que ça m'a l'air dangereux, ton affaire. Harper était toujours la plus sceptique d'entre nous.

— C'est mon premier casse journalistique, au lancement d'un vignoble dans une chambre d'hôtes snobinarde, je ne vois pas comment ça pourrait mal se passer. Je voyais pertinemment comment les choses pouvaient mal tourner, mais je m'en moquais… l'aventure était bien trop grisante.

— Voyons voir, tu pourrais te faire arrêter par la police et jeter en prison, ou finir violée par un politicien pervers… commença-t-elle, et je sentis mon anxiété poindre.

— Ou peut-être que je vais rencontrer un journaliste, jeune et fringant. Ou un milliardaire, pourquoi pas. Arrête de voir le verre à moitié vide. Si je me débrouille bien, on aura du vin à la pelle. Sur ces mots, je sautai de mon tabouret en direction de l'imprimante pour y ramasser mes références et les plastifier avec la machine que j'avais achetée spécifiquement pour ce type d'occasion. Après avoir fini mon café et dit au revoir aux filles, je pris place dans mon Uber, direction le Rhode Island. Le voyage, qui fut relativement court, me permit de réfléchir. Je n'aimais pas l'idée de dépenser de l'argent sur une voiture de luxe, mais il me fallait soigner mon image.

Mon ambition seule me permettait de ne pas laisser le stress me submerger. J'avais voulu être journaliste depuis toujours et pour réaliser mon rêve, il me fallait parfois prendre des risques. Je n'avais aucune envie de me poser et de m'enfermer dans un train-train ennuyeux ; je préférais vivre à toute vitesse et m'accrocher en espérant ne pas tomber. En arrivant à l'accueil, j'étais survoltée et prête à passer à l'action !

— Virginia Sayles, du Delaware Daily Press, lançai-je d'un air nonchalant, presque pédant.

— Bienvenue, Mme Sayles. Puis-je vous demander une pièce d'identité ? La réceptionniste me sourit chaleureusement et je lui tendis mon permis de conduire fraîchement imprimé. Merci, dit-elle en prenant ma carte. Il semble que votre chambre et faux frais aient été pris en charge ; j'ai juste besoin d'une signature. On ne peut plus simple… Je m'étais entraînée à imiter la signature de Virginia Sayles toute la matinée et fut satisfaite de produire un gribouillis passable.

La réceptionniste me remit les clés et je pouvais maintenant prendre possession de ma suite, de son glorieux lit king size et de son délicieux panier garni dans lequel j'apercevais plusieurs bouteilles de vin, une sélection de fromages, de fruits, de noix… le paradis ! J'étais apprêtée, sur le point de siroter des cocktails en milieu de journée… à ce-moment précis, la vie n'aurait pu être plus agréable. Je pris quelques profondes respirations, étirai mes muscles tendus par le voyage et me mis en route vers la réunion, ma toute nouvelle carte de presse en main.

Puisque j'étais la seule journaliste du Delaware Daily Press présente, je n'avais pas à m'inquiéter de tomber sur qui que ce soit. Je pouvais déguster mon vin et aller à la pêche aux informations en toute quiétude. J'arrivai dans une salle encore presque déserte, mais les invités déjà présents formaient une sorte de petit club des personnalités les plus riches et les plus influentes de la côte est. J'attrapai un verre de Pinot Noir ainsi qu'un petit four, un *tea sandwich* fourré au caviar et au fromage frais… miam. J'en avalai sept d'affilé, et alors que j'étais sur le point d'en engloutir un huitième, un homme d'une cinquantaine d'années en costume couleur crème m'interrompit.

— Alors comme ça, vous êtes du Delaware Daily News ? demanda-t-il, l'air sceptique. Intéressant. Je ne pensais pas que le Delaware Daily se préoccupait des affaires culturelles.

L'espace d'un instant, je crus que ma couverture était compromise, mais par chance, j'avais lu plusieurs publications du Delaware Daily News au cours de mes recherches en préparation de la mission. — Notre rubrique mondaine est un peu maigre ces temps-ci, et il s'avère qu'il y a du beau monde aujourd'hui. Sans compter que le vin est délicieux. C'était vraiment l'évènement à ne pas manquer. À court d'arguments, je lui fis un signe de la tête avant de m'éloigner avec mon amuse-bouche au caviar.

Ma prochaine rencontre fut celle d'un homme dont l'allure hurlait « je suis un politicien », des cheveux parfaitement coiffés au costume et chaussures de luxe, sans oublier le sourire carnassier.

— Vous avez goûté le Malbec ? Il est divin. Il laissa courir ses yeux le long de mon corps, et je décidai alors de jouer le jeu.

La meilleure façon d'obtenir des informations était d'entamer une conversation sur fond de séduction. Les hommes étaient toujours d'humeur dragueuse à ce type d'événements et, pour une raison ou une autre, j'avais tendance à attirer leur attention. J'inclinai légèrement la tête sur le côté, transférai mon poids sur une jambe pour créer un léger déhanché et me penchai vers lui.

— Vraiment ? Je ne l'ai pas encore goûté. Je levai les yeux lentement vers les siens, qui étaient grand ouverts.

— Une minute, je vais vous en servir un verre, proposa-t-il, tandis que je m'humidifiais les lèvres en m'efforçant de rendre subtile ma provocation.

En attendant qu'il revienne avec le vin, je parcourrai distraitement la salle et trouvai Asher Davis, le milliardaire le plus puissant de Washington DC, les yeux rivés sur moi.

Chapitre 2

Asher

Je n'avais vraiment aucune envie de faire la route jusque dans le Rhode Island et encore moins pour assister à un attroupement d'œnologues du dimanche prétentieux, mais JoBob, mon plus gros client, m'y avait invité. Il était sur le point d'investir plusieurs millions de dollars dans l'achat d'espaces de stockage, matériels et numériques, à ajouter à ceux qu'il possédait déjà. Le montant des nouveaux comptes était encore à déterminer, et pourtant il avait déjà effectué un versement important pour bénéficier de l'efficacité de notre système de sécurité. Dans l'univers de JoBob, la sécurité signifiait préserver les choses telles qu'elles étaient, sans remise en question d'aucune sorte.

J'avais d'abord créé SAFE, mon entreprise de logistique et de stockage, en tant que *one-stop-shop* pour tout besoin de déménagement et d'entreposage. Je disposais de bateaux dédiés à l'expédition, d'entrepôts pour le stockage de produits, de *clouds* pour le stockage informatique, et je pouvais faire disparaître n'importe quoi… littéralement n'importe quoi !

Mon secteur d'activité surfait sur la ligne de crête de la légalité, mais les cas potentiels de corruption ne remontaient jamais jusqu'à mes oreilles. C'était là tout l'avantage de ce type de business ; tant que mes clients réglaient les factures, je pouvais détourner la tête et tout ignorer. Ça m'était complètement égal. Vous aviez besoin d'un espace de stockage souterrain réfrigéré ? Moyennant une somme importante, vous l'obteniez, sans comptes à me rendre. Stockage virtuel, chiffrement, dissimulation d'argent ou de corps… Tout était envisageable. J'avais engagé une équipe chargée de s'assurer que nous respections le cadre légal, mais rien ne pouvait me garantir que mes clients étaient aussi soucieux de la règlementation. Une part conséquente de mes effectifs s'occupaient des tâches les plus conventionnelles, SAFE étant d'abord une entreprise publique qui offrait des services à la communauté à des prix raisonnables. Les opérations d'ordre plus privé s'effectuaient à huis clos, lors de réceptions de type lancement de vignoble. Ma présence ici était donc nécessaire.

J'étais venu accompagné histoire de profiter du cadre pour me divertir un peu. Carrie Witshaw était absolument incroyable au lit. Pour être franc, je n'étais même pas sûr de vraiment l'apprécier pour d'autres raisons que ses prouesses sexuelles. Étant donné qu'il y avait peu de chances que je rencontre quelqu'un pour une nuit torride à un événement comme celui-là, j'avais donc décidé d'y traîner Carrie. À ma grande surprise, je me retrouvai à dévorer des yeux une magnifique brunette qui venait d'engouffrer son troisième sandwich au caviar… Soit elle n'avait que rarement l'occasion de se délecter de produits de luxe, soit elle était affamée. Je profitai de ce que Carrie s'affairait au bar pour l'observer. Elle avait des jambes interminables et une poitrine parfaitement ronde qui semblait m'appeler. Qui diable étaient-elle ? Il fallait que je sache.

Après l'avoir observée suffisamment longtemps pour établir que la voie était libre, je fis mon entrée.

— Ça a l'air bon.

Je lus d'abord sur son visage la surprise, qui s'évapora à mesure qu'elle mâchait son sandwich. — C'est délicieux. Je n'ai rien avalé depuis tôt ce matin, donc j'en profite.

Ce sourire ravageur… Je commençais à regretter d'avoir invité Carrie. Finalement, je n'aurais pas dû sous-estimer la faune que pouvait attirer ce genre de réception. — Je m'appelle Asher, dis-je en lui tendant la main.

Elle la serra, une lueur dans les yeux. — Virginia.

Je déchiffrai les informations sur sa carte de presse ; elle travaillait pour un petit journal sans trop de valeur, mais il était hors de question que je passe à côté de ce qu'une telle créature avait à offrir. Peut-être devrais-je envisager de renvoyer Carrie chez elle. Virginia ne portait pas d'alliance à son annulaire.

— Dîtes-moi, Virginia… vous êtes amateur de vin ? demandai-je d'une voix suave, en espérant qu'elle y décèle le sous-entendu.

— Tout à fait. Elle redressa le dos, me présentant du même coup sa poitrine parfaite, involontairement peut-être, mais il me semblait que cette femme était pleinement consciente de la manière dont elle affectait les gens autour d'elle.

— Vous avez une chambre ici ? Ma question était osée, d'autant plus que j'avais déjà de la compagnie.

— C'est exact. Elle pencha la tête sur le côté, amusée, un petit sourire au coin des lèvres. Mais je suis ici pour le vin.

C'est le moment que choisit Martin Schmoard pour s'approcher d'elle, un verre généreusement rempli d'un vin rouge foncé. Votre Malbec, mademoiselle, annonça-t-il en exécutant une ridicule petite révérence.

Ah non alors ! Il n'était pas question que je laisse ce vieux fou me devancer.

— Marty ? Du vin ? Vraiment ? L'humiliation était toujours la meilleure stratégie à adopter. Je croyais que ta femme y était allergique. Qu'est-ce que tu fabriques à jouer les serveurs ? Je fronçai un sourcil dans un effort pour exagérer mon air faussement confus.

Les nuances de rouge qui illuminèrent son visage peignirent un tableau saisissant de sa défaite. Virginia n'afficha aucune expression en réaction à la joute verbale qui se déroulait sous ses yeux ; une vraie professionnelle. Avec ce corps, elle avait probablement dû apprendre à faire face aux avances d'hommes mariés. Elle leva son verre vers lui.

— Au Malbec. Merci pour le vin ; il est délicieux. Elle fit un pas pour s'éclipser, mais je n'allais pas la laisser partir comme ça.

Je jetai un coup d'œil en direction de Carrie et l'aperçus en train de me chercher parmi les invités. Je n'avais que peu de temps pour agir.

— Vous êtes vraiment là pour le vin ? Je me plaçai devant Virginia pour l'empêcher de s'enfuir.

— Oui. Pourquoi, pas vous ? rétorqua-t-elle sur un ton espiègle.

— Je pense qu'il y a bien plus intéressant ici que du raisin fermenté, répondis-je, en faisant allusion aux illustres membres de l'assistance. Peut-être un scandale politique ou deux ?

— Si vous faites référence au fait qu'un éminent sénateur marié du Massachusetts vient de tenter de me séduire, ce n'est pas ce que j'appellerais un scandale.

Est-ce qu'elle venait vraiment de me repousser ? *Moi* ?

— Un candidat potentiel à la présidence dans ce cas ? Je dirigeai mon regard vers JoBob, occupé à faire le tour des invités.

Si elle était vraiment journaliste, elle mordrait à l'hameçon, convaincue qu'elle y trouverait quelque chose à se mettre sous la dent. Mon plan était de la cuisiner jusqu'à ce qu'elle laisse échapper une information que je pourrais utiliser. Carrie revenait vers moi avec deux verres. J'avais été dans des situations bien plus compliquées. Tout ce dont j'avais besoin, c'était du numéro de la chambre de Virginia. À partir de là, ce serait du gâteau.

— Te voilà enfin. Je t'ai cherché partout. Tu es probablement la seule personne ici qui préfère un Scotch à un verre de vin. La préoccupation dans la voix de Carrie m'agaça. Elle ne s'en doutait pas, mais j'étais à deux doigts de la renvoyer chez elle, elle et sa fichue attitude possessive.

— Bonjour. Moi c'est Carrie, la petite amie d'Asher. Et vous êtes ? Elle fusilla Virginia du regard.

Je la débarrassai de mon verre. — Ma *petite amie*, Carrie ? Ce n'est pas un peu exagéré ?

Virginia laissa simplement s'échapper un rire léger. — Passez une bonne soirée ! Elle leva son verre vers moi, puis disparut dans la foule.

Merde !

— Tu peux m'expliquer ce qui vient de se passer ? Carrie semblait furieuse.

— Ça ne te regarde pas. Je m'efforçai de garder un air décontracté.

— J'ai compris, on n'est pas ensemble, mais franchement, Ash, draguer cette fille devant moi, c'est de mauvais goût. Elle tremblait de colère et avala son verre de Chardonnay d'une traite.

— Qu'est-ce que tu crois qu'il se passe entre toi et moi ? demandais-je d'un air détaché. Qu'est-ce que tu attends de moi, au juste ?

— Je... Je... Elle ne pouvait se risquer à vocaliser ses désirs, car elle savait que je n'étais pas sur la même longueur d'onde et qu'elle n'obtiendrait rien de moi.

— Voilà, exactement. On s'amuse ensemble, rien de plus. Si tu te plais à imaginer que ça ira un jour plus loin, tu vas être vraiment déçue quand je t'enverrai valser. Les relations sérieuses, ce n'est pas pour moi, ni avec toi ni avec elle. Estime-toi heureuse que vous soyez toutes les deux dans le même bateau. Pour l'instant, je ne suis pas encore lassé de ta petite chatte, mais au-delà de ça... il n'y a pas grand-chose qui m'intéresse chez toi. Je terminai en sirotant mon Scotch, et elle en profita pour me jeter le reste de son verre en plein visage.

Ce qui m'amusa beaucoup, d'abord, parce que son verre était presque vide, mais également parce que je considérais qu'au vu de mon attitude de crétin, je l'avais bien mérité.

— Je te déteste, Asher ! lâcha-t-elle, les yeux remplis de larmes.

— Ça ne m'étonne pas. Tu attendais de moi quelque chose que je refuse de donner. Je t'ai dit dès le départ que je n'étais intéressé que par les parties de jambes en l'air et une infime partie de toi s'est mise en tête de me guérir, de me changer, de faire de moi un homme meilleur, mais je ne suis pas quelqu'un de bien. Je suis le diable incarné, et pour tout dire, ça ne me déplaît pas. Donc, deux choix se présentent à toi. Ou tu t'accroches et je te fais grimper aux rideaux dès que j'ai sécurisé mon plan B, ou tu rentres chez toi pour lécher tes plaies en solitaire. Mon sourire en coin me valut une gifle en pleine figure.

Une gifle qu'aucune personne présente dans la salle de réception ne manqua.

— Tu es un monstre, Asher Davis ! s'égosilla-t-elle.

— Ce n'est une nouvelle pour personne. Tout bien réfléchi, appelle un taxi, mets ça sur ma note et je te souhaite de passer une vie agréable. Je lui tournai ensuite le dos, espérant ne jamais avoir à la recroiser de ma vie.

J'entendis le bruit de ses reniflements s'évaporer à mesure qu'elle s'éloignait ; bon débarras. Je n'avais que faire de son cinéma. Les invités continuèrent de me fixer pendant quelques minutes, puis reprirent leurs conversations. Virginia était la seule personne qui m'intéressait vraiment et elle ne m'épargna qu'un regard par-dessus l'épaule en continuant d'échanger avec un autre politicien. Les interrompre était une mauvaise idée ; je décidai donc de ne pas insister pour le moment et de me mêler à la foule des charognards de la politique en attendant de pouvoir retenter ma chance avec elle.

Le plus gros piranha de la réception semblait avoir terminé de socialiser avec les autres poissons et se dandinait enfin dans ma direction. Je m'en moquais éperdument ; il y avait suffisamment de personnes à qui parler et j'étais tout aussi riche, si ce n'est plus riche, que JoBob Rails. Je me fichais pas mal de tout. Il n'avait encore signé aucun contrat ; je m'étais donc assuré de les emporter avec moi dans une sacoche que j'avais laissée avec mon manteau. Je n'avais besoin que de quelques secondes de son temps ; ainsi, lorsque JoBob se rapprocha de moi, s'arrêtant occasionnellement pour échanger un mot ou serrer une main, je m'arrangeai pour me mettre en travers de son chemin.

— Jo ! Je l'interrompis en lui emboitant le pas.

— Davis ? Comment osait-il prendre un air surpris.

— Je ne vous embête que quelques minutes. Je ne me dégonflai pas ; ce n'était pas mon genre. Mais JoBob imposait le respect.

Il inspirait une crainte qui n'était due qu'à son attitude présomptueuse. Il n'avait jamais rien accompli de particulièrement notable et devait sa renommée à sa tendance à écraser les autres pour accéder au pouvoir et à avoir recours à des moyens de persuasion qui s'avéraient pour la plupart criminels. C'était soit un génie empoté, soit un idiot criminel ; dans les deux cas, il était toujours à deux doigts de finir derrière des barreaux et malgré tout, il allait se présenter aux élections présidentielles. Il avait la police et les juges dans la poche, et n'hésitait pas à faire passer ses pots de vin pour des financements dédiés aux services et centres d'aide de la ville. Il avait un cœur de la taille d'un microbe, mais son écran de fumée était si épais qu'on aurait pu penser qu'un dieu se dissimulait derrière. Je me moquais pas mal de l'étendue de sa corruption ; tant que ses billets étaient verts, j'étais preneur.

— C'est ce que tout le monde dit, rétorqua-t-il, sur le ton blasé qu'il utilisait généralement pour envoyer promener ses interlocuteurs.

— Écoutez, j'ai d'autres acheteurs sur le coup. Je peux libérer l'espace, ça n'a aucune importance pour moi, mais vous en revanche, il semblerait que vous en ayez besoin. Vous avez dépassé la date limite hier. Je sais que vous êtes occupé et c'est pour cette raison que j'ai apporté les contrats avec moi. Si nos conditions d'anonymat ne vous conviennent pas, ce n'est pas un problème. Encore une fois, j'ai d'autres acheteurs potentiels qui sont intéressés. Moi aussi, je pouvais jouer les durs. Je n'allais pas me laisser faire.

— Pas la peine de monter sur vos grands chevaux. Je les signerai ce soir. Il me donna une petite tape sur l'épaule et continua à avancer.

— Vous les signez maintenant ou pas du tout, je déclarai calmement à voix basse, mais je savais JoBob m'avait entendu.

Je jetai un œil en direction de ma chère Virginia, curieux de découvrir si elle avait suivi la scène de loin, et je la trouvai effectivement les yeux rivés sur nous. Parfait. Dès que cette situation avec JoBob était résolue, j'avais un autre type d'affaire à conclure.

JoBob se retourna vers moi, le visage déformé par la colère ; je le tenais à la gorge et il le savait. — Je vous rejoins en salle de conférence, siffla-t-il, et sans un mot de plus, je partis chercher les contrats avant de me diriger vers la petite salle adjacente à l'entrée principale. Sans surprise, à l'instar des autres pièces de cette chambre d'hôtes pittoresque, les murs aux nuances de bleu et de blanc accueillaient de nombreux tableaux de bords de mer. L'atmosphère y était presque trop joviale pour la nature de la transaction sur le point d'être accomplie.

Je savais pertinemment qu'il avait caché l'argent gagné sur le compte d'entreprises clandestines et sans doute également en se livrant à des activités de contrebande, sachant qu'il était question dans notre deal de tours d'immeubles au Brésil. Tout dans notre accord était louche, et pour un homme sur le point de devenir candidat à la présidence, il était impensable que des rumeurs courent à ce sujet. C'est pourquoi il exigeait une sécurité optimale.

— À quoi vous jouez, bordel ? s'écria-t-il en se ruant vers moi dans la petite salle, avec toute l'attitude de crétin prétentieux pour laquelle il était réputé.

— Au chef d'entreprise, et je ne suis pas là pour rigoler. Vous, en revanche… Je lui tendis les contrats truffés de petits marque-pages adhésifs indiquant les endroits où il devait signer.

— Je voulais négocier davantage, souffla-t-il, conscient du ridicule de la notion à ce stade de l'opération.

— Pas question. Voilà le contrat. À prendre ou à laisser.

Il grommela quelques mots inintelligibles, mais n'insista pas.

L'affaire était pliée en dix minutes et je remarquai qu'il devenait soudainement plus agréable. — Vous me plaisez, Davis. Vous et moi ne sommes pas si différents ! s'exclama-t-il, me décochant une tape vigoureuse sur l'épaule.

— Je vous aime bien aussi, Rails, mais nous n'avons rien en commun. Je m'engage à faire preuve de discrétion contre un versement dans son intégralité du montant établi et l'assurance que mon entreprise reste à l'écart de ce que vous envisagez d'entreposer. Je ne veux pas que le FBI, la police ou les services secrets viennent fourrer leur nez là dans ce qui ne les regarde pas. Je fixai un regard sévère sur son visage bouffi et rougeaud.

— Oh moi non plus, vous pouvez me croire.

J'étais ravi de le voir partir ; le champ était désormais libre pour tenter ma chance avec Virginia Sayles.

Chapitre 3

Ophélia

Je n'avais pas perdu une miette de la scène qu'avait offert Asher Davis en renvoyant la femme qui l'accompagnait, avant de rejoindre JoBob Rails. La soirée était bien plus mouvementée que ce à quoi je m'attendais. Je souhaitais vraiment pouvoir rester et apprécier la suite du spectacle, mais je suspectais qu'Asher avait fait de moi sa prochaine cible et son rencart n'étant plus de la partie, j'étais une proie facile. Je prenais énormément de plaisir à observer les gens, et la réception de ce soir regorgeait de puissants politiciens engagés dans une dispute pour une place sur l'échiquier que je ne voulais pas manquer. Je me fondai dans l'ombre pour observer l'action et commençai mentalement à esquisser un article qui concernerait le terrain de jeu politique émergent en prévision des prochaines élections.

D'après ce que je grapillai çà et là à partir de bribes de conversations, les sujets traités étaient brûlants : l'économie, les revenus, et l'échec de nos relations commerciales sur la scène internationale. Le persiflage n'épargna pas non plus Lisa Horn. Sa croisade pour les droits et l'émancipation des femmes, une lutte pourtant séculaire, faisait l'objet de nombreuses critiques, mais sa présence dans les cercles très fermés de la politique effritait légèrement, quoique plaisamment, l'ordre patriarcal en place au sein de l'institution. La plupart des invités de ce soir lui vouaient une haine sans bornes. Je projetai d'exposer chacun de leurs noms au pays tout entier, Lisa Horn étant une figure appréciée parmi les électeurs américains.

J'étais si concentrée sur ma mission que je baissai ma garde et m'approchai d'un groupe en plein débat qui semblait particulièrement passionné. Mon cœur se serra lorsque je sentis une présence se glisser à côté de moi.

— Vous buvez seule ? Je pourrais reconnaître cette voix sulfureuse n'importe où, même après seulement une courte conversation avec lui.

Je me tournai vers lui et pris un air furieux. Jouer la séduction avec cet homme me semblait une décision dangereuse ; il fallait donc qu'il comprenne en me regardant que mon vagin avait des dents et que je n'hésiterais pas à m'en servir. — Pourquoi, vous voulez partager mon verre ?

Ma réponse sembla l'amuser. — Je vous remercie, mais j'en ai déjà un. Alors, vous êtes prête à repartir avec les dernières nouveautés ? Il y a un sacré choix de cuvées. Il prit appui contre le mur, m'acculant du même coup dans un coin de la pièce.

— J'ai mes préférés, rétorquai-je avec un sourire en plastique.

— Vraiment ? Vous avez pourtant siroté le même verre toute la soirée. Il se pencha légèrement vers moi, convaincu de m'avoir piégée.

— Ils ont un bar de dégustation, qui est par ailleurs incroyable. Vous pouvez noter vos favoris sur un petit morceau de papier pour un tirage au sort. Le gagnant remporte une caisse du vin de son choix. Vous devriez aller voir ça. Je profitai de jouer l'écervelée pour me faufiler sous son bras et m'enfuir.

Il attrapa doucement mon bras. — Je n'ai pas croisé ce bar. Ça vous ennuierait de me montrer où il se trouve ?

— Il est juste là. Je montrai la table de la tête, arracha mon bras de son emprise et repris mon chemin vers la sortie.

Je me ruai dans l'escalier et gravis les deux étages qui me séparaient de la sécurité de ma chambre. J'avais la nette impression d'être suivie, mais je n'osai pas me retourner pour m'en assurer. Le jeu de clés me tomba presque des mains dans la hâte d'ouvrir ma porte. Qui utilisait encore de vraies clés ?

Une fois enfermée à double tour, je pus enfin respirer.

Des bruits de pas retentirent dans le couloir et s'arrêtèrent devant ma porte. Je restai silencieuse, faisant le tour de la chambre du regard dans la crainte d'y trouver une autre entrée. Par chance, ma chambre était située au deuxième étage. Après ce qui me parut une éternité, les bruits de pas reprirent et s'évanouirent dans le couloir. Je m'assurai de verrouiller la porte et me repliai pour la nuit dans mes ravissants quartiers. Une bouteille de chaque cuvée présentée au rez-de-chaussée trônait sur la coiffeuse. Huit bouteilles au total ; j'étais aux anges. À côté se trouvait un panier plein à craquer de fromages, crackers, olives, tapenades et autres chocolats… Mince ! À ce prix-là, ça valait la peine de se faire harceler par un milliardaire.

La seule tâche au tableau, c'est que je n'avais obtenu aucun scoop. Les bribes de conversations entre politiciens que j'étais parvenue à saisir, aussi alléchantes soient-elles, ne pouvaient suffire à la rédaction d'un article. Il me fallait quelque chose de mieux. J'aurais voulu surprendre JoBob dans une situation scandaleuse, mais il était entouré en permanence si bien que l'approcher relevait du défi. Qui plus est, il n'y avait pas grand-chose à faire depuis ma chambre. Cet imbécile d'Asher Davis avait fait de moi une prisonnière. Je décidai malgré tout de changer de tenue et de retenter ma chance. Je dressai mes cheveux courts en pics sur le haut de mon crâne dans l'espoir de me donner un air dur et inapprochable, et enfilai un pantalon et une veste. Il me serait probablement plus facile de me mêler à la foule maintenant que je portais un tailleur et une chemise boutonnée jusqu'au cou.

Mon approche séduction fonctionnait d'ordinaire plutôt bien, mais manifestement pas lors d'une réunion de requins. Je quittai ma chambre et rejoignis la fête. Les invités étaient bien plus alcoolisés que lorsque je les avais quittés. Un groupe jouait des airs jazzy dans un coin de la salle, tandis que les trois murs restants accueillaient l'énorme buffet. J'étais tout à coup ravie d'être redescendue. J'aperçus JoBob et me dirigea dans sa direction, tout en gardant un œil ouvert pour éviter une nouvelle rencontre avec Asher Davis. Par chance, et à mon grand soulagement, il ne semblait pas être présent. Tout ce que j'avais à faire, c'était d'écouter et d'observer. Je me servis une assiette au buffet sans quitter JoBob du regard.

Une femme très légèrement vêtue, autre que son épouse, le rejoignit, deux verres en main ne contenant aucun des vins proposés. Je sortis mon iPhone de ma poche le plus discrètement possible pour voler quelques clichés avant qu'ils ne s'éclipsent. Un agent de sécurité habillé en civil empêcha un groupe de personnes de les suivre dans l'escalier ; un fait intéressant qui commençait à me rassurer quant à mon absence de scoop. Je n'avais besoin que d'un seul ragot sur JoBob. La rumeur courait qu'il avait eu vent d'un délit d'initié et qu'il s'était confié à ce propos à ses compères au cours de la réception, qui ressemblait de moins en moins à un événement de lancement d'un vignoble et davantage à une excuse pour se rassembler et s'échanger les derniers potins diplomatiques. J'ôtai mon badge et le fourrai dans ma poche, avant de me rapprocher suffisamment d'un petit groupe dans l'espoir de distinguer quelques fragments de la conversation.

— Oui, la société se porte bien pour le moment, mais après le rachat, le cours va chuter. Dès que JoBob s'associe avec nos partenaires, c'en est fini de Systocryn ; ils n'auront plus leur place sur le marché, croyez-moi, déclara un homme affublé d'un costume bleu foncé, tandis qu'un autre, plus âgé, prenait des notes sur son portable.

— J'appellerai mon courtier dès la première heure demain et confirmerai ma participation auprès de JoBob. J'accepte de parrainer sa candidature à la présidence à la condition qu'il coule Systocryn. BOOM, c'était exactement ce genre d'informations dont j'avais besoin !

Mon cœur commençait à battre la chamade ; quelque chose de suspect se préparait. Alors que je me tournai en quête d'autres informations croustillantes, assiette pleine de nourriture en main, je me retrouvai face à face avec Asher. Je baissai la tête en espérant qu'il ne me remarque pas. La chance n'était malheureusement pas de mon côté, et tandis que je tentai de passer discrètement devant lui, il marqua un temps d'arrêt et m'arrêta.

— Pourquoi le changement tenue, Melle Sayles ? Le timbre sombre et séduisant de sa voix résonna jusque dans mon entrejambe et me fit frissonner de désir.

— Oh, celle-ci est bien plus confortable. Je détournai la tête en m'efforçant de la maintenir haute.

— Une veste de tailleur est plus confortable ? Il prétendit être choqué.

— Bien plus, oui, répondis-je avec un clin d'œil, avant de m'enfoncer profondément dans la marée humaine, là où il lui faudrait jouer des coudes pour m'atteindre.

Cet imbécile me suivit, percutant plusieurs invités au passage.

— Pourquoi partez-vous maintenant ? Le dîner vient d'être servi. Je suis certain qu'en restant, vous trouverez davantage de matière à exploiter pour votre article, dit-il dans une voix encore plus grave.

— Pourquoi ? Je fis volte-face pour le regarder droit dans les yeux, dans l'espoir qu'il lise l'irritation dans les miens. Nous étions entourés de toute part par la foule. J'ai dégusté tous les vins ainsi que toutes les suggestions de mets ; je suis prête à mettre mon expérience par écrit et je suis persuadée que mes lecteurs vont adorer. Je repris mon chemin, décidée à m'échapper.

— Vous voulez parler des lecteurs abonnés à votre blog immobilier ? Il fit un pas vers moi. Cette réception va très certainement vous aider à vendre toutes ces maisons, n'est-ce pas, Virginia ? C'est étrange que vous ayez changé de coiffure de façon si catégorique. Ça change complètement votre visage. Son ton était devenu froid, presque cruel. Et chose plus étrange encore, ça a même modifié votre couleur de peau.

Il avait dû faire des recherches lorsque j'étais cachée dans ma chambre. Mon cœur s'accéléra violemment. Je n'avais pas envisagé que quelqu'un puisse vérifier mon identité et découvrir que Virginia Sayles était une mère de famille afro-américaine.

— C'était un plaisir de vous rencontrer, M. Davis. Passez une bonne soirée. Sur ces mots, je m'enfuis, sans me soucier des coups que j'administrais au reste des invités au passage.

Je me précipitai une fois de plus dans les marches, mais Asher était sur mes talons et je pouvais l'entendre m'appeler.

— Un pas de plus et j'appelle le Delaware Daily pour vous dénoncer !

Paniquée, le cœur battant à toute vitesse, je stoppai ma course au milieu des escaliers. — Pour quelles raisons feriez-vous cela ? Vous n'avez jamais entendu parler des pseudonymes ? J'ai trouvé ma photo de profil sur une base de données en ligne. Je n'ai certainement pas envie qu'on me harcèle, rétorquai-je, lui jetant un regard accusateur.

— Je ne savais pas que la fonction d'agent immobilier était tellement dangereuse que la rédactrice du Delaware Daily chargée des pages logement avait besoin d'un avatar.

— Ça en dit long sur vos connaissances en matière d'immobilier, M. Davis. Je repris ma course dans l'escalier.

— Je m'y connais plutôt bien. Il resta à sa place, mais je savais qu'il pourrait me rattraper en un rien de temps s'il jugeait nécessaire de le faire. J'ignorai donc sa remarque et me hâta de rejoindre ma chambre.

Il ne me suivit pas et je parvins à ouvrir ma porte du premier coup. J'étais soulagée de retrouver la sécurité de ma chambre, et cette fois-ci, je ne comptais pas la quitter. J'ôtai ma veste que je jetai sur le dos de la chaise, me débarrassai de mon pantalon, déboutonnai ma chemise jusqu'au nombril, puis m'assis pour descendre un autre verre de vin en dévorant les délicieuses denrées offertes pour l'occasion.

J'utilisai le tire-bouchon offert dans le panier garni pour ouvrir l'une des bouteilles de la sélection en attendant de me remettre de mes émotions. J'allumai la télévision, bien décidée à faire le vide. J'avais obtenu ce dont j'avais besoin. Je rédigerai mon article plus tard dans la soirée, mais il fallait d'abord que je retrouve mon calme. Je n'en revenais pas que cet idiot d'Asher Davis avait failli me démasquer.

Quelqu'un toqua à ma porte, mais je ne répondis pas. Je me blottis un peu plus dans le canapé, m'imaginant l'espace d'un instant que mon harceleur faisait encore des siennes ; il s'agissait plus vraisemblablement du valet de chambre, chargé de venir proposer un service de préparation à la nuit. Je priai pour qu'il ne soit pas plutôt question de me renvoyer de la chambre d'hôtes ; j'attendis en retenant mon souffle. Mais on ne refrappa pas et personne ne fit irruption dans la chambre. Je finis par engloutir une demi bouteille de vin, le contenu de mon assiette ainsi qu'une boîte de chocolats aux amandes devant Netflix. Une fois repue et un brin éméchée, je commençai la rédaction de mon article traitant le lancement d'un vignoble tenu dans un écrin luxueux, qui se révélait également le théâtre curieux de transactions secrètes entre politiciens et hommes d'affaires. Puis j'envoyai le fichier par e-mail à Scott, qui me répondit au moment même où j'allais me coucher.

Tu es consciente que c'est un scandale majeur, n'est-ce pas ? Un lancement de vignoble, qui n'est rien d'autre qu'une excuse pour les délits d'initié et la corruption en entreprise ? C'est parfait. Et la photo est très compromettante. Je procède au versement sur Venmo, comme d'habitude. Tu fais du bon travail, Leah. Continue comme ça et tu seras prête à rejoindre nos rangs.

Cette nuit-là, je me glissai dans les draps en éprouvant un sentiment de triomphe. J'avais devancé Asher Davis, obtenu un scoop phénoménal et peut-même une somme sympathique en échange d'une photo volée. Tout allait pour le mieux. Je me pelotonnai dans le moelleux hors de prix de ma couette et plongea dans un sommeil profond. À mon grand dam, je me réveillai tôt, mais il me fallait m'échapper avant que qui que ce soit n'est le temps de se rendre compte que la vraie Virginia Sayles avait la grippe.

Je rangeai mes affaires dans mon sac et me sauvai discrètement à bord d'un Uber, la valise pleine de bouteilles de vin et de cadeaux à partager avec ma tribu. J'arrivai ce dimanche matin dans un appartement calme ; en jetant un œil dans la chambre d'Harper, je vis qu'elle était seule. Tout était au mieux dans le meilleur des mondes.

Chapitre 4

Asher

J'arrivai au travail le lundi matin fatigué et frustré. Au moins, j'étais parvenu à faire signer le contrat par JoBob et à verrouiller un accord à plusieurs millions de dollars. J'étais bien plus agacé par le fait que j'avais passé le weekend à m'ennuyer seul dans une chambre d'hôtes. Ma tentative de séduction avait lamentablement échoué et je cherchais encore les raisons de la présence de cette blogueuse agente immobilière à la réception ; après tout, sa page Facebook ainsi que sa photo professionnelle ne ressemblaient en rien à la femme superbe que j'avais rencontrée. Quelque chose n'était pas clair dans cette histoire, mais elle m'avait habilement évincé, et je refusais d'aller en prison pour le simple plaisir de la retrouver et d'assouvir ma curiosité.

Dès que j'eus franchi la porte, chacun de mes employés baissa la tête, le nez sur le clavier, afin d'éviter de croiser mon regard. Ça ne me dérangeait pas ; je les détestais pratiquement tous. En passant devant le bureau de Clara, ma stagiaire, je remarquai que sa tenue vestimentaire était loin d'être conforme aux standards de notre catégorie professionnelle. Je voyais clair dans son jeu, mais la trouvais bien trop jeune pour s'y adonner. Elle n'était pas la femme la plus jolie ni la plus intelligente, et coucher avec moi ne lui apporterait que l'embarras de voir la ribambelle de femmes qui finiraient inévitablement par lui succéder.

Je décidai de l'ignorer et de me barricader dans mon bureau, furieux, agacé et en manque de caféine. Ça, Clara était tout à fait autorisée à y remédier. Je l'appelai à mon bureau dès que je fus assis.

— Oui, M. Davis ? répondit-elle d'une voix aigüe et charmeuse.

— Pourriez-vous faire un saut au Starbucks et me ramener ma commande habituelle ? Je mis un point d'honneur à garder la conversation courte et directe.

— Bien sûr, monsieur, j'y vais de suite. Elle se leva de sa chaise dès le téléphone raccroché ; le café arriverait bientôt à mon secours.

J'allumai mon ordinateur et me retrouvai assailli d'e-mails, dont la plupart étaient des indésirables. J'éteignais les notifications sur mon téléphone pendant les weekends afin de me déconnecter du travail, mais cela impliquait inévitablement des lundis cauchemardesques. L'un des e-mails apparaissait plusieurs fois en tête de liste et portait le titre :

À LIRE IMMÉDIATEMENT ! ALERTE !

Je l'ouvris, dans l'incertitude totale de ce que j'allais y trouver. La lecture des premières lignes m'inquiéta et je n'attendis pas pour appeler l'expéditeur du message, Lawrence, mon chargé de relations publiques.

— Je t'écoute, déclarai-je dès que nous fûmes en ligne.

— Il donne une conférence de presse dans une heure en centre-ville, répondit Lawrence, affolé.

— Donc, quelqu'un présent à la réception a fait fuiter l'info, c'est ça ? C'est grave ? Je n'ai pas lu l'article. Je n'étais pas aussi inquiet que je l'aurais été si ma responsabilité était en jeu, mais JoBob était dans de beaux draps. Cette affaire pouvait lui coûter sa candidature à la présidence.

JoBob allait devoir se tenir à carreau, car si le monde découvrait toute la mesure de sa dépravation, la police et les fédéraux commenceraient à fouiner et déterreraient des informations bien plus préjudiciables que de la corruption en entreprise ou le délit d'initié. Les personnalités telles que JoBob versaient énormément d'argent à ma société pour fermer les yeux sur des transactions commerciales pour le moins suspectes. Mais la loi, elle, ne laisserait rien passer de nos combines. L'astuce, c'était de préserver les apparences ; mais quelqu'un, qui n'était pas quelqu'un de l'intérieur, nous avait démasqués et j'avais ma petite idée de qui il pouvait s'agir.

— C'est plutôt grave. L'article révèle des informations commerciales communiquées pendant la réception et est accompagné d'une photo de JoBob dans une situation compromettante avec une femme. C'est un papier plutôt bien écrit, qui se termine par une pluie d'accusations ne reposant sur aucune preuve tangible. À mon avis, JoBob va réussir à se sortir de ce mauvais pas, mais tu vas devoir assister à la conférence de presse. Si ça tourne mal, il faudra mettre fin au contrat en invoquant la clause relative aux pratiques commerciales déloyales. On a écrit cette clause pour une bonne raison. J'adorais la manière dont Lawrence opérait.

— Compris. Je raccrochai le téléphone au moment où Clara m'apportait mon café.

Je me sentais survolté. — Annulez tous mes rendez-vous pour la journée ; je dois me rendre à un événement, lui annonçai-je en grognant.

— Hum, vous avez déjà reprogrammé votre rendez-vous avec Mason Steel trois fois, eut-elle le courage de me rappeler.

— Eh bien, ça fera quatre. Je n'étais vraiment pas d'humeur.

— D'accord, mais ils attendent le renouvellement de leur contrat. Est-ce que vous souhaitez que je programme quelqu'un d'autre pour les recevoir ? Non pas que qui que ce soit puisse vraiment être à la hauteur. Elle assit une fesse sur le bord de mon bureau, sa jupe remontant dangereusement jusqu'en haut de ses cuisses.

N'importe quel autre jour, et s'il s'agissait de quelqu'un d'autre que de ma stagiaire idiote, j'aurais fermé la porte à double tour et l'aurais prise sur le bureau.

— Vous avez raison, je suis irremplaçable, donc décalez mon rendez-vous. Déçue, elle fit demi-tour pour s'en aller. Et pendant que j'y suis, l'arrêtai-je. Tâchez de porter quelque chose de plus convenable demain. Je sais que ma réputation me précède en ce qui concerne ma relation avec les femmes, mais je sais rester professionnel avec mes employées. Donc, soit vous adoptez une tenue appropriée, soit ce n'est pas la peine de revenir travailler dans ce bureau, lui signalai-je à mi-voix.

— Bien, mais j'avais cru comprendre… Comment osait-elle me répondre.

— Vous devez avoir mal compris. Et quand bien même je mettrais mon job en péril en enfreignant mon propre code d'éthique, vous n'obtiendriez de moi qu'une nuit. Une simple nuit durant laquelle vous feriez tout ce dont j'ai besoin pour prendre mon pied et j'en aurais fini avec vous. Faites-moi confiance ; vous n'êtes que stagiaire. Vous avez la vie devant vous et vous méritez mieux que ça. Donc, cessez de minauder. Je vous assure qu'il n'y aurait même que peu de risques que je vous emmène au restaurant avant d'en finir avec vous. Je ne joue qu'avec les grandes filles ; faites-en sorte de vous en rappeler. J'étais ravi de voir sa mine abattue.

J'étais de si mauvaise humeur ; quelqu'un devait écoper pour que mon moral remonte. Malheureusement, c'était tombé sur ma stagiaire, mais j'étais certain qu'elle me remercierait un jour.

Je me replongeai dans le sujet du moment. Je commençai par appeler le bureau où travaillait Virginia Sayles afin de confirmer que j'avais bien eu affaire à un imposteur. Une femme à la voix enrouée décrocha le téléphone.

— Virginia Sayles, dit-elle avec peine. Elle n'avait pourtant pas l'air de couver quoi que ce soit le soir de notre rencontre ; ce qui tendait à confirmer mes soupçons.

— Asher Davis. J'appelle simplement pour vérifier que vous ayez apprécié votre vin. Votre nom a été appelé durant le tirage au sort ; vous avez gagné une adhésion au club d'œnologie et vous n'êtes pas venue la récupérer, mentis-je. J'ignorais totalement qui avait gagné leur concours stupide, mais puisqu'elle avait disparu après notre confrontation, je conclus qu'elle avait passé le reste de la nuit dans sa chambre et qu'elle l'avait raté.

— Je vous demande pardon ? En quoi puis-je vous être utile, M. Davis ? Comment avez-vous obtenu mon numéro privé ? Sa voix voilée devenait progressivement irritée.

— Nous nous sommes rencontrés samedi dernier, vous vous souvenez ? Je suis toujours curieux de savoir ce qu'une blogueuse spécialisée dans l'immobilier faisait au lancement d'un nouveau vignoble. Je ne pensais pas que cela pouvait être votre dada.

— Je n'ai pas pu me rendre au lancement du vignoble Stoneman, car j'étais malade de la grippe, mais le Daily m'avait bel et bien inscrite sur la liste des invités. Je m'occupe également de la rubrique mondaine. Une fois encore, est-ce que je peux vous renseigner, M. Davis, ou est-ce vous n'appelez uniquement que pour m'insulter ? Oh, cette femme avait du mordant.

Un rapide coup d'œil à ma recherche Google m'informa qu'elle était mariée et mère de deux enfants. Une de plus qui me passait sous le nez… Peut-être que la femme que j'avais rencontrée avait été envoyée en remplacement.

— Eh bien, je vous appelle en réalité pour vous avertir que quelqu'un s'est fait passer pour vous le weekend dernier, et que cette personne a probablement divulgué tout un tas d'informations très privées au public. Je m'efforçai de rester aussi sec et désintéressé que possible.

— Je vais en informer mon éditeur en chef ; je vous remercie de votre appel.

Son manque de curiosité me surprit, mais j'avais obtenu ce que je cherchais. La femme de la réception était un imposteur, et par conséquent, notre moucharde.

— Oui, faites donc ça. Je vous souhaite une bonne journée. Là-dessus, je raccrochai sans discuter davantage.

Mon pouls s'accéléra ; j'avais une piste quant à l'identité de la mystérieuse journaliste et je savais au fond de moi qu'elle serait à la conférence de presse. J'ajustai donc ma cravate, remis en place mon caleçon sous mon pantalon, et me préparai à rejoindre le centre-ville. Je ne savais pas exactement quelle tournure allait prendre ce face à face, mais quoi qu'il arrive, je ne la laisserais pas s'échapper cette fois-ci.

Tout juste sorti de mon bureau, j'aperçus Rupert Mandeville qui s'avançait vers moi.

— Je suis désolée, M. Davis, mais votre rendez-vous de dix heures, M. Mandeville, n'a pas souhaité décaler, m'annonça Clara qui arrivait à toute allure derrière lui.

Mince. J'avais oublié que j'avais rendez-vous avec Rupert Mandeville. Mandeville était à la tête de Lightning Share, une société similaire à SAFE, si ce n'est qu'elle jouissait d'un accès à Internet à haut débit, de milliers de satellites et d'un impressionnant espace de stockage en cloud. Leurs espaces de stockage physiques était catastrophique, mais leurs moyens informatiques demeuraient inégalés. Mandeville partait bientôt en retraite et je projetai ainsi de racheter l'entreprise.

— Merci, Cara. Rupert, comment allez-vous ? Je m'assurai de mettre les formes, sachant qu'il s'agissait d'un homme sérieux et vieille école, de la plus haute droiture morale. Fusionner nos deux sociétés ferait de moi le roi du stockage, et bien que ce ne fût pas là la plus affriolante des professions, c'était une branche incroyablement lucrative. Grâce à ses services de stockage en cloud et son internet haut débit, notre activité pourrait tripler et nos clients les plus criminels auraient accès aux lieux les plus reculés où faire fleurir leur business. Je verrais mes millions de dollars se multiplier comme par magie.

— Je fais aller. Je voudrais que vous compreniez d'emblée que je fais tout mon possible pour que mon fils accepte de reprendre l'entreprise. Je n'exclus toujours pas cette possibilité, Davis. Eurgh, son fils, le joueur de baseball professionnel.

Il n'y avait aucune chance que son fils prenne les rênes pour faire plaisir à son papa, à moins qu'il n'abandonne le baseball, ce qui ne semblait pas être sur la liste de ses priorités. Ce vieux fou de Mandeville ne lâcherait néanmoins pas prise ; il me fallait donc rester patient jusqu'à ce que ses ambitions s'évanouissent.

— Et j'espère sincèrement qu'il va accepter. Mais dans l'éventualité où il refuserait, avez-vous jeté un œil à l'offre que nous vous avons transmise la semaine dernière ?

— Oui et c'est une offre à prendre en compte, mais je dois vous avouer, Davis, que je reste assez méfiant quant à vous vendre mon bébé. Vous auriez à votre disposition ce qui se fait de mieux en matière de cyber-technologie, le plus vaste espace de stockage en cloud et une sacrée équipe d'employés. Je ne suis pas certain de vouloir confier ce niveau d'expertise et de pouvoir à un homme de votre réputation. Eh bien, voilà un vieux bonhomme qui ne mâchait pas ses mots.

— Je vois que je ne vous compte pas parmi mes fans. Je lui proposai de s'asseoir en désignant le canapé d'un geste de la main. Est-ce que je peux vous offrir quelque chose à boire ? Un café ? Je levai mon gobelet Starbucks dans sa direction.

— Juste de l'eau. Il s'assit sur le canapé, à la place opposée à celle que j'avais désignée.

J'ouvris une application sur mon téléphone pour appeler Clara.

— Oui, M. Davis ? Clara agissait soudainement de façon beaucoup plus professionnelle ; bien qu'on ne pût toujours pas en dire autant de sa tenue.

J'avais oublié que mon assistante avait demandé sa journée pour rattraper divers rendez-vous médicaux qu'elle avait laissés s'accumuler. Il ne me restait donc que Clara.

— Pourriez-vous apporter une bouteille d'Evian pour M. Mandeville ?

— Bien sûr. Sa prévenance et son ton guilleret étaient peut-être une stratégie de plus pour attirer ma attention, mais ça ne me faisait ni chaud ni froid.

— Je ne suis effectivement pas l'un de vos fervents admirateurs, Davis, pas après votre petit numéro avec ma nièce. Bon sang, il m'en voulait encore pour cette histoire ? C'était il y a presque deux ans.

— Il faut que vous passiez à autre chose. Je n'avais aucune idée qu'il s'agissait de votre nièce, dis-je sur le ton de la plaisanterie dans l'espoir de détendre l'atmosphère alors que Clara posait silencieusement une bouteille d'eau devant Rupert.

— Elle a mis beaucoup de temps à se remettre de votre rupture, et je juge un homme sur bien davantage que son succès professionnel. Il attrapa la bouteille et dévissa le bouchon.

— Je vois. Est-ce qu'elle vous a donné les raisons de notre rupture ? Je n'avais aucune envie de revenir sur cette affaire, mais il devenait vraiment ridicule.

— Simplement que vous lui aviez brisé le cœur.

— Notre couple n'a duré que quelques mois. J'ai compris tout de suite en la rencontrant qu'elle et moi ne tomberions pas d'accord sur de nombreux sujets, et un notable était que je ne voulais pas d'enfant. Elle, en revanche, en veut plusieurs. Vous comprenez bien que ce genre de tension allait nécessairement nous amener à nous séparer tôt ou tard. Je m'appliquai à rendre la situation aussi pathétique que possible.

— Pourquoi diable ne voudriez-vous pas d'enfant ? L'idée semblait l'horrifier davantage qu'aucun des sujets que nous avions abordés jusque-là.

— Le monde est un endroit affreux ; pourquoi y amener des enfants ? J'ai mon avis sur la question et je n'en changerai pas. J'espère toutefois que la vente de votre société ne repose pas exclusivement sur des préférences personnelles. Voilà comment renvoyer la balle dans les règles de l'art.

— Non, bien sûr que non. Il était obligé d'acquiescer et je jubilai momentanément.

Son silence me permettait également de conclure le rendez-vous afin d'arriver à l'heure à la conférence de presse de JoBob.

— J'espère que vous autoriserez SAFE à prendre la deuxième place sur la liste d'attente des candidats potentiels au rachat de Lightning Share si, et lorsque, vous déciderez de vendre. Je vous promets de faire tout mon possible pour rendre justice à cette entreprise que vous avez bâtie à la sueur de votre front. Je me penchai en avant sur ma chaise, faisant mine de me lever, pour lui indiquer que notre entretien était terminé.

— Oui, eh bien, je vais prendre votre offre en compte. C'est la meilleure que l'on nous ait soumis jusque-là. Il tendit le bras pour une poignée de main. Et je pense que vous devriez reconsidérer votre position quant à élever des enfants. Mélanie était dévastée, mais elle est maintenant mariée à un homme formidable et tous deux attendent un heureux événement. Son visage s'illumina et ses joues retrouvèrent leur couleur. Il était tellement vieux jeu, et elle ne devait pas être si anéantie que cela si elle était déjà mariée et enceinte.

— Transmettez-lui mes félicitations, en toute sincérité. Je marquai ainsi la fin de notre rendez-vous.

Je sortis d'un pas pressé et arrivait sur les lieux de la conférence juste à temps, au moment où la presse se rassemblait autour de JoBob. Et c'est alors que j'aperçus une femme aux longs cheveux blonds et au corps de rêve entrer dans la salle. Il m'était impossible de ne pas reconnaitre ces yeux. Elle avait une fois de plus fait preuve de ruse en décidant de porter une perruque. Virginia (mais pas Virginia *Sayles*) avait l'air aussi délicieux que ce soir passé à la chambre d'hôtes, bien qu'elle ne portât pas le même déguisement.

— Eh bien, ma chère, murmurai-je. Je vous tiens ! Cette fois-ci, vous ne m'échapperez pas. Ma journée venait de prendre un virage inespéré, mais je ne pouvais en dire autant de la sienne.

Chapitre 5

Ophélia

Je n'en revenais toujours pas que le scandale dont j'étais à la source allait faire l'objet de la conférence de presse de JoBob. Pour l'occasion, j'avais téléchargé un badge de presse du Washington Post depuis le site d'eBay, que j'avais ensuite imprimé et plastifié et à partir duquel je comptais improviser une fois sur place. Tellement de gens travaillaient pour le Post ; qui avait le temps de vérifier toutes les identités ? De toute façon, même s'il prenait l'envie aux organisateurs de le faire, mon nom était maintenant Crystal DiFranco, une ancienne employée du Post ayant démissionné deux ans auparavant. J'espérais malgré tout que personne ne me contrôlerait, mais comme me l'avait fait remarquer Harper, j'étais folle et bien trop déterminée.

— Tu sais, tu vas finir par te faire prendre, Leah. Tu devrais juste te faire engager en tant que stagiaire pour un magazine, comme tout le monde. Ça t'empêcherait de passer pour une cinglée, m'avait-elle dit sur un ton railleur.

— C'est tout moi, ça. Un électron libre cinglé ! rétorquai-je en m'enfuyant de l'appartement, fabuleuse dans ma perruque blonde et prête à observer l'action depuis la ligne de front.

J'envisageais de demander à JoBob quels étaient ses projets quant aux prêts étudiants, un sujet brûlant sur lequel il avait été particulièrement vocal ; il avait en effet déclaré inadmissible que ce genre de prêt soit pardonné et plaidait en faveur d'un remboursement intégral, quitte à ce que celui-ci s'étale sur toute la durée d'une vie. Je comptais également lui demander comment il entendait rendre plus abordable l'enseignement supérieur. J'étais certaine que la démarche le mettrait hors de lui. Mais dès que j'eus franchi les portes de la salle, je vis cet idiot d'Asher Davis planté au milieu de la foule. Je baissai la tête en me félicitant d'avoir opté pour un déguisement.

Je me faufilai entre les journalistes, jouant des coudes pour atteindre le premier rang. Ou devrais-je dire, en jouant des seins… la plus efficace des tactiques. Quoi qu'il en soit, je parvins à me trouver une place juste devant le micro de JoBob, que des techniciens étaient en train de tester. L'excitation fit s'accélérer mon rythme cardiaque. J'étais vraiment faite pour ce métier. Les humains me fascinaient ; qu'ils fassent preuve d'héroïsme ou d'hédonisme, leurs motivations étaient toujours captivantes. J'adorais les observer et m'amuser avec eux. Si bien que lorsque JoBob apparut sur la scène, j'étais prête à crier pour poser mes questions. La pièce entière était en effervescence, mais j'étais résolue à me faire entendre.

— Bonjour tout le monde. Je suis ravi d'être avec vous aujourd'hui pour aborder certaines des rumeurs qui courent à mon sujet. Il éclata de rire, le genre de rire parfaitement instrumenté qui sembla apaiser la foule, mais pas moi. Je savais reconnaître un baratineur quand j'en voyais un. Tout d'abord, je tenais à tous vous remercier de votre présence ici. Je suis touché de voir que vous êtes intéressés par ce que j'ai à offrir à cette magnifique ville et si j'ose dire, à la nation. Je ne pense surprendre personne en annonçant que je suis officiellement candidat à la présidence des États-Unis d'Amérique. Moralisateur et hypocrite…

Il y eut un tonnerre d'applaudissements ; quant à moi, je gardai mes bras le long de mon corps en signe de défi. Ce serait un cauchemar que cet homme devienne président ; c'était là ma façon de protester. Les clameurs se calmèrent et JoBob reprit le contrôle de la salle.

— Maintenant que vous êtes au courant, je peux vous assurer que je suis absolument impatient de commencer ma campagne ; c'est pourquoi ces allégations de délit d'initié et de relation extra-maritale sont ridicules. Lavender Greenly est comme une petite sœur pour moi. Nous avons bien ri lorsque nous avons vu les photos de nous deux qu'un imbécile a publiées. Celle me montrant avec la main sur ses fesses est celle qui m'a le plus amusé ; c'est également la préférée de ma femme, qui reconnaît comme moi que Lav a un joli petit fessier. Elle pourrait être ma fille, donc pas d'inquiétude. Elle a simplement de belles fesses, et c'est dit avec tout l'amour et l'admiration que je lui voue. Un autre rire forcé. Et quel genre d'explication venait-il de servir au public ?

Ce type me dégoutait.

— Et j'ignore qui est l'auteur de cet article fantaisiste, mais la pire chose qui soit arrivée à cette soirée, c'est que certains d'entre nous – pas moi, je vous rassure, je ne suis pas un gros buveur – ont avalé un verre de trop. Peut-on véritablement leur en vouloir au vu de la qualité du Pinot Noir ce soir-là ? Quoiqu'il en soit, personne n'était ivre et personne n'est mort… Donc, passons. Et encore ce ridicule rire gras.

Par chance, un journaliste probablement tout aussi sceptique que moi leva la main pour poser une question.

— Je ne prends pas les questions pour le moment, déclara JoBob.

Ce crétin narcissique parla vainement pendant une heure, si bien que lorsque arriva le moment de poser mes questions, mon enthousiasme s'était mu en ennui mortel. En niant les accusations par la plaisanterie, il était parvenu à divertir l'attention et à faire oublier le scoop. Bien sûr, quelques journalistes lui feraient probablement remarquer, mais la plupart n'avaient pas l'air particulièrement intéressés par le sujet. Ils semblaient avoir gobé son baratin.

Alors que les journalistes se préparaient à poser leurs questions, je sentis la chaleur d'un corps qui venait de s'approcher un brin trop prêt du mien. Je me retournai pour avertir poliment la personne à qui il appartenait de reculer, quand mon visage se heurta contre le torse d'Asher Davis. *Merde, merde, merde !*

— Virginia, il faut que je vous parle, dit-il, enveloppant ses longs doigts autour de mon bras.

— Lâchez-moi, répondis-je en murmurant suffisamment fort pour alerter les personnes qui m'entouraient.

— Vous allez avoir de gros ennuis. Vous voulez vraiment que les autres journalistes apprennent vos magouilles ? Mon cœur bondit à ces mots.

— Suivez-moi discrètement, dit-il, son souffle chaud contre mon oreille.

— J'ai une question à lui poser. Je tentai de dégager mon bras.

— Vous pouvez rester et garder vos questions à la police, ou vous pouvez venir avec moi. Ses doigts se resserrèrent autour de mon biceps.

Mon monde était en train de s'effondrer à cause de cet abruti. J'avais tout à coup l'esprit embrouillé. Je me demandai si l'usurpation d'identité relevait du délit ou du crime. J'étais en tout cas certaine que ce que j'avais fait n'était pas légal ; j'étais forcée de céder. La rage que je ressentais m'empêchait presque de respirer.

Dès que nous fûmes sortis de la foule, il me traina dans une salle de réception déserte et claqua la porte derrière nous. L'endroit dégageait l'odeur de renfermé, de poussière et de produits de nettoyage caractéristique d'un espace institutionnel laissé vacant. Une table solitaire y trônait, vide à l'exception de la longue nappe beige qui pendait sur l'avant, laissant apparaître le bois usé du plateau et dissimulant une pile de chaises pliantes.

D'autres chaises étaient empilées contre le mur et un tapis à motifs fanés, aux nuances de vert et de gris taupe, habillait tristement le sol.

— C'est quoi votre problème ? l'attaquai-je.

— Il me semble que c'est moi qui devrais vous poser la question. Il saisit mon badge et lut les informations. Crystal. Ah, c'est un joli nom ça. C'est vous qui l'avez trouvé ou est-ce qu'il s'agit vraiment d'une employée du Post, coincée à la maison avec la nausée ? Il s'appuya contre la table et malgré l'impudence de son interrogatoire, il restait incroyablement sexy.

Comment est-ce qu'un crétin de cette envergure pouvait être aussi séduisant ? Il avait des cheveux bruns en bataille et des yeux d'un marron intense, des muscles qui semblaient à l'étroit dans son costume hors de prix, et le genre de traits finement ciselés dont ne sont généralement pourvues que les œuvres de Michel-Ange. Il avait un charme ravageur malgré les rumeurs à son propos qui brossaient le portrait d'un monstre.

— Mon nom est bien Crystal. Je vous ai dit l'autre soir que je travaillais sous un pseudonyme. Eh bien, Crystal est mon véritable nom et je travaille pour le Washington Post. Je lui tins tête, en espérant avoir suffisamment menti au cours de ma vie pour m'en sortir.

— Donc, si je comprends bien, vous utilisez un pseudonyme pour gribouiller sur les people et l'immobilier pour un journal inconnu parce que votre prestigieux job au Washington Post est tellement merdique ? Intéressant. Il y a un moyen rapide de régler cette histoire ; montrez-moi votre carte d'identité.

— Vous n'êtes pas de la police. Je n'ai aucun compte à vous rendre. Vous en revanche, vous avez frôlé le harcèlement l'autre soir. D'ailleurs, j'ai failli appeler la sécurité. Je pourrais tout à fait vous dénoncer. Et puis, je croyais que vous n'aviez aucun problème à rencontrer des femmes. Pourquoi donc rôder de la sorte ?

— Il ne s'agit en aucune manière de rôder. J'obtiens toujours ce que je désire. Je sais que c'est vous qui avez divulgué la photo et romancé toute cette histoire de délit d'initié. Scott Marks, lui, travaille véritablement pour le *Times*, un journal décent, mais il a la réputation d'être crédule, et vous m'avez l'air de quelqu'un qui sait se montrer convaincant. Maintenant, montrez-moi votre carte d'identité, qu'on résolve cette affaire une bonne fois pour toute.

Il devenait grincheux, mais je n'avais pas l'intention de lui donner ce qu'il demandait.

— Vous savez ce qui va se passer si j'appelle la police ? Il se leva brusquement de la table et fit un pas dans ma direction.

— Des officiers perspicaces vont vous conseiller d'arrêter d'harceler les femmes et de plutôt tenter les rencontres en ligne ? Je jouai le tout pour le tout, consciente que c'était là ma dernière chance.

— La police va venir prendre ma déposition, vous embarquer et vous garder au poste pour la nuit. Vous apprendrez sous quelques jours le montant de votre caution, que je suis certain que vous ne serez pas en mesure de payer, et vous pourrirez derrière des barreaux jusqu'au moment de votre procès. En prison, vous rencontrerez un certain nombre de femmes qui feront bien plus que vous harceler. Puis vous obtiendrez enfin un avocat commis d'office qui se contrebalancera de votre cas, à moins bien sûr que vous n'acceptiez de coucher avec lui. Entre temps, vos codétenues auront eu tout le loisir de faire de vous de la chair à pâté. Vous serez inculpée pour usurpation d'identité, ce qui impliquera nécessairement un séjour en prison plus long. Et pendant que vous jouerez au larbin pour vos nouvelles copines, JoBob intentera une poursuite contre vous pour diffamation et le connaissant, vous en aurez pour des millions. Et puis, il y a la chambre d'hôtes et tout ce vin que vous avez consommé à prendre en compte… Il plissa les yeux et je compris que j'étais piégée.

— Qu'est-ce que vous me voulez ? Bon sang, je détestais chaque seconde de ce petit jeu.

— Pour commencer, j'aimerais voir votre carte d'identité. Je n'eus d'autre choix que de la lui donner. Ophélia Jameson, vingt-trois ans. Il me dévisagea comme s'il était sur le point de m'avaler toute crue. Vous êtes jeune… et tenace ! Je lui tournai le dos. Vous comptez devenir journaliste en prenant l'identité d'autres journalistes ? C'est une drôle de façon de parvenir à vos fins. Je restai muette tandis qu'il retournait ma carte pour en vérifier le verso.

Puis il la prit en photo avant de me la rendre.

— Je peux y aller maintenant ? Vous savez que je suis un imposteur. Je suis vraiment désolée si je vous ai offensé. Je suppose que vous vous croyez justicier de la vérité. Peu importe, laissez moi simplement rentrer chez moi. Il n'y a pas mort d'homme. Je fis un pas vers la porte et lui, un pas sur le côté pour me bloquer la route. Vous n'êtes pas sans savoir que le kidnapping est une faute bien plus sérieuse.

— Je m'en contrefiche. Voyez-vous, je porte un intérêt tout particulier à JoBob Rails, et si une petite chieuse arriviste intercepte une information compromettante et la place entre les bonnes mains, nous pourrions nous retrouver dans une situation difficile. La meilleure façon d'empêcher ce scénario est donc pour moi de garder un œil sur vous.

Je fus soudainement prise de tremblements. — Ce n'est sans doute pas très légal, bredouillai-je tandis qu'il avançait vers moi.

— Ça ne l'est pas. Mais vous vous y soumettrez si vous ne tenez pas à avoir la police sur le dos. Donc, Ophélia…

— Leah, l'interrompis-je. Je préfère qu'on m'appelle Leah.

L'animal eut l'audace de ricaner. — Je n'en doute pas, mais j'utiliserai votre prénom complet si vous ne m'en voulez pas. L'Ophélie de Shakespeare, elle aussi, était tenace. À nouveau ce fichu sourire en coin sur son visage…

— Oui, et elle a fini par se suicider. Pourquoi diable utiliser ce prénom puisque je vous dis que je le déteste ! J'étais folle de rage.

— Eh bien, précisément parce que vous le détestez. Maintenant, comme je vous le disais, deux options s'offrent à vous. Je peux prévenir la police, qui vous escortera gentiment jusqu'au poste ; et permettez-moi d'ajouter que si toutefois vous étiez mise en examen et condamnée, bonne chance pour décrocher un job dans le journalisme. Ou alors, vous acceptez de m'épouser.

J'étais soufflée ; ce type était dingue.

— Vous êtes un grand malade. Moi aussi monsieur, je peux appeler la police. Je serais ravie de leur parler de vos projets ! m'écriai-je en sortant mon téléphone de ma poche.

— J'ai oublié de préciser que vous empocheriez un million de dollars dès aujourd'hui. Tout ce que j'ai à faire, c'est un virement sur votre compte en banque. Vous toucheriez quatre millions supplémentaires la semaine prochaine. Il se plaça face à moi, son visage à seulement quelques centimètres du mien, que le choc avait fait pâlir.

— Je n'ai jamais rien entendu d'aussi absurde ; vous ne me connaissez même pas. Et pour quelles raisons voulez-vous m'épouser ? Pour autant que vous sachez, je pourrais très bien être tueuse en série.

— Vous avez raison ; je devrais vérifier vos antécédents, question de m'assurer que vous n'avez pas pour habitude de laisser des tas de cadavres dans votre sillage, mais je n'ai aucun besoin de vous apprécier ni même de vous connaître pour vous passer la corde au cou. Il est d'ailleurs préférable que nous ne tissions aucun lien. Je compte bien continuer de vivre ma vie comme je l'entends, mais j'ai flairé un gros contrat et pour pouvoir le signer, il me faut améliorer ma réputation ; ce qui veut dire, donner l'image d'un homme plus intègre. Ce type était cinglé.

— Et donc, kidnapper une femme pour l'épouser, c'est ça votre plan ?

— Vous êtes la cible idéale. Vous êtes jeune, superbe, fauchée à l'évidence. Et puis, c'est un arrangement temporaire. Épousez-moi, restez avec moi pendant un an, empochez cinq millions de dollars, et vous serez libre et riche. Ma maison est immense ; nous n'aurons même pas besoin de nous croiser. Son sourire de vainqueur m'était très pénible.

— Et si je refuse ? demandai-je pour le défier.

— J'appelle la police. Il sortit son portable en me fixant, l'air tout à coup grave.

Chapitre 6

Asher

Ophélia resta muette tout au long du trajet jusqu'à mon manoir. J'étais rarement maladroit avec les femmes, mais j'avais été dangereusement impulsif avec elle. J'étais allé trop loin dans mes efforts pour la désarmer ; je décidai donc en quittant le palais des congrès où s'était tenue la conférence d'adoucir un peu l'atmosphère.

— Pourquoi est-ce que vous vous faites passer pour d'autres personnes ? J'ai lu votre article, enfin je suppose qu'il s'agit de votre article même s'il est signé Mark Scott. Je sais comment ça fonctionne ; il n'a probablement rien écrit depuis des années. Vous avez une belle plume et plus important encore, vous aviez raison. Les types que vous avez exposés ne sont qu'une bande d'escrocs sans scrupules, et il y avait bel et bien du délit d'initié dans l'air le soir de la réception. C'est du bon travail de détective. Vous ferez une excellente journaliste si vous veillez à ne pas prendre la grosse tête. Je lui en avais peut-être trop appris, mais ça me semblait être la bonne chose à faire.

— Pourquoi m'empêcher de faire mon travail alors ? Elle fit une moue boudeuse et tourna la tête vers le paysage qui défilait.

— Parce que vous vous y prenez mal et bien que vous soyez douée, comme semble l'indiquer votre article, vous vous attaquez à des personnalités très dangereuses. Des personnes avec qui je travaille et avec qui vous devriez garder vos distances. Ce dernier détail m'avait échappé.

— Donc si je comprends bien, vous ne valez pas beaucoup mieux, remarqua-t-elle, le regard toujours rivé sur la fenêtre.

— Disons un tantinet mieux, concédai-je.

— Je persiste à penser que le kidnapping est un crime plus grave que l'usurpation d'identité et maintenant que je suis dans la voiture, rien ne m'empêche d'appeler la police et de rentrer chez moi, déclara-t-elle en se tournant vers moi, profitant du moment pour me menacer.

— Je ne ferais pas ça à votre place. Je suis à peu près certain que la police de DC prendrait votre crime au sérieux, pour plusieurs raisons. La première, les flics sont à la botte de JoBob, et la deuxième, personne au siège du gouvernement ne prend quoi que ce soit à la légère. Je peux vous conduire au poste tout de suite si vous le souhaitez. Ce n'est pas un kidnapping, mais une arrestation citoyenne. Je la fixai du regard et pendant un instant, j'ai cru qu'elle allait se mettre à pleurer. Je ne vais pas vous faire de mal. Au contraire, je viens de vous proposer une grosse somme d'argent. Et d'ailleurs, je sortis mon téléphone pour appeler mon courtier. Vous connaissez votre numéro de compte par cœur ?

— Oui, répondit-elle, les yeux plissés en signe de suspicion.

— Il vous faudra le confier à mon courtier. Il sera en mesure d'effectuer le versement de manière à ce que l'argent soit sur votre compte d'ici demain matin. Comme je vous l'ai mentionné, je vous verse d'abord un million de dollars, suivis de quatre millions supplémentaires une fois que nous serons mariés. Après cela, une allocation mensuelle sera mise en place, ce qui me permettra de protéger mes actifs, car je ne vous connais effectivement pas. Mon agent de sécurité personnel vient de terminer la vérification de vos antécédents.

— Comment est-ce possible ? m'interrompit-elle.

— Je lui ai envoyé la photo de votre carte d'identité, et malgré votre goût pour l'auto-incrimination, vous n'êtes pas une tueuse en série. Vous avez reçu une amende pour mauvais stationnement, que vous avez fini par payer, et grillé un stop il y a trois ans, des suites de quoi vous avez suivi des cours de conduite. Vos résultats scolaires sont impressionnants, mais nous savons tous les deux que vous êtes brillante ; pas de surprise sur ce point. Je n'ai pas encore eu le temps de me renseigner sur le reste. Avant d'arriver, il nous faut passer en revue quelques règles de base… Elle m'arrêta de nouveau.

— Vous comptez véritablement me séquestrer ? Je vous préviens, Igor, mes colocataires vont être folles d'inquiétude lorsqu'elles ne vont pas me voir rentrer.

— C'est tout naturel. Je suis ravi que vous ayez des proches qui veillent sur vous. Et d'ailleurs, pour en revenir à nos règles de base, vous appellerez vos colocataires, ou je peux m'en charger si vous préférez, pour les prévenir que vous allez passer la nuit avec moi.

— Elles sont au courant que les coups d'un soir ne sont pas ma tasse de thé. Oh ce petit regard sauvage… Je dus changer discrètement de position pour empêcher ma soudaine érection de se presser davantage contre la fermeture éclair de mon pantalon.

— Eh bien, maintenant c'est le cas. Vous les appelez ou vous préférez que je le fasse ? J'étais quelqu'un de patient mais j'ignorais combien de temps j'allais encore pouvoir résister. J'éprouvais un désir pour elle qui me dévorait.

— Vous ne pouvez pas me forcer à appeler mes amies. Elle leva le menton en signe de défiance et tout ce qui me vint à l'esprit, c'est l'image de ma main en train de le maintenir en place tandis que j'embrassais ses lèvres pulpeuses. Je ne peux pas simplement leur dire que vous me kidnappez ? railla-t-elle en levant les yeux au ciel.

— Si, bien sûr, et ensuite je vous emmène directement au commissariat et annule votre versement.

— Votre argent ne m'intéresse pas ! La colère dans son regard s'intensifia.

— Naturellement, mais vous avez un prêt étudiant à rembourser et vous habitez en colocation ; un million de dollars vous permettraient de souffler un peu financièrement. Et qu'est-ce qu'une année dans une vie ? Sans compter que vous logerez dans une suite spacieuse et bénéficierez de plats préparés selon vos désirs ainsi que des services d'une femme de ménage. Je suis en contact avec des magazines de renom ; je peux également m'arranger pour vous obtenir un stage. Les choses vont s'améliorer, je vous le promets. Vous serez en mesure de rendre visite à vos amis dès que nous serons mariés et que vous aurez effectivement signé le contrat. C'est l'opportunité d'une vie ; vous seriez idiote de refuser. Fort heureusement pour vous, vous n'êtes pas idiote et c'est pourquoi vous allez passer un coup de téléphone à vos colocataires pour les prévenir de ne pas s'inquiéter. Il me sembla à cet instant faire preuve d'une grande gentillesse.

— Je refuse de coucher avec vous ; je préfère que ce soit clair, dit-elle en faisant défiler la liste de ses contacts sur son smartphone.

— Peut-être pas ce soir, non, mais je suis un amant sensationnel. Il est probable que vous ressentiez le besoin de coucher avec moi à un moment donné. Je lui offris mon sourire le plus ringard possible.

— Pour être commémorée par une encoche de plus sur votre tête de lit, non merci. Elle posa son index sur le nom de sa colocataire sur son écran et le téléphone lança l'appel.

Elle attendit que sa colocataire eût décroché pour mettre la conversation sur haut-parleur.

— Salut, Leah. Ça va ? Tiens, j'étais sur le point de t'appeler. On commande chez Mr. Tang ce soir, je te prends comme d'habitude ? Je lus sur son visage qu'elle était triste à l'idée de ne pas passer la soirée avec ses amies.

— Non merci, Harpo. Hum, j'ai un imprévu. Je euh… Je… balbutia-t-elle. Je volai à son secours, toujours prêt à répondre présent dans les moments maladroits.

— Elle rentre avec moi ! l'interrompis-je alors, m'efforçant de dégager autant de bienveillance que possible.

— Et vous êtes ? La femme au bout du fil semblait sceptique et protectrice.

— Asher Davis, répondis-je simplement.

— Haha, très drôle. T'es sûre que ça va, Leah ? Au moins, le type qui est avec toi a l'air d'avoir le sens de l'humour. Attends, je suis sur haut-parleur là, non ? Désolée, se rétracta-t-elle.

— Oui, tu es bien sur haut-parleur et je suis vraiment en compagnie d'Asher Davis et crois-moi, il n'a pas tant d'humour que ça, rétorqua-t-elle, la mine renfrognée.

— Tu veux dire, *le* Asher Davis ? Le milliardaire le plus canon de la planète ? couina-t-elle.

— Oh, je vous remercie. Que de flatterie.

— Merde alors ! Toi, quand tu t'y mets ! Donc, euh… tu rentres avec lui, c'est ça ? Elle se mit à murmurer, ce qui était ridicule étant donné que je l'entendais parfaitement. Tu es sûre que ça ne te pose pas de problème ? Je veux dire, tu n'as besoin de rien ? Qu'est-ce que je raconte ; il y a sans doute tout ce qu'il faut chez lui.

— Non, tout va bien, c'est juste que… Peu importe, savourez le poulet Kung Pao pour moi et je t'appelle demain, conclut-elle d'une voix fluette. Ma pauvre Ophélia avait l'air extrêmement déçue.

J'appréciai qu'elle ne me dénonçât pas, mais à la voir prendre l'ampleur de la situation, sa soumission se révéla bien moins satisfaisante que ce que j'avais espéré.

— Entendu. Bisous, ma poule et j'ai hâte que tu me fasses un compte rendu. L'enthousiasme de sa colocataire était palpable même à travers le téléphone.

— Je m'en doute. Bisous à toi aussi. Je devais admettre que son manque d'entrain commençait à m'inquiéter.

— Elle est entre de bonnes mains, vous pouvez me faire confiance. Je vais prendre bien soin de votre amie, ajoutai-je sur un ton mielleux qui ne me ressemblait pas du tout.

— Oh mon dieu, d'accord. Amusez-vous bien tous les deux. Comme je m'y attendais, sa colocataire chérissait tellement l'idée qu'un milliardaire accueille son amie chez lui qu'elle ignora complètement la sirène d'alarme qui résonnait probablement dans sa tête.

— Voilà qui est fait ; vous êtes tout à moi maintenant.

— Je ne coucherai pas avec vous, répliqua Ophélia avec force.

— J'avais cru comprendre. D'après les propos de votre colocataire, j'en déduis que le sexe ne tient pas une place importante dans votre quotidien, n'est-ce pas ? Je me demandai l'espace d'un instant si elle avait même déjà eu des relations sexuelles. Vous n'avez jamais couché avec personne, je me trompe ? L'idée était ridicule ; elle était beaucoup trop jolie et sexy pour être vierge.

— Fermez-là. Qu'est-ce que vous en savez ? Et qu'est-ce que ça peut faire que je sois vierge ? Peut-être que je ne suis tout simplement pas comme ces petites traînées en manque de reconnaissance prêtes à écarter les cuisses après un martini pour votre extraordinaire bite magique !

Oooh, je me régalais ; cette femme était un cadeau du ciel, et désormais un défi merveilleux à plusieurs égards.

— Je dois dire qu'il s'agit là d'une description plutôt fidèle. Quant à « traînées » … eh bien, là encore, le terme capture vraiment l'essence de certaines de mes conquêtes. Un raisonnement digne d'une journaliste. Nous voilà arrivés. La voiture venait de s'arrêter devant mon manoir le temps que le chauffeur fasse signe à l'agent de sécurité d'ouvrir le portail. Et si nous discutions de ce que nous, ou plutôt, de ce que vous comptez faire dans les jours suivants en avalant un poulet Kung Pao ? Je n'ai malheureusement pas le numéro de Mr. Tang mais ma femme de ménage est une magicienne. Je suis certain qu'elle saura nous préparer un délicieux poulet Kung Pao.

— Je déteste qu'on me prenne de haut, arrêtez ça ! Les lèvres pincées, elle fixa son regard sur la fenêtre, s'efforçant à coup sûr d'ignorer le faste qui se présentait à elle. Mon manoir deux fois centenaire se dressait seul à l'écart de la ville et offrait un spectacle si impressionnant qu'il m'arrivait encore d'être saisi par sa majesté.

— Il s'avère que c'est un plat que j'affectionne. Et votre colocataire m'a mis l'eau à la bouche. Comme vous pouvez le constater, ma maison est immense ; nous ne sommes pas obligés de nous côtoyer si c'est ce que vous souhaitez. Dès que nous aurons discuté, vous pourrez disparaître. Cela me valut le premier sourire de la soirée.

Elle resta silencieuse le temps que je confirme par téléphone qu'elle était mon invité et que je passe commande auprès de Lainey, ma femme de ménage.

— Ok, poulet Kung Pao, riz cantonais, rouleaux de Rangoon au fromage, foo young aux œufs, sauté de chou et glace à la noix de coco. Vous souhaitez autre chose ? Je peux rappeler et lui demander de rajouter n'importe quoi.

Elle fit non de la tête.

— Vous êtes devenue muette à ce que je vois. Je reportai mon attention sur l'écran de mon portable pour rapidement vérifier ma boîte mail tandis que la voiture faisait halte au niveau de la courbe de l'allée entourant le manoir. Nous y voilà, lui indiquai-je en ouvrant ma porte, le chauffeur s'attelant immédiatement à en faire autant pour elle.

— Vous êtes au courant que je n'ai ni vêtements de rechange ni affaires de toilette. Combien temps comptez-vous me garder ici ? dit-elle en élevant la voix de manière à ce que le chauffeur, qu'une cloison insonorisée avait jusque-là tenu à l'écart, puisse entendre.

C'était une femme rusée. Dommage pour elle, néanmoins ; mes employés savaient à qui ils avaient affaire. La plupart étaient conscients de mes excentricités, mais pas une seule âme n'osait me défier.

— Puisque nous sommes sur le point d'être jeunes mariés, il vous faut rester ici indéfiniment. Vous ne manquerez de rien, répondis-je sans me retourner en approchant de l'entrée.

Elle dut courir pour me rattraper alors que Thomas, mon majordome, m'ouvrait la porte.

— Le dîner sera servi dans une heure, M. Davis, et la chambre de mademoiselle est prête à l'emploi, conformément à votre demande, déclara-t-il avec une précision et un professionnalisme presque robotiques.

— Demandez à Lainey de commander trois jeans en taille 38, deux soutiens-gorges en taille 85 C, huit paires de culottes, trois chemisiers, dont un plus habillé, en taille medium. Deux pyjamas, avec pantalons en flanelle et t-shirts confortables, en taille medium également. Trois débardeurs et trois shorties en taille S, une robe de cocktail et une robe soirée, toutes deux en taille 38, une paire de baskets en taille 40, une paire de chaussures à talon, même taille, ainsi qu'une paire de chaussons. Il me faut tout ça pour après le dîner. Ce sera tout, merci. Je jetai un coup d'œil en direction d'Ophélia, qui semblait bouche bée. Fermez la bouche, voulez-vous, lui soufflai-je, ce n'est pas digne d'une dame.

— Comment… ? balbutia-t-elle.

— J'ai couché avec assez de femmes pour qu'elles n'aient plus aucun secret pour moi. Je suis loin d'être encore vierge, moi. Je ne pus retenir un petit rire. Je vous emmènerai faire du shopping demain si avez besoin d'autre chose. J'ôtai mon manteau et l'accrochai à la patère.

— J'ai mes propres affaires, je vous rappelle, se défendit-elle avec férocité.

— Je chargerai Thomas d'aller les récupérer demain.

— Et comment va-t-il savoir ce qui est à moi ? Décidément, elle avait un sacré caractère, cette petite.

— Eh bien, si quelque chose n'appartient à aucune de vos colocataires, c'est que c'est à vous. Vous ne quitterez pas la maison tant que nous ne serons pas mariés.

— Laissez-moi vous dire, Asher, que votre plan est tordu ; vous êtes un grand malade. Vous ne pouvez pas kidnapper une personne pour la forcer à se marier. Vous voulez me faire croire qu'aucune de vos cocottes n'accepterait de vous épouser ? Je suis persuadée qu'elles mouilleraient leur culotte rien qu'à y penser. Pourquoi ne pas kidnapper l'une d'entre elles ? À nouveau cet air renfrogné…

— Exactement, elles adoreraient que je les demande en mariage. Vous avez raison. Et elles chercheraient continuellement mon attention et demanderaient à porter mes enfants. Je préfère avoir affaire à vous. Elles ne me tiendraient certainement pas tête comme vous le faites, et j'apprécie une joute verbale bien menée. Voyez-vous, je n'ai pas réellement envie de me marier, donc vous êtes la candidate idéale, répondis-je avec un clin d'œil. Je vous montre votre chambre ou vous préférez que je fasse installer votre lit dans le vestibule ?

— Après vous, monsieur le prince charmant. Elle désigna l'escalier d'un geste de la main.

— Oh, vous êtes adorable, votre chambre est au cachot. Par ici… Je dépassai l'escalier et vis son visage pâlir. Un point pour moi. Elle comprit que je ne reviendrai pas sur mes pas, et la terreur qui remplaça alors son sourire en coin sur son visage me sembla valoir davantage que le million de dollar que j'étais sur le point de lui verser. Elle était loin de se douter que le manoir était équipé d'un ascenseur qui menait directement au quatrième étage sans effort. Le ding caractéristique retentit et les portes s'ouvrirent à l'instant où nous l'atteignions. La cage était flambant neuve et dotée d'une technologie de pointe, bien que les boiseries et sculptures au style ancien laissaient penser le contraire. Elle y entra sans dire un mot.

— Entre nous, vous mériteriez un bon coup de fouet, mais je ne suis pas tellement amateur de sadomasochisme. Vous serez ravie d'apprendre que je ne donne par ailleurs pas la fessée. J'ai déjà fort à faire avec ce que la nature m'a offert, croyez-moi. J'appuyai sur le bouton pour maintenir la porte ouverte.

— Mais je vous crois sur parole. Son sarcasme refaisait surface. Je ne compte de toute façon pas vérifier par moi-même, murmura-t-elle en me rejoignant dans l'ascenseur.

— Nous verrons cela en temps venu. Ah, la pâleur chassa le joli rose qui était pourtant revenu sur ses joues.

Chapitre 7

Ophélia

Asher était troublant, presque effrayant. Je ne comprenais pas bien les raisons pour lesquelles il m'avait choisie, mais je supposais que cela avait à voir avec le fait que j'avais refusé sa demande. J'avais clairement affaire à un grand bébé qui gérait mal le rejet. Après son petit numéro dans l'ascenseur, la tension entre nous était légèrement retombée, et j'avais maintenant hâte d'appeler mes colocataires pour leur demander de venir me secourir. Le reste de notre ascension se passa dans le silence, puis je lui emboîtai le pas sur le tapis beige du couloir du dernier étage, admirant au passage les toiles bigarrées ornant les murs.

Après une observation rapide, qui me permit à la fois d'éviter son regard et d'établir quel genre d'homme il était, je déduisis qu'il aimait les choses colorées. Il y avait de la fantaisie dans les œuvres que j'apercevais. L'une représentait des amants main dans la main flânant sur un trottoir, une autre, un danseur sous la pluie, une autre encore, un couple en train de s'embrasser, et la dernière, une enfant accoudée à une fenêtre, le regard perdu vers l'horizon. Des tableaux étranges qui en disaient long sur l'homme qui les avait choisis. Et malgré ma réticence à regarder la réalité en face, j'étais terriblement attiré par lui. Il me faisait l'effet d'une drogue. Il sentait divinement bon, se muait avec une assurance irrésistible, et il se dégageait de la provocation qui poignait à chacune de ses prises de parole un sex-appeal dévastateur. Devoir lui résister en permanence se révélait certes difficile, mais je n'allais pas céder face à un prétentieux dont le passe-temps était de ravir des femmes pour les épouser de force. Sans compter que je n'avais aucune envie de devenir un trophée de chasse supplémentaire.

— Voici votre chambre, dit-il sur un ton abrupt en s'arrêtant devant une porte qu'il ouvrit à l'aide d'une clé.

— Vous envisagez de m'enfermer là-dedans à double tour ? Je me doutais que ce n'était pas le cas, mais j'avais pour habitude de ne jamais passer une occasion d'exhiber ma maîtrise du sarcasme.

— Non. Il déposa la clé dans le creux de ma main. Vous êtes libre de faire ce que vous voulez avec cette clé. Je possède un double, mais je ne l'utiliserais qu'en cas d'extrême urgence. Vous pouvez verrouiller votre porte si vous jugez nécessaire de le faire. Son unique but est de préserver votre intimité. Après vous. D'un geste du bras, il désigna une pièce visiblement plus vaste que l'appartement que je partageais avec Harper et Eliza.

— Ouah, ok. Alors, c'est comme ça que vivent les milliardaires, soufflai-je, ébauchant l'ombre d'un sourire.

La chambre était en fait divisée en deux parties : un espace nuit, équipé d'un lit king size couvert draps somptueux dans des teintes caramel qui s'alliaient au marron glacé des murs et faisaient ressortir le brun plus foncé des moulures. De discrètes touches féminines venaient çà et là rehausser le style masculin de la pièce.

— Je ne sais pas comment font les autres milliardaires, mais c'est ainsi que je vis, répondit-il avec un sourire.

L'autre partie de la suite faisait office de séjour. En son centre trônait un canapé volumineux, stratégiquement placé devant un écran plat gigantesque. On y trouvait également une table basse, une petite table de cuisine avec ses deux chaises, et dans un coin, une kitchenette équipée d'un frigo, d'un évier, d'une plaque de cuisson ainsi que d'un micro-onde.

— Je ne vais jamais avoir envie de sortir de cette chambre. Cela me peinait de m'émerveiller, mais l'endroit était incroyable et je n'arrivais pas à croire que j'allais véritablement y dormir. C'était encore mieux que ce à quoi je m'attendais : grandiose, décoré avec goût, propre, confortable, sans personne pour produire des bruits de fornication. Un endroit où je pourrais enfin ronfler sans modération.

Je le détestais mais je ne pouvais qu'apprécier ce qu'il m'offrait ; et je n'avais pas encore pris le temps d'assimiler cette histoire de millions de dollars, mais dieu que cette chambre était agréable.

— Ma foi, j'espère que vous vous déciderez à la quitter parce que l'une des raisons de notre mariage est de me permettre d'admirer votre joli minois. Je lui fis face afin d'évaluer son niveau d'honnêteté.

— Je vous enverrai une photo, ne vous faites pas, répliquai-je, la tête penchée sur le côté et une main sur la hanche, impatiente de m'affaler dans mes nouveaux quartiers et d'avaler un morceau.

— Je doute que cela suffise mais bien essayé. Maintenant que vous avez vu votre nouvelle chambre, qui semble à votre goût si j'en crois mes talents de perception, nous avons bien mérité quelques cocktails en apéritif avant de dîner. Mais avant toutes choses, permettez-moi de vous informer que, comme dans le récit de la Belle et la Bête, vous pouvez passer la journée enfermée dans votre chambre ou arpenter les couloirs du manoir comme bon vous semble, mais vous n'êtes pas autorisée à sortir sans ma permission et vous vous joindrez à moi tous les soirs à l'heure du dîner. Le sourire diabolique sur son visage ne présageait rien de bon.

— Donc je suis votre prisonnière. Et mon travail ? Je sentais la colère monter en moi.

— Eh bien, disons que l'usurpation d'identité, c'est terminé pour vous. De la même manière, vous ne laisserez plus un journaliste de second rang voler vos articles ; si vous voulez un vrai travail, je vous en trouverais un.

— Ah, digne d'un vrai kidnappeur.

— Ou pas. Ça m'est égal. Mais je vous rappelle que je possède plusieurs magazines ; cela ne me prendrait qu'une minute pour vous obtenir un job. Rien ne vous force à travailler, par ailleurs. Je vous paierai quoiqu'il arrive. S'il vous plaît, je ne souhaite en aucun me battre avec vous sur le moindre détail. Un délicieux plat de poulet Kung Pao nous attend, et je meurs d'envie de siroter un martini. Alors, posez votre sac à main et joignez-vous à moi. Vos vêtements seront là dans une heure. En attendant, allons dîner. Il semblait extrêmement agacé par mon comportement.

— Vous avez tellement l'habitude de mener la danse que vous avez perdu toute capacité à vous conduire comme un être humain, pestai-je.

— Je ne suis pas un être humain, riposta-t-il. Et un peu d'animosité ne fait pas de mal. Un sourire narquois se dessina sur son visage. Je suis impatient de vous montrer à quel point l'animosité peut pimenter une expérience.

Je mentirais si je disais que l'idée me laissait indifférente. L'image de nos deux corps nus s'affichait maintenant, indélébile, dans mon esprit. Je le suivis à nouveau sur le chemin de l'ascenseur, m'attendant à une nouvelle procession silencieuse, lorsqu'il se mit à parler.

— Vous savez ce qu'on dit des femmes sarcastiques ? demanda-t-il de façon inattendue.

— Elles ont du caractère, sont fatigués de l'imbécilité dont font preuve les hommes et sont en réalité des déesses guerrières aptes à décortiquer les bijoux de familles ? Je savais que ça lui plairait.

— Oui, ou alors elles sont tellement effrayées à l'idée de perdre leur virginité, leur dignité et leur pouvoir qu'elles en deviennent suffisamment idiotes pour considérer une offre avantageuse comme motivée par autre chose que de la gentillesse, lâcha-t-il sans me regarder.

Je fis semblant de m'étouffer, ce qui sembla l'amuser.

— Je ne vais pas m'ennuyer avec vous, marmonna-t-il alors que l'ascenseur ouvraient ses portes sur une vaste salle de bal.

— Est-ce qu'il vous arrive de danser ici tout seul ? J'essayai de dissimuler mon émerveillement devant le volume vertigineux qui se déployait sous mes yeux en une magnifique salle vide à l'exception des quelques tableaux qui ornaient les murs. Sachant que vos amis sont pour la plupart des escrocs, des cocottes et des criminels, j'entends.

Sur les œuvres décorant la salle de balle, des danseurs venant des quatre coins du monde. Ma préférée était une peinture représentant différents couples valsant au clair de lune sur les hauteurs d'une petite ville d'Europe.

— Tout le temps, répondit-il sur un ton sec.

— J'aimerais bien voir ça, ripostai-je.

— Nu, ajouta-t-il, la mine non moins sévère.

— Je passe.

L'idée me fit néanmoins glousser. Il me conduit jusqu'à une double porte ouvrant sur un espace plus intimiste, où nous attendait une table dressée sur laquelle reposaient une sélection de nems, une salade d'algues, des cacahuètes épicées et quelques kumquats. Il entra et se dirigea directement vers le bar.

— Qu'est-ce que je vous sers ? Bière, vin, martini ? Personnellement, je vais opter pour le martini ; j'ai besoin de quelque chose de corsé pour me faire tenir jusqu'à ce que vous vous laissiez enfin aller à vos désirs.

— Épargnez-moi la prose Harlequin ! Et oui, un martini, s'il vous plaît. Je veux pouvoir être en mesure de dormir cette nuit, dis-je en choisissant d'un air faussement détaché la chaise la plus éloignée de l'endroit où je soupçonnais qu'il allait s'asseoir.

Son regard s'arrêta sur la place vacante directement à côté de moi, puis abandonna selon toute vraisemblance l'idée de me torturer davantage. Il servit deux martinis avant de s'asseoir en face de moi, à mon grand soulagement.

Il me tendit un verre tout en sirotant le sien. — Dîtes-moi, commença-t-il en piochant quelques cacahuètes. Comment se fait-il qu'une femme aussi jolie que vous soit toujours vierge ?

— Et comment se fait-il qu'un homme aussi riche que vous passe autant de temps à courir le jupon. J'attrapai à mon tour une poignée de cacahuètes.

— J'adore le sexe. J'aime ça plus que tout au monde ; enfin, pas exactement, j'aime l'argent un tout petit peu plus. Et les gens, ce n'est pas trop mon dada, surtout les femmes.

— Vous voulez dire que vous êtes gay ? Nous savions tous les deux que je plaisantais.

— Oui, j'enchaîne les vagins parce que secrètement, je préfère les pénis. Non, si j'étais gay, vous auriez déjà vu tout un chapelet de soupirants déambuler dans le manoir. J'ai parfois l'impression que ça serait plus simple si je l'étais. Je ne m'entends pas avec la plupart des femmes que je rencontre. Je déteste celles qui ne veulent que mon argent, mais elles sont généralement promptes à écarter les cuisses. Celles dont le compte en banque équivaut au mien sont en revanche aussi frigides qu'acariâtres. Les plus naïves sont mignonnes et d'ordinaire plus endurantes que les blasées. Quant aux intellectuelles, dit-il, les yeux rivés sur mon visage. Elles voient clair dans mon jeu et se tiennent à distance. Et bien sûr, les plus maternelles n'ont qu'une chose en tête, avoir un bébé. Voilà. Vous savez maintenant pourquoi Asher Davis est un coureur de jupons.

— Ouah… un coureur et un imbécile apparemment. Et je pèse mes mots. À vrai dire, aucun adjectif capable de capturer l'étendue de votre haine envers les femmes ne me vient à l'esprit. « Misogyne » est le terme clinique, bien entendu, mais il y a quelque chose de plus méprisable encore chez vous. Qu'est-ce que les femmes ont bien pu vous faire ? C'était là une question sincère.

— Rien du tout. Les femmes ne m'ont jamais rien fait. C'est bien le problème. Toutes celles que j'ai fréquentées se sont avérées profiter de moi. Je ne nie pas être un crétin misogyne, mais je ne suis pas le seul fautif dans cette affaire. Il afficha un sourire étonnamment doux et authentique. À votre tour, les raisons de votre virginité ?

— Les hommes me font peur. Autant faire preuve d'honnêteté à ce stade. Après tout, il était prêt à investir cinq millions de dollars pour faire de moi son « épouse ». Je n'avais rien à perdre.

— Est-ce qu'un homme vous a déjà fait du mal ? Nous nous aventurions sur le terrain personnel un peu trop rapidement à mon goût.

— Non, pas vraiment. Enfin, à part mon père biologique, qui a quitté la maison lorsque j'étais toute petite. Je me souviens qu'il lui arrivait d'hurler sur ma mère et de la rouer de coups ; elle ne s'en est d'ailleurs jamais vraiment remise. Après que mon père eût disparu du tableau, elle a enchaîné les pauvres types, et tous ont eu la main baladeuse avec moi. Rien qui aurait pu finir à la une du journal, cela dit. Mais ma mère n'était pas heureuse, et quand elle décéda dans un accident de voiture avec le moins que rien du moment, j'ai renoncé à l'idée de pouvoir être comblée en amour. Le souvenir me mit la larme à l'œil, une sensation que j'avais en horreur. J'ai été placée en famille d'accueil pendant quelques mois, avant d'être adoptée par un couple propriétaire d'une ferme de homards. Ce sont des gens bien… tout s'est arrangé après ça. Mon père adoptif est très gentil quoiqu'un peu loufoque, mais je ne me sens pas assez proche de lui pour aborder des sujets tels que les hommes, par exemple. Ce n'est pas le genre de relation qu'on entretient, lui et moi.

Cette histoire était derrière moi. J'avais suivi une thérapie pendant de longues années, pour en arriver toujours à la même conclusion : j'allais finir par trouver une solution à mon problème. J'avais huit ans quand ma mère est morte et mes nouveaux parents, les éleveurs de homards aimants et normaux, m'avaient très rapidement adoptée. La plupart des enfants de mon âge pouvaient attendre des années avant d'être recueillis, mais j'avais eu la chance d'être une gamine mignonne avec la tête sur les épaules.

— Boom ! Asher simula une explosion d'un geste de la main.

— Ne commencez pas ! J'attrapai un nem et le fourrai rapidement dans ma bouche pour m'empêcher de continuer à parler.

— Vous avez raison, veuillez m'excuser. C'était odieux de ma part, d'autant plus qu'il s'agit d'une histoire épouvantable. C'est simplement que je ne sais pas quoi répondre qui vous serait utile. J'ai eu le privilège de mener une vie paisible. Mes parents sont très riches et je bénéficie, en plus de mon propre argent, d'une rente qu'ils me versent tous les mois… Vous savez, quand vous possédez autant d'argent, vous avez tendance à le donner à n'importe qui. Au moins, avec cet arrangement, le-leur reste dans la famille. Je déteste m'ennuyer, c'est mon plus grand défaut, et c'est pourquoi je tourne le dos aux situations auxquelles je devrais plutôt faire face. Pour en revenir à vous, vous ne faites confiance à personne, je me trompe ? À son tour, il prit un nem.

— Qu'est-ce que vous feriez à ma place ? demandai-je, les yeux rivés sur mon assiette.

— Oh, moi ? Je finirais probablement par collectionner les chats ou les armes à feu… voire même les deux. Je trouve ça remarquable que vous ayez choisi de soutenir et de défendre vos prochains en utilisant les mots. Peut-être qu'en utilisant suffisamment de mots, vous rendriez votre mère fière et heureuse ? Peut-être sauveriez-vous même sa vie ? Qu'il aille au diable avec sa psychologie de comptoir.

— Non, cela n'a rien à voir. Et vous ? Y a-t-il quelque chose que vous désirez par-dessus tout mais que vous ne pouvez pas avoir ? Une personne qui fera tout pour obtenir ce qu'elle veut de vous avant de vous abandonner à votre triste sort ? Tout le monde veut quelque chose, Asher, c'est comme cela que fonctionnent les relations ; c'est donner et recevoir, le yin et le yang, Bonnie et Clyde. Je tentai une petite analyse de son expérience, ne serait-ce que pour voir s'il était aussi à l'aise que lorsqu'il s'agissait d'évaluer la mienne. J'ai suivi de nombreuses thérapies, je vous remercie. Je n'ai pas besoin qu'on m'examine davantage. Quant aux relations sexuelles, je me réserve pour le mariage, annonçai-je avec sarcasme, avant de me rendre compte de ce que je venais de dire. Merde.

— Très bonne nouvelle, en ce qui me concerne ! s'exclama-t-il en agitant son nem dans les airs.

— À votre place, je ne me réjouirais pas trop vite, rétorquai-je avec malice. Je veux des enfants ; le plus d'enfants possible. J'agrémentai ma confession d'un grand sourire.

Par chance, un homme en pantalon noir et chemise blanche impeccable entra dans la pièce avec un plateau qu'il déposa sur la table.

— Le poulet Kung Pao, annonça le majordome sur un ton officieux. Vous trouverez le riz vapeur placé sous l'entrée sur le plateau. Je vous apporte le reste de votre repas tout de suite. Il exécuta une petite courbette courtoise avant de disparaître.

— Bien, mangeons à présent. Souhaitez-vous que je vous serve ? Asher se leva de sa chaise et se saisit de l'une des assiettes.

— Je suis capable de me servir toute seule, répondis-je sur la défensive.

— Je ne compte pas vous servir quoi que ce soit d'obscène ce soir, si c'est ce qui vous inquiète. J'essaie de me montrer attentionné. Vous devriez profiter de l'opportunité. À en croire la rumeur, je ne fais preuve d'amabilité envers personne. À nouveau, il afficha ce sourire plein de douceur.

— Dans ce cas, je veux bien, s'il vous plaît, concédai-je avec un petit signe de la tête. Dîtes-moi, vous envisagez de fréquenter beaucoup d'autres femmes quand nous serons mariés ? Je ne savais pas ce qui me prenait à poser cette question. Sans doute souhaitais-je simplement savoir quel genre de vie m'attendait pour l'année à venir.

— Non, à moins que vous ne me laissiez me languir de vous pendant trop longtemps. Il me tendit une assiette pleine à craquer de poulet Kung Pao, en profitant pour m'adresser un clin d'œil.

— Je ne me débarrasserais pas trop vite de mon petit carnet noir à votre place, répliquai-je en lui renvoyant son clin d'œil.

— Nous passerons en revue les détails de notre arrangement demain, et nous pouvons changer de sujet si vous le souhaitez ; nous entrons dans le vif de sujets personnels et … peut-être que le respect et la bienveillance s'imposent. Vous avez vécu des expériences traumatisantes et mon objectif n'est pas de vous causer de la peine supplémentaire. Cela étant dit, je veux que vous sachiez que je serais honoré d'être un jour votre premier amant. La ferveur empreinte de sincérité que je percevais dans sa voix me fit frissonner.

— Vous pouvez toujours rêver. Je n'avais pas encore dit mon dernier mot. Vous ne devez pas croiser beaucoup de femmes vierges dans votre univers. Et ne vous inquiétez pas pour moi, je peux me débrouiller avec mes problèmes. Comme à mon habitude aux premiers signes de familiarité, je me repliai sur moi-même.

— J'en rencontre plus que vous ne le pensez, et j'en ai fréquentées plusieurs. Je dois dire que ce ne sont pas les expériences sexuelles que j'apprécie le plus ; elles impliquent bien trop de responsabilités dont je préfère généralement me passer. Néanmoins vous me rendez un immense service en m'aidant à redorer mon image. J'aimerais en retour pouvoir vous procurer du plaisir. Je peux être un amant très tendre, et je m'emploierais à vous faire oublier tous les minables que vous avez pu rencontrer au cours de votre vie. À dire vrai, après seulement quelques heures passées en votre compagnie, je pense qu'une nuit de passion et d'érotisme avec un expert du sexe vous ferait le plus grand bien.

— Non, ce qui me ferait réellement du bien, c'est une douche et une bonne nuit de sommeil, soufflai-je, affolée.

— J'espère qu'un jour vous parviendrez à me faire confiance.

— Hum, ça me paraît difficile de faire confiance à l'homme qui m'a confié qu'il n'aimait pas les femmes après m'avoir kidnappée. Ce n'était peut-être pas la meilleure entrée en matière, l'interrompis-je.

— Certes, mais sans vos pratiques de reporter clandestine, je ne vous aurais jamais rencontrée et ainsi, jamais kidnappée. Cela mis à part, je n'ai que très peu d'amis et cela me convient parfaitement, ce qui pourrait expliquer pourquoi je choisis de coucher avec des femmes sans tisser de liens. Vous êtes différente. Vous n'attendez de moi que le strict nécessaire, à savoir, ne pas vous envoyer derrière les barreaux et peut-être également l'argent ? Quoique vous n'avez pas montré beaucoup d'intérêt à ce sujet jusque-là. J'ai par contre l'impression que vous appréciez votre chambre ; c'est la première fois que j'ai vu sourire depuis ces ridicules sandwichs au caviar de la réception. J'ai compris ce soir-là que vous étiez quelqu'un qui se refuse trop de petits plaisirs. Mais si vous parvenez un jour à me faire confiance, retenez simplement que je serais ravi d'être votre première fois, non pas pour assouvir des désirs de conquête, mais parce que j'ai sincèrement envie de vous rendre ce service. Je lus l'honnêteté dans ses yeux, et l'atmosphère devint presque étouffante.

— Euh. Je déglutis avec peine. Vous êtes un vrai pro du baratin. Je comprends maintenant comment vous vous y prenez pour séduire toutes ces femmes.

— Et si nous commencions à dîner et que vous me racontiez ce qui vous plaît tant dans le poulet Kung Pao ? Il avait perdu son air sérieux et je respirai à nouveau.

Chapitre 8

Asher

Je n'y tenais plus. J'étais tellement attiré par elle depuis notre première rencontre, je n'avais qu'une envie, c'était de la déposer sur mon lit et de me glisser entre ses jambes. Mais l'image de cette femme assise seule dans le manoir d'un milliardaire, bravant sa vulnérabilité pour me faire face et échapper à une situation que je n'envisageais pas une seconde de lui imposer, fit fondre mon cœur de glace. Elle dégageait tellement de force malgré sa petite stature. J'avais été sincère lorsque je lui avais promis d'être doux. À dire vrai, l'idée de lui faire découvrir les plaisirs du sexe était devenue une obsession. J'étais toutefois conscient que je ne m'attirerais pas ses bonnes grâces par la séduction ; j'allais devoir adopter une stratégie que je n'utilisais que rarement et essayer de devenir son ami. Elle le méritait amplement.

Elle avait découvert le poulet Kung Poa à travers ses amies, qui lui avaient ressassé de goûter jusqu'à ce qu'elle cède. Elles n'avaient jamais exploré le reste de la cuisine chinoise, et lorsque le majordome nous eut servi les autres plats, elle prit le temps de les savourer un par un pour la première fois. Je me réjouissais de la voir manger et apprécier son repas.

— Alors, quel est le verdict ? demandai-je, un sentiment de plénitude m'empêchant presque de respirer normalement.

— Tout était délicieux, je vous remercie. Elle semblait tout aussi repue que moi lorsqu'elle s'installa plus confortablement au fond de son siège, se tortillant dans ses vêtements.

Nous avions fait la paix pour la nuit.

— Vous semblez avoir sommeil. Vous voulez rejoindre votre

chambre ? Je peux vous montrer comment utiliser la télévision. Vous avez également à votre disposition des jeux vidéo ainsi qu'un accès à une large sélection de livres en ligne et à toutes les plateformes de streaming proposant presque tous les films jamais produits… mon forte, je dois l'admettre. Vous avez de quoi vous distraire. Vous trouverez aussi des enregistrements de concerts et de pièces de théâtres si vous aimez ça. J'y avais peut-être été un peu fort sur la technologie de télévision numérique.

J'étais un cinéphile invétéré et j'aimais que les gens le sachent.

— On dirait bien que ne vais jamais trouver une seule raison de quitter cette chambre, plaisanta-t-elle, le ton faussement menaçant.

— Heureusement pour moi, je possède un double des clés, ironisai-je.

— Je parie que la raison pour laquelle votre cercle d'amis compte peu d'abonnés est que vous avez accès à beaucoup trop de chaînes de télé. Dieu qu'elle était craquante.

— J'ai beaucoup trop d'argent, c'est ça la vraie raison. Ce qui me vaut le privilège d'être tour à tour vénéré et déraisonnablement redouté. Au-delà de ça, certaines des décisions que j'ai prise concernant mon entreprise sont pour le moins douteuses, j'aime les femmes sexy qui ne sont pas repoussées par mon attitude je-m'en-foutiste… et j'ai effectivement accès à trop de chaînes de télévision, admis-je en la regardant du coin de l'œil.

— Et donc, en admettant que je couche avec vous, que je me mette à vous couvrir de « Asher, Asher, je vous aime, ne me quittez pas, ne couchez avec personne d'autre » et que je finisse d'une manière ou d'une autre par tomber enceinte… vous vous débarrasseriez de moi dans le fossé le plus proche, c'est ça ?

Je n'attendis pas une seconde de plus pour répondre, la sueur perlant déjà sur mon front. — Disons que c'est la meilleure façon de me faire rompre notre contrat et de vous libérer. Elle avait étrangement réussi à me faire peur. Je savais pertinemment qu'elle n'en ferait jamais rien, mais l'idée de m'engager me terrifiait. Elle avait apparemment trouvé mon talon d'Achilles.

— Si je comprends bien, ce n'est pas seulement votre charmante personnalité qui vous empêche de vous faire des amis ; vous êtes simplement incapable d'entretenir une relation sincère sur le long terme. C'est plutôt triste.

Elle avait repris la main.

— En effet. Je pris une longe inspiration. Je crois que ça suffit pour moi ; je déclare forfait. Vous avez gagné le premier round. Je ne suis qu'un crétin inutile. Je me levai, tout à coup impuissant face à l'honnêteté de mon invitée. Je m'efforçai de rester impassible, mais elle avait touché un point sensible.

Je n'avais plus envie de jouer.

— J'évite les relations avec les hommes parce que j'ai peur qu'ils me quittent ! se précipita-t-elle de dire avant que je ne quitte la salle. Je me retournai pour lui faire face, mon regard plongeant immédiatement dans le sien.

— J'ai peur qu'ils m'utilisent pour mon corps et mon apparence jusqu'à ce qu'ils s'en lassent, me brisent le cœur et m'abandonnent à mon triste sort pour recoller les morceaux. Alors, vous êtes prêt à me renvoyer chez moi et à vous trouver une autre « épouse » ?

— Ça dépend, est-ce que vous avez dit ça dans le seul espoir que je me débarrasse de vous ? Elle voulait de la franchise, elle allait en recevoir.

— Non. Je ne sais pas pourquoi je vous ai dit ça. Peut-être parce que j'ai eu l'impression de vous avoir insulté. Ça n'était pas mon intention. D'autant plus que je suis mal placée pour parler. Cette femme n'arrêtait pas de me surprendre.

— Je suis quelqu'un de coriace, mais vous, ma chère, semblez n'avoir aucune difficulté à me déstabiliser. L'ascenseur se situe tout au bout de la salle de balle ; nous sommes au quatrième étage. N'hésitez pas à arpenter le manoir et à en visiter toutes les pièces, à l'exception de mon bureau. Vous ne pouvez y entrer sans un code de toute façon. Je m'éloignai d'elle et quittai le salon sans me retourner, mais non sans hurler par-dessus mon épaule. C'est là que j'entasse les cadavres.

Je l'entendis ricaner depuis ma position devant les portes encore fermées de l'ascenseur.

Alors qu'elles s'ouvraient enfin, elle courut derrière moi. —Attendez ! Elle me rattrapa juste avant que je n'entre sur la plateforme. Vous avez promis de me montrer comment utiliser la télévision. Je suis persuadée qu'en bon geek, vous l'avez tellement bidouillée qu'un simple mortel ne peux s'en sortir seul. Son sarcasme était manifestement de retour.

— C'est possible, en effet, confirmai-je avec un sourire.

— Quel est intérêt d'avoir autant de chaînes dans ce cas ? eut-elle l'impertinence de rétorquer, une main sur la hanche.

— Je vais vous expliquer comment ça marche, ne vous inquiétez pas. Je fis face aux portes de l'ascenseur tandis que nous nous élevions en direction de son étage, décidé à ne pas m'attirer davantage d'ennuis.

Elle ne m'effrayait pas réellement, mais elle faisait preuve de bien plus d'honnêteté que ce à quoi je m'attendais. J'avais peut-être agi avec trop de précipitation dans la mise en œuvre de mon plan.

— Je suis désolée si je vous ai blessé, dit-elle, brisant le silence qui s'était installé. Je ne sais rien de vous.

Les portes s'ouvrirent, nous invitant à emprunter le couloir.

— Vous en savez bien plus que vous ne devriez, fut ma réponse tandis que je l'accompagnai vers sa chambre.

Une fois à l'intérieur, j'attrapai immédiatement la télécommande. — Ce n'est pas si compliqué, vous allez voir. Le bouton rouge sert à allumer la télé. J'appuyai dessus et l'appareil se mit en marche. Vous pouvez soit utiliser la commande vocale en appuyant sur le petit bonhomme juste là… lui-expliquai-je en désignant l'emplacement des différents boutons. Ou vous pouvez vous rendre dans la barre de recherche et appuyer sur « live » pour afficher la liste des programmes en cours sur le réseau de chaînes publiques et câblées. Si vous le souhaitez, je peux programmer votre télécommande de manière à ce qu'elle suive un algorithme qui vous proposera des films et des séries conformes à vos habitudes de navigation. Il vous suffit d'accéder à l'application depuis l'écran de votre télé et de répondre aux différentes questions à l'oral ou en utilisant les boutons vert et rouge.

— Vous êtes mignon quand vous parlez geek, laissa-t-elle s'échapper.

— Mignon. Ma voix semblait avoir brusquement disparue.

— Alors, comment fonctionne cette application ? demanda-t-elle en s'approchant légèrement.

— Elle a été conçue spécifiquement pour le manoir. Tenez, je vais y entrer votre prénom. Quels genres de programmes aimez-vous ?

— *Comment épouser un meurtrier*, *Mon homme, mon argent*, *Ces Femmes qui se marient pour l'argent*, *Les Beautés désespérées* de peu importe où, *Ces Femmes qui aiment les trous à rats*, ce genre de choses. Lorsque je compris enfin où elle voulait en venir, je me retournai pour lui faire face.

— Très drôle, dis-je en lui jetant la télécommande.

— Je crois que je vous préfère dominant et terrifiant que vexé. Elle se laissa tomber sur le canapé, agrippée à la télécommande comme une enfant à un nouveau jouet, explorant du bout de ses doigts tout ce que la télévision avait à lui offrir.

— Je ne suis pas vexé, répliquai-je en m'asseyant à côté d'elle. Juste un tout petit peu froissé. Je fis mine de bouder.

— Votre divin pénis magique, ajouta-t-elle sur le ton de l'ironie, et nos plaisanteries reprirent.

— Dommage que vous ne découvrirez jamais ô combien divin et magique. Un sourire satisfait se dessina sur mon visage.

— Admettons que je décide finalement d'accepter de coucher avec vous, est-ce que je serais vouée à n'être que le numéro cent-un dans la file d'attente ? Vous savez, comme chez le garagiste, « Ophélia Jameson, Ophélia Jameson est attendue à l'accueil pour recevoir son pénis magique ». Elle se mit à sourire à son tour et je ne pus m'empêcher de ricaner en réponse.

— Non, pas exactement comme chez le garagiste. Pour commencer, je vais vous épouser, donc votre ligne d'attente serait spéciale dans le sens où elle ne compterait qu'une seule cliente. Et numéro cent-un ? Vraiment ? Combien de garages connaissez-vous qui n'ont vendu leurs services qu'à cent-un clients ? Et c'est pareil pour moi, le nombre de services qu'a rendu ce divin pénis magique est largement supérieur. Je ne mentais pas, mais je brûlais d'envie de voir sa réaction.

— Bon sang, quand avez-vous vu un médecin pour la dernière fois ? Vous savez que ces pulsions peuvent cacher quelque chose de très grave. Mon dieu, cette femme était vraiment incroyable.

— Tout va bien pour moi ; j'ai une crème qui fait des merveilles. Notre conversation suscita chez moi une certaine excitation. Il n'y avait malheureusement pas grand-chose que je puisse faire pour dissimuler la bosse au niveau de mon entrejambe… et bien sûr, elle remarqua.

— Je vois ça. Une jolie nuance de rouge envahit ses joues lorsqu'elle se rendit compte qu'elle venait de s'aventurer sur un terrain dangereux.

— Je devrais peut-être vous trouver un programme télé à regarder.

J'attrapai la télécommande et lançai une recherche, soucieux de distraire son attention.

— Bonne idée, dit-elle en se reconcentrant sur la télévision. Je compris à cet instant qu'elle avait ouvert, quoique très légèrement, une fenêtre d'opportunité, et que je venais de la refermer avec force.

— Je sais que vous êtes inquiète quant au nombre de femmes qui pourrait se retrouver dans mon lit, mais ce n'est pas le principe de ce mariage. Je suis censé calmer le jeu pour renvoyer une image plus correcte.

— Oui, eh bien, épouser un séducteur a ses inconvénients.

— Qu'est-ce qui vous dérange tant dans le fait que j'aime séduire ? J'avais une liste entière de détails susceptibles de lui déplaire, mais je voulais l'entendre les soulever.

— Je suis consciente que ce mariage est factice. Vous m'avez surprise dans une situation compromettante et je vois très bien ce que vous essayez de faire. Vous voulez me donner une chance de booster ma carrière de façon légitime. De cette manière, nous obtenons tous les deux ce que nous souhaitons. Je ne suis pas contre l'idée d'un mariage blanc, mais je refuse qu'on m'utilise et qu'on me jette immédiatement après usage. C'est exactement ce que j'ai tenté de fuir toute ma vie. Si je vous épouse, deux options s'offrent à moi ; soit je reste enfermée dans ma chambre à jouer avec cette télé extraordinaire pendant un an, soit je cède à vos avances et je me fais magistralement avoir. Toutes les petites filles pensent que leurs pères les aiment, et lorsqu'elles se rendent compte du contraire, elles se réconfortent à l'idée que quelqu'un d'autre finira par les aimer. Et c'est là qu'entre en scène Asher Davis, millionnaire extraordinaire, pour saboter vos plans. Elle laissa tomber sa tête en arrière sur le dossier du canapé, l'air abattu.

— Je comprends. Voilà ce que nous allons faire. D'abord, il nous faut régler la partie administrative, ce qui implique notamment quelques signatures concernant l'accord de non-divulgation, le versement et l'assurance maladie, mais en ce qui nous concerne vous et moi, permettez-moi de vous dire ceci : je m'engage à garder notre relation exclusive durant l'année entière. En public, nous sommes heureux et éperdument amoureux, et en privé, vous profitez de parties de jambes en l'air inoubliables. Avec un peu de chance, nous trouverons le moyen de développer une affection mutuelle et à la fin de l'année, nous serons tous les deux riches et peut-être même amis. Vous êtes le genre de personnes que j'aimerais apprendre à connaître. Vous ne correspondez à aucune des cases dans lesquelles je me plais généralement à ranger les femmes.

— Ok, donc c'est le même principe qu'une location ? demanda-t-elle, le visage rougi par la frustration.

— Exactement comme une location. Ça me convient parfaitement de considérer notre arrangement en ces termes si vous n'y voyez pas d'inconvénient. Son visage s'illumina pour la première fois de la journée. Sur ce, vous souhaitez toujours attendre la semaine prochaine de marcher jusqu'à l'autel pour entamer notre nuit de noce ? Ou peut-on envisager de prendre un peu d'avance ? J'étais naturellement conscient que c'était prématuré, mais ça ne coûtait rien d'essayer.

— Vous me faites peur, déclara-t-elle, les yeux rivés sur les miens dans un élan de courage.

— Même pas une petite séance de sexe oral ? Je lui jetai un regard de chien battu. Le cunnilingus n'a rien d'effrayant.

— Oh mon dieu, pourquoi est-ce que vous avez dit ça ? dit-elle en gloussant. Pff, vous avez quel âge, quinze ans ?

— C'est-à-dire que j'en rêve depuis le début de la soirée. C'est littéralement la seule chose que j'ai en tête maintenant. Je n'insiste pas davantage mais sachez que je meurs d'envie de vous savourer. Le poulet Kung Pao n'était que deuxième sur la liste… Je laissai mon regard glisser sur elle de haut en bas, un sourire au coin de ma bouche, et elle se mit à rire.

— Vous êtes répugnant. Elle me jeta l'un des coussins du canapé au visage.

— Qu'est-ce qu'il y a de répugnant à avoir envie de vous ? demandai-je en déglutissant, mon désir pour elle encore plus accru.

— Je ne sais pas. Elle baissa la tête nerveusement.

— Que dîtes-vous de cela ; je vais simplement m'amuser gentiment avec vous en tâchant de rester le plus sage possible, et s'il s'avère que je vous mets mal à l'aise ou que je vous… répugne, ou quoi que ce soit d'autre, vous n'avez qu'à m'arrêter et je me retirerais dans ma chambre pour m'occuper tout seul de mon cas. Je ne ferai appel à aucun des contacts de mon petit carnet noir ; je me débrouillerais jusqu'à ce que vous soyez prête à, et désireuse de, vous charger de moi. Ça vous paraît correct ?

— Oui, ça me semble raisonnablement correct. C'est juste que… Comme elle était sur le point de se dérober, je me rapprochai légèrement d'elle sur le canapé.

— Vous préférez être installée sur le canapé ou sur le lit ? murmurai-je, une main lui caressant délicatement le genou.

— À votre avis ? Elle tremblait et semblait sur le point de fondre en larmes.

— Le lit, bien sûr. Je me levai et lui tendit la main pour l'y accompagner. Vous serez plus à l'aise.

Elle mit sa main dans la mienne et nous nous dirigeâmes vers l'espace nuit de sa suite.

— Qu'est-ce que vous voulez que je fasse ? Elle me jeta un regard de biche égarée. La petite journaliste mordante et voleuse d'identités avait complètement disparu.

— Je veux que vous vous allongiez sur le lit et que vous respiriez simplement.

— Et mes vêtements ?

— Je m'en occupe. Vous… détendez-vous.

Elle s'assit sur le bord du lit, puis resta complètement immobile. J'étais prêt à lui faire découvrir la vie, mais tout ce qu'elle faisait à cet instant, c'était de fixer le mur. C'est alors que j'entendis un léger reniflement. Il ne s'agissait certes pas d'un sanglot, mais elle pleurait malgré tout.

— Je ne suis pas du tout à l'aise. Je suis désolée. Je suis vraiment désolée mais c'est au-dessus de mes forces, souffla-t-elle, essuyant ses larmes d'un geste de la main.

Je n'eus pas le temps de répondre, car on frappa brusquement à la porte.

— Qui est-ce ? hurlai-je en me redressant à côté d'Ophélia, sa main toujours dans la mienne.

— Thomas, M. Davis. J'apporte les vêtements que vous avez demandés, répondit-il à travers la porte.

— Ah oui, déposez-les à l'extérieur de la chambre, je viendrais les ramasser plus tard. Je vous remercie.

Un léger bruissement de sacs se fit entendre contre le bois de la porte, suivi de bruits de pas s'éloignant dans le couloir.

— Vos vêtements viennent d'arriver ; vous voulez les voir ? Ma main caressait maintenant sa jambe délicatement.

— Euh… Elle semblait avoir perdu la parole, mais ses larmes avaient au moins disparu pour le moment.

— D'accord. Vous y jetterez un œil plus tard. Bon, je pense que je vais plutôt vous border pour la nuit. Je vais chercher vos vêtements et vous trouver le pyjama que j'ai demandé. Je ne vous laisse qu'une minute, ça va aller ?

Elle acquiesça de la tête et je me dirigeai vers la porte pour récupérer les sacs, puis fouillai à l'intérieur à la recherche du pyjama. Elle n'était en aucun cas prête. Je n'aurais jamais dû essayer de la convaincre du contraire.

— Ça a l'air confortable, ça, dis-je en déposant un bas en flanelle et un débardeur en coton sur le lit. Et c'est moi qui suis désolé. Je trouve votre virginité et votre esprit sarcastique très excitants, et je n'ai clairement pas raisonné avec le bon cerveau. C'est pourquoi, lui dis-je en dirigeant doucement son visage vers le mien, un doigt sous son menton, vous êtes libre de retourner chez vous dès demain. Je vous verserai un million de dollars quoi qu'il arrive.

— Vous n'êtes pas obligé de faire ça ! protesta-t-elle aussitôt.

— Le fait que vous m'interrompiez pour vous opposer à ma décision de vous offrir plus d'argent que vous n'en verrez peut-être jamais au cours de votre vie est l'une des raisons pour lesquelles je souhaitais que vous vous joigniez à moi dans cette aventure farfelue. Ophélia, vous êtes une femme exceptionnelle. Une femme authentique, et c'est une chose rare et précieuse. Profitez bien de la télé… Ramenez-la chez vous-même si ça vous chante ; j'en ai des dizaines d'autres. Et gardez les vêtements. De ce que j'ai pu apercevoir dans les sacs, ils vont iront à ravir. Et… j'espère que nous parviendrons à rire de cette mésaventure demain matin. Puis, par instinct ou peut-être par compassion, je me penchai sur elle et déposai un baiser sur son front.

— Vous voulez dire que vous ne voulez plus m'épouser ? Enfin, me louer pour un mariage temporaire ? bredouilla-t-elle.

— Si, j'en ai toujours très envie, mais vous méritez mieux que ça. Je pris sa main et la serra délicatement. Passez une bonne nuit de sommeil, et je chargerai mon chauffeur de vous ramener chez vous dans la matinée.

— Faut-il vraiment que je parte demain matin ? Elle semblait vouloir de plus amples précisions.

— Vous êtes libre de partir quand bon vous semble. Une sensation de douleur étrange s'installa alors dans ma poitrine, et il me fallut quitter la pièce.

Ma chambre ne se trouvait qu'à quelques mètres de la sienne, mais il me sembla que le couloir s'éternisait. Je venais de recevoir une dose de réalité en plein cœur. Mon pénis avait perdu toute sa puissance et pendait maintenant triste et misérable ; rien de comparable toutefois à la déception et l'embarras qui s'étaient emparés de moi.

Chapitre 9

Ophélia

Il quitta ma chambre pour me laisser dormir, à l'abri de ses avances. Je regrettai son absence dès qu'il eut franchi la porte. Je savais que mes chances venaient de s'envoler. Je me moquais bien de son argent ; j'avais tout gâché. J'ignorais si c'était quelqu'un de bien, un sombre crétin ou un escroc ; tout ce que je savais, c'est qu'avec moi, il se montrait généreux, prévenant et drôle. En vérité, je n'avais jamais rencontré un homme comme lui. Je fis défiler machinalement les programmes sur l'écran, envisageant l'espace d'un instant de m'introduire dans sa chambre, mais nous n'entretenions pas ce genre de relation. Malgré les sursauts d'affection que je commençai à lui porter, la nature de nos rapports restait fallacieuse. Il y avait néanmoins des bons côtés, et notamment, une première fois avec un homme expérimenté, beaucoup d'argent, tout un tas de choses que je n'aurais jamais osé m'acheter, ainsi que l'opportunité inespérée d'entamer une carrière de journalisme digne de ce nom… tous des avantages majeurs.

J'avais le cerveau en compote à force de ressasser, si bien que je finis par m'endormir, bercée par la bande originale d'une comédie musicale. J'avais pensé à appeler Harper mais j'étais trop épuisée, physiquement et intellectuellement, pour expliquer la situation de façon éloquente. Emmitouflée dans le moelleux des draps au creux de mon lit cossu, la fatigue avait fini par l'emporter.

Lorsque je me réveillai, j'étais déterminée à tenter l'expérience une journée de plus. J'allais simplement proposer à Asher de procéder au jour le jour. Je sortis de mon lit, fouillai dans les sacs remplis des vêtements magnifiques qu'il m'avait fait parvenir et sélectionnai un jean que j'associai à un joli chemisier. Puis j'enfilai une paire de chaussettes avant de m'aventurer silencieusement dans les sinuosités du manoir à la recherche de la cuisine. J'y trouvai une femme d'une soixantaine d'années, en train de nettoyer la vaisselle dans laquelle nous avions dégusté notre poulet Kung Pao la veille pendant que coulait un café.

— Bonjour, dis-je pour annoncer ma présence, sur un ton que j'espérais décontracté, normal… aux antipodes de la situation dans laquelle je me retrouvais.

— Bonjour, Ophélia. Vous avez bien dormi ? Je passai outre la surprise que cette employée connaisse mon prénom, déduisant qu'il devait s'agir là d'un caprice de milliardaire.

— Le lit est extraordinaire, répondis-je en grimpant sur l'un des tabourets de bar attenant à l'îlot central.

— Asher a très bon goût. Je suis contente que vous ayez pu vous reposer. Mais qui était-elle ? Elle me faisait penser à Madame Samovar, le personnage emblématique du dessin animé, *La Belle et la Bête*. Même leurs voix étaient similaires.

— On dirait bien. Écoutez, ma requête va sans doute vous paraître étrange sachant que vous avez l'air d'être en charge de la cuisine, mais pensez-vous que je puisse préparer mon préparer mon petit-déjeuner moi-même ? Je veux dire, est-ce que vous avez des choses normales à manger ? Autres que du lait d'amande, de la farine de noix de coco, des tripes de bébé abeille ou je ne sais quoi, demandai-je, un sourire sarcastique au coin des lèvres.

— Dites-moi ce que vous avez à l'esprit et je verrai si j'ai ce qu'il faut pour vous le préparer. Sinon, je suis sûre que je pourrais vous le commander quelque part. Une crème, cette femme.

— Eh bien, disons simplement les ingrédients pour confectionner des pancakes, avec des pépites de chocolats ou des myrtilles, quelque chose de fun. Je lus la surprise sur son visage.

— Laissez-moi voir ça. Ça n'a pas l'air d'être une mission trop compliquée à remplir. Asher prend généralement son petit-déjeuner dans sa suite, mais je suis sûre qu'il appréciera ce que vous allez préparer. Ah, elle était vraiment adorable. Elle disparut dans un grand garde-manger et revint presque aussitôt. — Voilà. Un sachet de préparation pour pancakes et un autre de pépites de chocolats à cuisson mi-sucrée. Est-ce que ça vous convient ? Elle leva la tête pour me regarder tandis qu'elle déposait les différents articles.

— Oui, c'est parfait, répondis-je en sautant de ma chaise.

— Vous aurez également besoin d'huile, d'œufs et de lait, ajouta-t-elle gaiement, sortant un à un les ingrédients. Il était évident qu'Asher la traitait bien ; elle n'avait pas l'attitude de quelqu'un qu'on tyrannise ou qu'on exploite.

— Ça fait longtemps que vous travaillez ici ? Faire la conversation m'aidait à me calmer la plupart du temps ; j'espérais qu'en répondant à ma question, Lainey me ferait oublier qu'Asher pouvait surgir à tout moment. J'appréhendais notre rencontre mais étais malgré tout impatiente de le voir.

— Depuis une éternité. Enfin, c'est l'impression que j'en ai. Asher est une personne attachante une fois que vous le connaissez. Comment pouvait-elle savoir qu'il me faisait peur ? Peut-être l'inquiétude sur mon visage me trahissait-elle.

— Je l'espère, répondis-je en forçant un sourire.

— Bien, du bruit se fit entendre au loin, probablement Asher… Je vous laisse à votre projet si vous n'avez plus besoin de moi ?

— Non, je devrais pouvoir me débrouiller. Merci beaucoup. Euh… à bientôt j'espère, dis-je, accompagnant mon bredouillage d'un petit geste maladroit de la main.

— Je suis là si vous avez besoin de quoi que ce soit. Vous pouvez me joindre à partir de n'importe quel interphone, et je viens de vous envoyer mon numéro de téléphone, donc vous pouvez également m'envoyer un message à n'importe quelle heure du jour ou de la nuit. J'ai mes propres quartiers sur le domaine. N'hésitez pas à faire appel à moi, pour un simple thé ou même pour avoir de la compagnie. Asher ne reçoit pas de nombreux invités donc je tiens vraiment à ce que vous soyez aussi à l'aise que possible. Elle était tellement prévenante et généreuse que ça en devenait presque inquiétant. Sans compter que je croyais qu'il recevait des femmes à longueur de temps.

Là-dessus, elle quitta la cuisine et quelques minutes plus tard, j'entendis des bruits de pas s'approcher derrière moi tandis que je faisais sauter les pancakes. J'en avais déjà une pile conséquente, suffisamment pour nourrir une petite armée. Il me fallait faire un choix : soit je confrontais Asher à propos des événements de la veille au soir, soit je prétendais qu'il ne s'était rien passé entre nous. J'étais encore indécise quant à ma volonté de l'épouser, mais à cet instant, je ne me sentais pas encore prête à partir. Je tournai ma tête vers lui, l'air décontracté, presque jovial.

— Les pancakes, c'est la seule chose que je sache cuisiner. Lainey m'a aidée à trouver tout ce dont j'avais besoin. Ils sont aux pépites de chocolat ; je me suis dit que, quitte à préparer le déjeuner, autant y ajouter un peu de fantaisie. Je gardai un ton léger, agissant comme si nous étions amis depuis des années. La seule manière de survivre à l'ouragan Asher Davis, c'était de le considérer de façon amicale plutôt que de l'antagoniser.

— Oh, chouette ! Mais, en quel honneur ? Il pencha sa tête sur le côté, le regard curieux.

— C'est ce que font les épouses, non ? Cuisiner pour leurs maris, répondis-je en haussant les épaules. Donc, ce sera pancakes tous les jours parce que je ne plaisantais pas quand je disais que c'était la seule chose que je savais préparer. Je peux varier les plaisirs, cela dit : pancakes aux oignons, pourquoi pas, pancakes au bœuf… ou même, pancakes au poulet Kung Pao.

Il se mit à rire malgré lui. — Vous êtes vraiment adorable. Il me jeta ce regard plein de tendresse qui semblait sincère.

— Et vous êtes un peu moins effrayant que vous ne l'étiez hier. Je sentis mon visage s'embraser et détournai le regard en réponse.

— En parlant de ça. Il prit place en face de moi sur l'îlot central pendant que je finissais la cuisson du dernier pancake. Mon cœur commença à s'emballer. Je tenais à m'excuser ; je me suis laissé emporter. Comme je le mentionnais hier soir, vous êtes libre de rentrer chez vous et je m'assurerai que vous receviez bel et bien l'argent. Je sais que vous en ferez bon usage.

— Pourquoi avez-vous besoin d'une femme ? demandai-je, les yeux à nouveau rivés sur son visage.

— Je vous l'ai déjà expliqué ; j'essaie de racheter l'entreprise de mon plus grand concurrent. Il estime que ma réputation n'est pas digne de sa marque. Mon plan est donc d'épouser une femme et de lui prouver que je peux mener une vie respectable afin qu'il change d'avis et me vende sa société.

Je déposai les pancakes sur des assiettes que je sortis du placard, puis lui tendis son déjeuner avant de m'asseoir en face de lui avec le mien. — Peut-être qu'il a une raison valide de ne pas vous la vendre. J'étais consciente de dépasser les limites de ce qui me regardait.

— Et peut-être que ce n'est plus de votre ressort. Un air d'abattement alourdit son visage.

— Si vous deviez réellement épouser quelqu'un, de qui s'agirait-il ? J'espérais que ma curiosité encouragerait la franchise dont il faisait généralement preuve.

— Le problème est bien là. Je ne pense pas un jour épouser qui que ce soit de façon légitime. Notre arrangement était la solution idéale pour moi ; je n'aurais pas pris la peine de vous kidnapper sans cela, déclara-t-il, attelé à couper un pancake sur son assiette.

— Et tout ce que vous attendez de moi, c'est de vous épouser pour une période d'un an ? Je tâtai précautionneusement le terrain.

— Oui, mais à moins que vous ne finissiez par accepter de coucher avec moi, il me faudrait aller fréquenter discrètement d'autres femmes. Un an d'abstinence, c'est trop long pour moi. Il leva les yeux vers les miens. Je préfère être franc avec vous, Ophélia. Ce n'est pas facile pour moi, mais je suis attiré par vous ; c'est d'ailleurs la seule raison pour laquelle vous êtes en ce moment dans ma cuisine. Malheureusement, mon attirance s'accroît d'heure en heure. S'il fallait que je me contrôle toute une année durant, je pense honnêtement que notre arrangement finirait par tomber à l'eau.

— Je comprends parfaitement, mais je refuse qu'on m'utilise ou qu'on m'achète. Je ne suis pas à vendre, même contre cinq millions de dollars. J'avais soudainement perdu l'appétit.

— Vous avez raison ; vous méritez mieux que ça. Les pancakes sont délicieux, merci beaucoup, mais je dois filer au bureau. Je vais charger Thomas de vous redéposer chez vous.

— Et si je décidais de rester ?

Je me concentrai sur ma respiration pour empêcher la panique de me gagner. Il y avait quelque chose de tragique chez Asher Davis et la chevaleresse en moi n'avait qu'une envie, celle de sauter sur son blanc destrier pour aller le sauver. Pas seulement à cause de la part d'ombre que personne ne décelait en lui, mais également parce que les pièces brisées de son existence coïncidaient avec les miennes. Il enchaînait les conquêtes et ressentait malgré tout une profonde solitude ; quant à moi, je n'avais jamais eu ne serait-ce qu'une conquête et je me sentais tout aussi seule. Et la raison de notre isolement était la même : ni lui ni moi n'étions décidés à ouvrir notre cœur à qui que ce soit.

— Je ne pourrais m'empêcher d'avoir envie de vous. Il s'arrêta dans son élan pour partir et attendit ma réaction.

— Pourquoi ?

— Je n'ai que ça en tête, souffla-t-il.

— Et si je vous épousais, que je couchais avec vous et que vous vous lassiez de moi et me jetiez comme une vieille chaussette ? Parce que c'est habituellement ce que vous faites, je me trompe ? C'est qui vous êtes. Y aurait-il autre chose ? Je ne parle pas d'une relation à long terme ; je ne pourrais pas vivre de cette manière pour l'éternité. J'aime avoir mon indépendance, et vivre dans la pauvreté vous pousse à prendre tous les risques pour obtenir une chance de survivre… ça peut avoir ses bons côtés. Mais j'imagine qu'en restant ici, je ne serais plus fauchée. L'adrénaline est comme une drogue pour moi, et jouer la femme au foyer n'est pas l'une de mes priorités. Néanmoins, je crois que j'apprécierais une relation d'amitié, si votre offre tient toujours. Mon corps entier était pris de tremblements… et je bafouillais.

— C'est vraiment ce que vous souhaitez ? Juste de l'amitié ? demanda-t-il en plissant les yeux.

— Exactement. Je ne veux pas baisser ma garde en vous laissant m'introduire aux joies du cunnilingus ou à peu importe quoi d'autre, pour au final m'en aller avec de l'argent, qui, comme nous le savons tous les deux, n'achète pas le bonheur, et pouvoir dire… oh, tu vois ce gars-là, celui qui fait la couverture de Forbes Magazine ; eh bien, figure-toi que je me le suis tapé !

Asher éclata de rire. — Je vois où vous voulez en venir. Et en ce qui me concerne, je n'ai pas envie de vous épouser pour que vous vous réveillez un beau matin avec des envies de maternité. Il prit une voix féminine caricaturale. Chéri, je t'aime tellement, ne part pas travailler aujourd'hui, reste avec moi, fais-moi plein de petits bébés qui t'obligeront à prendre tes responsabilités et t'occuper de leurs précieuses petites vies. Laisse-moi reposer mon identité et mon amour-propre sur tes épaules tandis que tu essaies en vain d'être un bon mari et un bon père.

Et voilà que la bombe explosa, ses éclats fusant en tous sens dans la cuisine.

— Vous voyez quel est notre problème ?

— Si nous étions amis, ce serait plus difficile pour vous de me berner et pratiquement impossible pour moi de vous forcer à être quelqu'un que vous n'êtes pas, vous ne croyez pas ? Je veux dire par là qu'il y aurait des règles et des limites à respecter pour rendre cette amitié possible, n'est-ce pas ? proposai-je.

— Si nous étions amis, est-ce que vous m'autoriseriez à coucher avec vous ? Je retrouvai ce sourire en coin redoutable sur son visage.

— Ça dépend. Est-ce qu'en tant qu'ami, vous seriez là pour moi si j'avais besoin de parler ? Je lui souris malicieusement en réponse.

— Bien sûr, acquiesça-t-il d'un ton confiant et sincère.

— Dans ce cas, oui. Je frissonnai à l'idée d'inviter Asher Davis dans mon lit, mais une partie de moi en mourrait d'envie. Je n'avais pu m'effacer l'image de son corps à l'intérieur du mien de la matinée. Préparer le petit-déjeuner avait été ma façon d'essayer de penser à autre chose que de perdre ma virginité avec cet homme. Il fit le tour de l'îlot central et enroula ses bras autour de mes épaules tremblotantes.

— Je ne vous ferai aucun mal. Je sais que c'est là ce que vous redoutez le plus ; que je vous blesse physiquement et mentalement, murmura-t-il, une main caressant doucement mon dos.

— En effet, répliquai-je en me raidissant légèrement.

— Vous êtes un sacré défi, Ophélia, mais je vous fais la promesse de ne pas vous faire de mal et de ne pas être insistant. Lorsque vous serez prête, je vous promets d'être doux. Et si vous souhaitez toujours faire partie de l'aventure, étant donné que vous ne savez comment vous passer d'adrénaline, j'ai laissé les documents qu'il vous faut lire et signer sur la table de la salle à manger. Vous y trouverez également un feutre rouge ; n'hésitez pas à l'utiliser pour y apporter des modifications et nous pourrons négocier ensemble la version finale du contrat. N'hésitez pas non plus à faire un saut chez vous pour récupérer vos affaires. Si vous souhaitez plutôt en commander de nouvelles et les faire envoyer ici, Lainey pourra vous aider. Je serai de retour à la maison à l'heure du dîner. J'aimerais que nous nous tenions à cette partie du deal et que nous prenions au moins notre dîner ensemble tous les soirs.

— D'accord, ça me semble équitable. Nous n'avons qu'à prendre les choses comme elles viennent, un jour à la fois. Il se pencha pour m'embrasser sur le front et mes tremblements semblèrent se dissiper.

— J'ai hâte de passer du temps en votre compagnie.

Chapitre 10

Asher

Je quittai Ophélia revigoré. Il était clair que je m'aventurais en terrain inconnu. La veille, ma stratégie de séduction habituelle l'avait faite pleurer. J'aurais dû me douter qu'elle était très sensible, mais elle s'avérait bien plus complexe et profonde que ce que je m'étais imaginé. J'avais en réalité éprouvé le même besoin qu'elle de m'éloigner pour le reste de la soirée, car je m'étais retrouvé désemparé.

J'avais une stratégie, un plan, et la plupart des femmes finissaient par me manger dans la main. Il n'y avait rien de mal aux relations purement sexuelles tant que les participants faisaient preuve d'honnêteté quant à leur refus de s'engager émotionnellement. Mon problème jusque-là avait été que les femmes tendaient à tenir des discours différents devant moi et dans mon dos.

Ophélia était différente ; elle recherchait l'authenticité et l'intégrité. Elle le méritait, et je commençai à me demander si j'étais même assez bien pour elle. Par manque de concentration, je ne passai finalement que très peu de temps dans mon bureau, conscient qu'Ophélia était en train de lire le contrat et qu'elle pouvait choisir de partir à tout moment. Je ne l'avais même pas chargée de me tenir au courant ; la décision lui revenait entièrement et rien ne me garantissait qu'elle allait me donner ma chance. Je fus plusieurs fois tenté au cours de la journée de passer un coup de téléphone à Lainey pour lui demander si Ophélia était toujours là, mais je me retins. La seule chose que je m'autorisai, c'est d'envoyer un message à Lainey lui demandant ce qu'elle comptait préparer pour le dîner.

Je viens de lancer la préparation de tagliarini maison à la saucisse italienne et aux poivrons rôtis. Je comptais également faire une mousse au broccoli et au chou-fleur en accompagnement, et oui, elle est toujours à la maison. :)

Cette femme me connaissait vraiment bien. Elle était bien plus maternelle avec moi que ma propre mère ne l'avait jamais été. Mes parents vivaient d'ailleurs loin de moi, sur l'île de Lanai de l'archipel d'Hawaï. Ils ne revenaient généralement à Washington DC que pour fêter Noël. J'essayais de leur rendre visite lorsque mon travail le permettait, mais je supportais très peu l'isolation et l'indolence qu'impliquait la vie insulaire, et j'avais en horreur les petits restaurants locaux et les attrapes-touristes. Lainey avait travaillé pour ma famille la majeure partie de sa vie. Je m'étais souvent demandé si elle souhaitait avoir un mari et des enfants, ce à quoi elle répondait toujours que s'occuper de moi était suffisamment prenant. J'avais suspecté une idylle entre elle et Thomas, qui n'avait que quelques années de plus qu'elle, mais n'avais pas pousser mes recherches par respect pour leur vie privé. Sans compter que rien dans leur comportement ne laissait vraiment suggérer quoi que ce soit ; j'avais simplement trop d'imagination.

En rentrant au manoir, j'étais impatient, quoique légèrement angoissé à l'idée de revoir Ophélia. Une odeur délicieuse en provenance de la cuisine me caressa les narines et en entendant Lainey engagée dans une conversation, je me préparai mentalement à affronter son interlocutrice.

— Ça sent très bon ici, Lainey. J'ai une faim de loup. Ophélia portait l'un de ses nouveaux jeans ainsi qu'un t-shirt en coton fin qui épousait parfaitement ses formes, et était superbe. Elle avait ébouriffé ses cheveux courts pour un look décoiffé élégant qui mettait en valeur l'émeraude de ses yeux. Qu'avez-vous fait de votre journée, toutes les deux ? demandai-je, l'air détendu, en me dirigeant vers le bar à l'autre extrémité de la cuisine pour choisir une bouteille de vin.

J'attrapai trois verres ainsi qu'un sauvignon blanc et alors que je déposais le tout sur la table, Ophélia ouvrit la bouche. — Thomas et moi sommes allés chercher quelques affaires à l'appartement d'Harper. Elle m'annonça la nouvelle comme si de rien n'était.

— Oh, vraiment ? Je lui tendis son verre avec un sourire. Je vous sers un verre, Lainey ? demandai-je en commençant à verser sans attendre sa réponse.

— Non, je vous remercie, ça ira, commença-t-elle alors que je lui présentai son vin.

— Ophélia est restée, ça se fête. J'espérais qu'elle lirait ma gratitude dans l'inflexion de ma voix.

— Merci. Sans réelle surprise, elle accepta le verre. Je vous laisse à votre dîner. Thomas va vous le servir à table.

— Est-ce qu'on ne peut pas se servir nous-mêmes ? Je me figurai qu'Ophélia souhaitait qu'on se retrouve seuls, elle et moi.

— Si Asher est d'accord, je n'ai aucune objection, répondit-elle, attendant mon autorisation.

— Bien sûr, on va se débrouiller. Lainey, je vous souhaite une bonne soirée. Veuillez prévenir Thomas qu'Ophélia et moi n'avons pas besoin de ses services ce soir.

— Très bien. Bon appétit, répondit-elle simplement avant de s'éclipser.

— Vous me faites suffisamment confiance pour dîner seule avec moi ? On progresse, plaisantai-je.

— J'ai lu le contrat, en entier. Je le trouve triste. Elle se leva et saisit deux assiettes creuses pour les pâtes ainsi que deux plates pour la mousse de légumes.

— Que voulez-vous dire ? Je l'observai en train de vider le contenu de la louche dans une assiette.

— Je ne me souviens plus des termes exacts, mais je me rappelle avoir lu quelque chose à propos de dispositions légales en cas de diffamation ou de vol, dit-elle en me regardant de travers.

— Comme je vous l'ai dit, vous êtes libre de le modifier et de me cambrioler si ça vous chante. Je ne pus retenir un léger rire à l'évocation des dispositions presque humiliantes qu'avait ajoutées mon avocat au document.

— C'est vrai qu'on ne trouve pas ces assiettes creuses partout… mais en dépit de la tentation de m'accaparer la vaisselle et les poignées de porte, j'ai signé le contrat sans rien modifier. C'est seulement pour un an. Et vous me donnez l'opportunité de lancer ma carrière, donc la moindre des choses, c'est que je vous aide à poursuivre la vôtre. Elle se retourna vers moi, souriante et l'air satisfait. J'étais presque trop emballé pour avaler quoi que ce soit.

— Nous allons vraiment nous marier alors ? J'étais étonnamment ravi.

Elle leva son verre. — À mon nouvel époux !

— À mon épouse ! Chacun but une gorgée, durant laquelle un certain malaise s'installa. Vous voulez passer dans la salle à manger ?

— Pas vraiment. Elle ramassa son assiette de pâtes et sa mousse de légumes.

— Qu'est-ce que vous suggérez à la place ? demandai-je, tâchant de trouver un moyen de porter à la fois mes deux assiettes et mon verre de vin.

— Netflix and chill. Le sourire qu'elle afficha alors était diabolique.

— Vous savez ce que ça veut dire au moins ? Ce que ça veut *vraiment* dire ? Je préférai la mettre en garde qu'il s'agissait là d'une expression familière généralement utilisée pour désigner les relations sexuelles.

— Il me semble savoir exactement ce que ça veut dire, et je ne sais pas en ce qui concerne la partie « chill », mais je suis partante pour regarder Netflix et déguster ces pâtes délicieuses et cette espèce de mousse de légumes… et pour la suite, on verra… peut-être qu'on pourrait frôler la limite du « chill » ? Avec, vous savez, un cunnilingus ou quelque chose comme ça, répondit-elle avec un sourire.

— Ça me convient parfaitement. Je désignai la direction de la porte du fond d'un signe de la tête. Il y a un salon familial par là.

— Je vous laisse passer devant. Elle me suivit dans le petit salon qui accueillait l'écran le plus grand du manoir, à l'exception de celui de la salle de cinéma située au sous-sol.

Une fois installés, et après avoir découvert que nous aimions tous les deux les émissions de télé-réalité, *Love is Blind* fut l'option qui s'imposa naturellement à nous. Ce programme présentait d'étranges similarités avec notre situation ; la seule différence était que le mariage unissait deux candidats qui ne se connaissaient pas et ne s'étaient même jamais rencontrés.

— C'est du n'importe quoi. Elle coinça ses pieds sous ses fesses, puis s'attaqua à ses pâtes, ayant déjà avalé ses légumes. J'adore.

Je ne pus m'empêcher de saisir l'opportunité de légèrement la taquiner.
— C'est du grand n'importe quoi même, commentai-je. Et j'adore ça aussi.

— On devrait faire de notre situation une émission de ce genre, proposa-t-elle. Ce serait un peu loufoque !

— Loufoque ? Je préfèrerai plutôt que ce soit classé X.

— Oh, je me demande comment ça doit être de coucher avec quelqu'un que vous n'avez jamais vu ? Au moins, ils n'ont pas à manger les trucs dégoûtants que les candidats de Koh-Lanta avalent.

— Eh bien, les gens ont tendance à manger des choses étranges au lit.

Je changeai de position sur ma chaise ; ses commentaires commençaient à avoir un effet sur moi.

— Ah oui, j'oubliais, la fellation, berk.

— Ce n'est pas plus dégoutant que la sauce qui coule sur votre adorable menton. Et je ne parlais pas nécessairement de fellation ; il existe bien d'autres choses à dévorer lors des rapports sexuels.

— Pourquoi est-ce que je ressens des vibrations au niveau de mon vagin ? Elle posa son assiette de pâtes sans me lâcher du regard, très consciente de ce qu'elle était en train de dire.

— C'est ce qui arrive parfois lorsqu'on parle de sexe. Je crois que j'ai avalé assez de pâtes pour la soirée, mais je reprendrais bien de la sauce. Je savais que c'était ringard, mais elle sembla apprécier puisqu'elle le leva le menton, que j'embrassai délicatement. Ça vous dirait de monter à l'étage pour un petit dessert ?

— Je suis morte de trouille, me confia-t-elle.

— Oh, je le sais bien. Mais nous avons un an devant nous, donc j'ai tout le temps de vous amadouer. Vous avez dit « frôler la limite du chill », vous vous rappelez ? Ce n'est plus l'époque victorienne ; je ne vais pas simplement vous déflorer… Nous irons à votre rythme. Nous ne sommes même pas obligés de faire quoi que ce soit si vous n'en éprouvez pas le désir. La balle est, et restera, dans votre camp jusqu'à ce que nous jouions le même jeu.

L'inquiétude sur son visage avait cédé la place à un sourire de reconnaissance. — N'oubliez pas que je suis là.

— Ça me serait impossible d'oublier. Vous êtes là, et votre personnalité, vos peurs votre caractère, sont réels et importants. Donc, au risque de me répéter, nous irons à votre rythme. Je me levai et lui offris ma main, et pendant l'espace d'un instant, je n'étais pas certain qu'elle allait l'accepter. Elle finit par glisser sa main dans la mienne et je l'attirai doucement contre moi avant de l'envelopper dans mes bras. Et si vous préférez que l'on passe la nuit simplement blottis l'un contre l'autre, ça ne me pose aucun problème. Je sentis les muscles de son corps se détendre.

Une fois dans seuls dans l'intimité de l'ascenseur, je me penchai à nouveau sur elle et déposa un simple baiser délicat sur ses lèvres. Elle ne se raidit pas cette fois-ci et se lova au contraire contre moi. Je décidai que ma chambre était l'endroit le plus approprié, notamment parce qu'elle comprenait un jacuzzi, une douche spacieuse, un lit king size ainsi qu'un séjour. Elle n'émit aucune objection lorsque je déverrouillai la porte et, comme à chaque fois qu'elle découvrait une nouvelle pièce du manoir, ses yeux s'écarquillèrent devant la magnificence des lieux.

— Ouah, c'est comme une maison dans une maison, s'exclama-t-elle en riant.

— J'ai tout ce qu'il me faut dans cette chambre. Je traversai le salon pour tamiser l'éclairage. Est-ce que je vous sers un autre verre de vin ou préféreriez-vous du champage ?

— Un verre de champagne, pourquoi pas. Elle avait probablement remarqué que j'avais déjà la main sur la bouteille.

— Parfait. Vous savez, je suis moi-même un peu nerveux.

— Non, vous ne l'êtes pas. Elle se laissa tomber sur le canapé tandis que j'apportais nos boissons.

— Tous ces hommes dans l'émission, commençai-je, lui tendant son verre. Entendre leur sincérité et leur volonté de trouver l'âme sœur… ça m'a vraiment fait passer pour un crétin. Je pris place à côté d'elle.

— Personne n'a jamais dit le contraire. Elle leva son verre, m'invitant à trinquer.

— C'est juste. Je me penchai vers elle en riant et l'embrassa à nouveau.

J'adorais ses lèvres. Elles avaient le goût mentholé de son baume et du vin que nous étions en train de siroter. Lorsqu'elle les entrouvrit pour accueillir les miennes, notre passion s'anima. Je plaçai un bras autour de ses épaules, me concentrant uniquement sur notre baiser et ce fut elle qui, d'une caresse de la main sur la longueur de mon dos, m'étreignit davantage. Je n'avais jamais été timide avec les femmes, mais durant ces premiers moments avec elle, je me retrouvai à hésiter. Je posai ma main juste sous son sein, sans toutefois le toucher. C'est alors qu'elle changea de position et s'assit sur mes cuisses, ses genoux autour de ma taille sur le canapé. Puis, ses hanches délicieuses commencèrent à onduler sur l'érection que je ne pouvais plus dissimulée.

J'arrachai mes lèvres de sa bouche. — Vous vous aventurez en terrain dangereux là, dis-je en arrêtant ses mouvements.

— Je sais. Elle pressa son bassin plus fermement contre le mien.

— Très bien. Je bondis du canapé, soulevant Ophélia du même mouvement. Si ce soir est le grand soir, il nous faut un endroit plus confortable. Je veux que vous soyez à l'aise. Je la portai jusqu'au lit, lançant une prière silencieuse pour qu'elle ne change pas subitement d'avis.

— Merci, gémit-elle, sous l'emprise du désir après un simple baiser… oh, quelle délicieuse petite vierge.

Chapitre 11

Ophélia

La question m'avait taraudée toute la journée. Mon attirance pour Asher était évidente depuis le moment où je l'avais rencontré, mais je restais sur la défensive. Il incarnait le genre d'hommes que j'avais pris l'habitude de fuir, une stratégie qui avait fait ses preuves jusque-là. En parcourant le contrat, j'y avais trouvé entre les lignes toutes les peurs d'Asher. C'est ce qui m'avait poussée à le signer ; lui prouver que toutes les femmes du monde n'étaient pas intéressées simplement par son argent, son nom ou son pouvoir. Je m'étais en outre résignée à considérer cette aventure comme une étude sur les interactions humaines. L'anthropologue en moi avait décidé de disséquer le comportement d'Asher Davis, et c'est précisément ce que j'étais en train de faire jusqu'à ce qu'il pose ses lèvres sur les miennes.

Son baiser était doux, sensuel et, à ma grande surprise, très tendre. Lorsque je sentis la preuve de son désir sous mes coups de reins, je compris qu'il était tout aussi victime que moi dans notre arrangement. Il lui avait fallu capturer une femme afin de lui faire signer un contrat, à l'issu duquel elle repartait avec cinq millions de dollars en poche et rien d'autre ; et qui résisterait à cinq millions de dollars non imposables ? La seule chose qui me rendait triste, c'était d'avoir dû renoncer aux enfants. Non pas que je comptais tomber enceinte durant notre année de mariage factice, mais je savais que j'en voudrais un jour ou l'autre. J'adorais les enfants et j'en voulais une maisonnée pleine. Asher, lui, était absolument contre l'idée.

En outre, il allait falloir que je subisse une injection contraceptive, un autre point du contrat qui me chagrinait étant donné que j'avais toujours refusé de dérègler le rythme naturel de mon corps. J'étais consciente qu'il s'agissait d'un moyen de contraception sûre, mais j'avais l'impression que cela revenait à céder à Asher une manière de contrôler mon corps. S'il y avait une clause que j'aurais voulu changer dans le contrat, c'était bien celle-là. J'avais d'ailleurs été sur le point de la surligner en rouge avant de me raisonner. Après tout, notre accord ne durait qu'un an et je n'étais pas pressée d'avoir des enfants.

Il me déposa sur son lit, puis s'allongea auprès de moi pour reprendre ses baisers. — Je peux ? demanda-t-il, sa main glissant dangereusement vers mon sein.

— Oui. Je pris sa main pour la guider sous mon t-shirt et la poser sur mon soutien-gorge de sport.

Il titilla la pointe durcie à travers le tissu, faisant glisser son pouce d'avant en arrière, puis me pinça brusquement, me coupant le souffle et envoyant des ondes de plaisir jusqu'à mon entrejambe.

— Vous me faites confiance ? demanda-t-il, l'amusement discernable dans sa voix.

— Je ne sais pas, murmurai-je, à bout de souffle et sur le point de pleurer.

— Que pensez-vous que je vais vous faire ? Il s'appuya sur un bras, restant si près de moi que je pouvais sentir la chaleur de son corps.

— Je… c'est juste que… vous ne voulez pas de relation sérieuse ni d'enfants, et moi, je veux les deux. Après, je sais que j'ai un an pour faire tout ce que je veux et je n'ai plus envie d'être vierge. Je sais aussi que vous êtes suffisamment expérimenté et que vous serez euh… incroyable… et nous allons nous marier. Je divaguais totalement et parlais tellement rapidement que j'étais à la limite de l'hyperventilation.

— Je vois, interrompit-il, déposant un baiser sur mon sourcil. J'ai compris. Prenez le temps de respirer, et je reviens tout de suite.

Lorsqu'il se leva du lit, mon cœur se serra. On arrêtait tout finalement ? Il se rendit dans le salon et y rapporta le champagne et nos verres. Il me tendit le mien, puis déposa la bouteille sur le sol à côté de lui.

— Euh… à la vôtre ! Je levai mon verre brièvement vers lui et pris une gorgée.

Il me rejoignit sur le lit et reprit sa place tout près de moi. — Je vous ai promis de respecter les limites que vous imposeriez. Je vous suis très reconnaissant d'avoir signé le contrat. La semaine prochaine, nous serons mariés, mais avant que n'allions plus loin, je souhaiterais que nous parlions. Donc, vous voulez des enfants, c'est bien cela ? demanda-t-il en prenant à son tour une gorgée de champage.

— Absolument. Oui, oui, oui. Mais j'ai compris que vous n'en serez pas le père. Je suis attirée par vous, et je sais que je vais apprendre beaucoup de mon année en tant que femme mariée, donc je suis prête à mettre mes envies de maternité de côté en attendant. J'espérais vraiment qu'il comprenait que je n'avais aucune intention de transgresser la clause « enfant » de notre contrat.

— D'accord, et si jamais nous voulions chacun davantage ? Était-il en train de repousser ses propres limites ?

— Eh bien, pour commencer, vous ne souhaitez pas davantage. Je vous ai suffisamment entendu le répéter pour le savoir. Donc, je vais passer l'année à vos côtés en espérant que vous n'alliez pas voir ailleurs ; je n'aime pas trop l'idée d'être une femme dont le mari la trompe. Et sachant que je suis prête à abandonner certaines choses pour un temps, j'estime que vous pouvez en faire autant. Je sais que vous m'en avez déjà fait la promesse et j'espère que vous comptez vous y tenir. Quant à ce qui se passera une fois l'année écoulée, si nous souhaitons allez plus loin à ce moment-là ? Je ne sais pas si je pourrais abandonner mon rêve d'être mère pour toujours. L'idée même me rendait malade.

— Je vois. En ce qui concerne vos inquiétudes, je vous serai fidèle pour la durée du contrat établi ; je vous ai fait une promesse de cœur. Ce ne sera en aucun cas un sacrifice de vous aimer pendant un an. Quant aux enfants… ce serait au-dessus de mes forces. Je suis désolé ; ce n'est pas quelque chose dont je suis fier. Ce qui nous amène au prochain sujet à débattre, la contraception. L'injection est la méthode la plus efficace, donc je souhaiterais que vous vous la fassiez faire. Si nous allons plus loin ce soir, j'utiliserais un préservatif. J'en ai toujours sur moi, mais je déteste ça. Tout à coup, l'humeur dans la pièce s'assombrit.

— Je ne veux pas de l'injection. Si je finis par vous quitter ou qu'il arrive quoi que ce soit d'autre, je veux rester maîtresse de ma propre fertilité. J'accepte de prendre la pilule s'il le faut, mais je refuse l'injection. J'étais catégorique sur le sujet ; je n'irais pas plus loin que la pilule, et encore, à contrecœur. J'espère que vous comprenez le sacrifice que ça représenterait déjà pour moi.

— Je comprends tout à fait, dit-il avec sincérité. Et ça ne me pose aucun problème. Vous avez raison ; il nous faut chacun faire des sacrifices. Bon, il me semble que nous avons fait le tour des grandes lignes, non ? demanda-t-il d'une voix à nouveau sensuelle.

— C'est vous qui vouliez parler, rétorquai-je en avalant le reste de mon champagne.

— Oui, mais je n'ai plus envie de discuter. À son tour, il finit son verre, puis se retourna pour m'embrasser.

Sa main reprit sa place sur mon sein et cette fois, il ne prit pas la peine de la laisser sur mon soutien-gorge ; il la glissa sous le tissu et en caressa la pointe avec son pouce jusqu'à ce que j'en perde le souffle.

— Ah, je me tordis sous ses caresses, son autre main trouvant mon autre sein.

— Laissez-moi vous débarrasser de ça, dit-il en faisant passer mon t-shirt au-dessus de ma tête et exposant mon soutien-gorge. Et de ça aussi ? Il caressa à nouveau délicatement ma poitrine à travers le tissu.

Nous atteignions le point de non-retour. Je pouvais très clairement distinguer son érection et quant à moi, j'haletais de désir. Je décidai donc d'enlever mon soutien-gorge et de me révéler à lui.

— Vous êtes magnifique, susurra-t-il avant de m'attirer sur ses genoux et de faire glisser ses lèvres sur les miennes, puis sur le lobe de mon oreille et la longueur de mon cou, le désir m'envahissant jusqu'au plus profond de moi lorsqu'il atteignit enfin ma poitrine et prit un téton durci par le plaisir dans sa bouche.

Je fis courir une main tremblante sur ses épaules, sentant ses muscles se contracter sous sa chemise. Je la déboutonnai pour révéler un torse sculptural que je ne m'attendais pas à découvrir. Je soupçonnais qu'il était svelte, mais pas aussi musclé. Du bout des doigts, je m'émerveillai du dessin de ses abdominaux, tandis qu'il abandonnait ma poitrine momentanément pour me laisser le dévêtir.

— Vous êtes baraqué… balbutiai-je, le laissant m'allonger sur le lit et déboutonner mon jean.

— Je fais de l'exercice pour évacuer le stress et… la frustration, dit-il en faisant glisser mon pantalon le long de mes jambes. Puis il ôta ma petite culotte et jeta le tout sur le sol, avant d'écarter délicatement mes jambes. Ok, Ophélia, à partir de là, les choses vont devenir vraiment dégoutantes, plaisanta-t-il en approchant son visage de mon sexe dénudé, et au premier contact de sa bouche, mes hanches se levèrent du lit.

Mes doigts s'enfoncèrent dans l'épaisseur de sa chevelure tandis qu'il sondait de sa langue des territoires inexplorés. Il ne m'était arrivé que très rarement de me procurer moi-même du plaisir, ce qui me rendait, et de façon embarrassante, très réceptive à son contact. Sa langue continua ses caresses, tandis que ses doigts s'aventuraient légèrement plus au sommet de mon vagin, pressant la petite boule de nerfs jusqu'à ce que je sente un flot de liquide jaillir de moi.

Mes hanches ondulèrent involontairement au rythme de sa bouche. Je n'avais jamais rien ressenti de tel, comme une sorte d'étrange force magique partant de mon centre pour se répandre dans mon abdomen, mon cœur et jusque dans mon âme. Une force étincelante et humide, tout en pression…

— Ouah. Asher déposa un dernier baiser sur la fine couche de poils en haut de mon pubis.

Pour une raison que j'ignore, je faisais toujours en sorte d'être parfaitement épilée alors que je n'avais jamais l'intention de me dénuder. Tandis que je redescendais sur Terre, Asher déboucla sa ceinture et ôta son pantalon, me permettant d'apercevoir son membre tendu, fier et luisant. Je n'étais pas encore convaincue d'être prête à recevoir tout ce qu'il avait à m'offrir. Une fois nu, il me rejoint à nouveau sur le lit, en profitant pour me couvrir de baisers des orteils jusqu'au bout de mon nez, puis sa bouche retrouva le chemin de la mienne. Il s'installa auprès de moi, suffisamment proche pour que je sente sa peau nue contre la mienne.

— Comment vous sentez-vous ? demanda-t-il pour faire le point, faisant fi de son érection qui se manifestait pourtant très nettement entre nos deux corps.

— Légèrement nerveuse, répondis-je en me tortillant, faisant du même coup glisser son pénis contre ma peau. Mais ça va. Je suis prête. Il était temps pour moi de prendre le taureau par les cornes.

Il m'embrassa et fit courir sa main sur mon abdomen jusqu'au centre humide qu'il venait de dévorer. Ses doigts dansèrent sur la chair encore tendre, caressant délicatement ma peau brûlante.

— La sensation pourrait ne pas être agréable au début. Il plongea son index en moi, et j'arrachai mes lèvres des siennes pour laisser s'échapper les gémissements que le va-et-vient de son doigt entre mes jambes produisait. J'écartai encore davantage mes cuisses pour l'encourager. Il interrompit ses baisers fiévreux dans mon cou et murmura tout contre ma peau. — Je vous promets de vous donner du plaisir.

Il se pencha sur ma poitrine et agaça une pointe durcie avec sa langue, tout en introduisant un deuxième doigt en moi afin de dilater le tunnel douloureux de mon vagin. Puis il mordilla mon téton, et tandis qu'un nouveau jaillissement s'écoula sur ses doigts, il passa à l'autre sein pour lui prodiguer les mêmes soins. Il continua jusqu'à ce que ma poitrine soit trop sensible pour en supporter davantage, et lorsque son pouce trouva mon clitoris, une simple pression suffit pour me faire jouir une deuxième fois. À nouveau épuisée et flottante, je l'aperçus s'éloigner à travers ma vision brouillée par l'extase. Il fouilla dans le tiroir proche de ma tête et en sortit un préservatif, embrassant ma tempe toujours battante avant de se redresser.

— Ma chère Ophélia, je crois que le moment est venu. Je vous promets d'y aller doucement. Il déchira l'aluminium de l'emballage avec ses dents et déroula rapidement le préservatif sur son pénis.

— Je suis sûre qu'on vous le dit souvent, mais euh… comment comptez-vous faire rentrer tout ça là-dedans ? Il me restait juste assez d'énergie pour le sarcasme.

— Ne t'inquiète pas, ton vagin va s'étirer et s'ajuster. Ton corps est capable de s'adapter à un homme comme moi. On va prendre tout le temps qu'il faut.

Il était si grand, fort et dominant, mais également tendre et affectueux. Il continua de faire pleuvoir des baisers sur ma peau, tout en me frôlant de son membre. Lorsqu'il effleura l'entrée de mon vagin, je fus saisie de tremblements qui l'encouragèrent à s'immobiliser le temps que je me fasse à l'idée. Sa langue pénétra ma bouche pour un long baiser, par lequel il me faisait comprendre qu'il attendrait mon aval.

Puis, dans un soupir — Tu es prête ?

Me sentant incapable de parler, j'acquiesçai de la tête.

— Ok. Dans ce cas, je voudrais que ce soit toi qui me guides ; tu te sentiras plus à l'aise si tu as le contrôle de mes mouvements au début. Je prendrai le relai après. Il prit délicatement ma main et la porta à ses lèvres, avant de la faire glisser jusqu'à son membre tendu et rigide, et étonnamment doux.

— C'est parti, déclarai-je sur le ton de la plaisanterie, ma manière de trouver du réconfort en toute situation. Je fis aller son pénis contre la fente de mon vagin jusqu'à ce je la sente s'ouvrir légèrement.

— Voilà, comme ça, continue. Sa voix chevrota, le contrôle lui échappant momentanément.

Je continuai mes mouvements, le sentant me remplir progressivement. Je ne ressentais aucune douleur et lui fis comprendre en le guidant davantage à l'intérieur. Il utilisa son poids pour s'introduire plus en profondeur, et je ne vis soudainement que des étoiles. Je rejetai la tête en arrière pour compenser les sensations physiques qui consumaient mon esprit.

— Asher, soufflai-je sur un gémissement.

— Accroche-toi à moi ; ça ne sera douloureux que pendant une seconde. Je m'exécutai, et brusquement, Asher Davis devint la seule chose qui existait dans mon monde.

Je laissai s'échapper un cri, non de douleur mais de surprise, lorsqu'il s'inséra en moi de toute sa longueur. Nous ne formions plus qu'un tandis qu'il explorait l'endroit le plus sacré de mon corps. Je sentis les larmes monter. Était-ce vraiment là ce que je souhaitais ? Allait-il tenir sa promesse de me respecter ? Pouvait-il m'aimer suffisamment pour ne pas me faire souffrir ?

Chapitre 12

Asher

J'avais brisé la gaine de sa virginité. Les yeux d'Ophélia s'ouvrirent en grand et depuis ma position, immobile au plus profond d'elle, j'y vis s'évanouir le mordant, le piquant et tout ce qui m'avait d'abord plu chez elle. Puis son regard se voila et je crus un instant qu'elle allait pleurer. Ce n'était pas comme ça que j'avais imaginé notre première fois. Peut-être ne me faisait-elle pas suffisamment confiance ou peut-être ne m'estimait-elle pas assez. Peut-être même avait-elle l'impression que j'étais en train de prendre plus que ce qu'elle était prête à donner.

Je me sentais idiot, là au-dessus d'elle, la terreur figeant les traits de son visage.

— Hey… Je me penchai sur elle et déposai un baiser sur le velours de sa joue. Qu'est-ce qui se passe là-dedans ? demandai-je en désignant sa tête d'un signe de la mienne, une main caressant son corps rougi par l'intensité de ce qui venait de se passer.

— Hum. Elle semblait ne pas trouver les mots.

— Je ne bougerai pas tant que tu n'auras pas réatterri. Je dégageai une mèche de cheveu de son visage, savourant la sensation d'être en elle en dépit de la déconvenue momentanée. Ça va ? Je peux être plus doux, ou je peux me retirer complètement. J'embrassai ses lèvres délicatement. Je suis là ; parle-moi. Je ne vais pas te faire de mal.

— Hum… Des larmes se formaient au coin de ses yeux.

— Tu peux tout me dire, Ophélia. Je compris dans son regard fixe que ces peurs qui menaçaient de la consumer tout entière n'étaient dues qu'à son incapacité à s'ouvrir à quelqu'un d'autre. Elle utilisait son attitude de jeune femme fougueuse et forte comme d'un bouclier. S'abandonner à un homme qui, de surcroît, l'avait kidnappée et menacée de la faire emprisonner, s'avérait probablement au-dessus de ses forces.

— Je ne peux pas, dit-elle, la mâchoire serrée.

— Ok. Dans ce cas, je vais me retirer, prends une grande inspiration. Alors que j'étais sur le point de me redresser, elle attrapa mon bras.

— Non, reste, m'ordonna-t-elle d'une voix presque imperceptible.

Je commençai alors à bouger doucement en elle, m'appliquant à rendre mes mouvements tendres, affectueux, tandis que je m'emparais à nouveau de sa bouche. Elle me surprit à me laisser l'embrasser tout en allant et venant lentement en elle. Je lui faisais l'amour délicatement, désireux d'instiller en elle le sentiment d'être chérie et comblée. Mon désir grandissait à mesure qu'elle se laissait aller à la cadence prudente de mes hanches.

— Tu te sens mieux ? demandai-je, voyant réapparaître les couleurs sur son visage. Elle acquiesça de la tête, mais ne prononça aucun mot. Nous sommes amis, Ophélia, tu te souviens ? Tu peux me parler. J'arrêtai mes mouvements pour observer son beau visage.

— J'ai tellement peur, admit-elle, son regard fuyant le mien.

— Est-ce que je te fais mal ? J'étais tout à coup inquiet à l'idée que malgré ma prévenance, mes caresses étaient trop pour elles.

— Non, mais ça va bien finir par arriver… Les larmes qu'elle avait jusque-là à peine pu retenir ruisselaient maintenant sur son visage.

— Ce n'est pourtant pas dans mes projets, Leah, répondis-je, essayant d'utiliser son surnom pour la rassurer. Au contraire, je veux que tu te sentes aimée. Est-ce qu'on peut se concentrer sur ce moment, ici et maintenant, et profiter d'être tous les deux ? Je sais que tu aimes observer les gens, considère cela comme une étude de cas sur l'amour entre les humains. Donne-moi une chance de te montrer à quel point tu comptes pour moi.

J'embrassai sa joue humide, son cou.

Quelque chose changea en moi à cet instant. Je me rendis compte que je me sentais responsable de la manière dont elle expérimentait, et expérimenterait après moi, l'amour que le monde avait à lui offrir. Et malgré mon aversion pour les relations, j'accueillais à bras ouverts l'opportunité d'être le premier homme à l'aimer, et je m'attacherais à veiller sur elle pendant toute la durée de notre vie commune. J'essuyai ses larmes de mes baisers et agaçait de mes doigts l'organe sensible entre ses jambes, rendant sa peau rouge écarlate. Elle enroula ses bras autour de moi, laissant ses hanches suivre le rythme de mes va-et-vient.

— C'est bon, murmura-t-elle à mon oreille. Ça va mieux maintenant.

— Tu es tellement belle. Je m'insérai plus en profondeur, lui coupant le souffle. Toujours ok ? demandai-je en mordillant le lobe de son oreille.

— Ouaip. Ah, son sarcasme refaisait surface et je sentais ses hanches rechercher avidement le contact des miennes.

— Comme ça, c'est bien. Je la serrai contre moi, puis roula sur le dos afin que, assise sur moi, elle puisse prendre le contrôle.

Elle sembla apprécier cette nouvelle position. Penchée au-dessus de moi, les mains fermement plaquées contre mon torse, elle fit onduler ses hanches sur les miennes, me rendant fou de désir. L'extase sur mon visage et l'idée qu'elle était désormais en charge de mon plaisir sembla lui donner confiance et ses hanches rebondissaient maintenant avec force sur mon pénis.

— Doucement, cowboy, tu vas finir par casser quelque chose, plaisantai-je en lui donnant une petite claque affectueuse sur les fesses, qui ne fit qu'encourager davantage ses mouvements.

— Je me sens bien, c'est si bon. Je voyais qu'elle était en train de perdre le contrôle et qu'elle ne tarderait pas à frémir d'extase.

Et j'avais raison. Après quelques coups de reins puissants, son visage se crispa de plaisir, les parois de son vagin se contractant autour de mon érection jusqu'à ce qu'elle laisse s'échapper un cri de jouissance et se laisse tomber sur ma poitrine. Je serrai son corps brûlant contre le mien, puis accélérai mes mouvements pour atteindre l'orgasme à mon tour. Je me retirai brusquement d'elle, arrachai le préservatif de mon pénis et déversai ma semence sur la courbure de ses fesses.

Je ne comptais plus le nombre de femmes avec qui j'avais couchées, mais cette première fois avec Ophélia était la chose la plus intense que j'avais jamais vécue. De la peur qu'elle avait d'abord ressenti au moment où elle s'était enfin abandonnée, j'avais maintenant l'impression qu'une partie de moi lui appartenait. Cette femme allait mener à ma perte. Je me promis de ne jamais lui révéler, mais je venais de me donner corps et âme à elle. J'aimais avoir le contrôle et prendre les décisions, mais en cet instant, je l'aurais suivi jusqu'au bout du monde si elle me l'avait demandé.

— Comment tu te sens ? demandai-je, une main caressant ses cheveux humides de sueur tandis que nos corps récupéraient dans le silence de la chambre.

Elle ne bougea pas la tête et ne me regarda pas, préférant enfouir son visage dans mon cou pour me répondre. — Très bien.

Pour en avoir le cœur net, je me redressai, Ophélia toujours au creux de mes bras.

— Ooh… Elle grimaça lorsque je la repositionnai.

Comme je m'y attendais, son corps était ankylosé. — Je crois que c'est le moment d'entamer les soins de suivi. Tu t'es lancée dans l'aventure sans étirements… Je me mis debout, ses jambes autour de mes hanches. Je m'en occupe.

— Oh, non, je n'en peux plus, déclara-t-elle en se raidissant.

— Pas ce genre de soins, ma chère. Je la menai jusqu'à la salle de bain où trônait une baignoire suffisamment large pour accueillir plusieurs personnes. Je m'assis sur le rebord, Ophélia sur mes genoux, et ouvrit le robinet, ajustant la température de l'eau jusqu'à ce qu'elle soit tiède.

— Oh, Dieu soit loué. Un sourire malicieux se dessina sur ses lèvres et je compris qu'elle redevenait elle-même.

Je profitai que la baignoire se remplît pour me pencher et empoigner un flacon d'huile essentiel à la lavande que j'utilisai d'ordinaire pour parfumer l'eau du bain. Je le décapuchonnai, une fragrance enivrante se mêlant immédiatement à l'air de la salle de bain, puis en versait une dose généreuse au creux de ma paume.

— Penche-toi en arrière contre moi, lui susurrai-je, une main posée sur son vagin. Ça risque d'être désagréable pendant une minute. Je fis glisser ma main sur sa peau délicatement, tâchant de ne pas ranimer son désir ou d'appliquer de l'huile dans des endroits inappropriés. Je massai simplement ses muscles endoloris. Je vais t'aider à te débarrasser des gênes que tu pourrais avoir. Je ne suis pas un monstre… Et je reconnais que tu as été courageuse.

Elle jeta un coup d'œil à mon pénis, qui se gonflait à nouveau de désir. Je n'avais pas encore complètement récupéré de nos activités, mais j'étais en bonne voie.

— Ça n'a pas l'air si terrifiant à cette distance, s'amusa-t-elle.

— Oh, il n'est pas terrifiant, mais terriblement fougueux. Surtout en ce qui te concerne. Mais je vais tâcher de le garder sous contrôle ; ton vagin a besoin de temps pour se reposer et se rétablir. Je massai son abdomen, puis sa poitrine, que l'expérience avait également éprouvée.

— Pas trop de temps, j'espère. Elle dirigea son visage vers le mien, et j'embrassai ses lèvres boudeuses en riant.

— Suffisamment de temps pour récupérer et la prochaine fois qu'on remettra ça, ce sera plus bien plus agréable. Sur ce, dis-je en me levant, avant de nous installer dans la baignoire tandis qu'elle continuait de se remplir. L'eau atteignait seulement nos chevilles, ce qui nous laissait amplement le temps de nous adonner à une nouvelle séance de cunnilingus. Écarte les jambes, chérie…

Elle s'exécuta avec précaution pendant que je m'agenouillai en face d'elle. La sensation de l'eau tiède sur mon membre endolori était la bienvenue. Je m'approchai au plus près d'elle et m'assis entre ses jambes.

— Qu'est-ce que tu fais ? Confuse, elle essaya de reculer mais la paroi de la baignoire l'en empêcha.

— J'enclenche la phase deux des soins de suivi. Sans un mot de plus, j'enfouis mon visage entre ses cuisses et embrassai ses lèvres encore enflées.

Tandis que le niveau de l'eau montait dans la baignoire, je redécouvrais sa peau sensible. Je pris le temps d'embrasser et de caresser de ma langue chacune des parties de son corps somptueux, et lorsque je plongeai dans les profondeurs humides de son sexe, elle explosa dans ma bouche. J'étais à nouveau en érection mais seule Ophélia importait à cet instant. L'eau clapotait maintenant contre mon menton, et je reculai ma tête pour l'observer tandis qu'elle haletait et gémissait de plaisir.

— Tu es vraiment doué pour ça, souffla-t-elle.

— Je sais, rétorquai-je en la ramenant sur les genoux. Mais je n'en ai pas terminé avec vous, mademoiselle. Et baignés par la tiédeur de l'eau, mes doigts trouvèrent une fois de plus son entrejambe.

Je m'appliquai à rendre mes caresses aussi douces que possibles et bientôt elle se raidit, soupirant son orgasme dans le creux de mes bras. Je caressai ses seins calmement, laissant l'eau, désormais au niveau de nos épaules, bercer son corps épuisé.

— Alors, comment te sens-tu ? demandai-je, avec toute l'attention et la bienveillance que mon esprit cruel et insensible voulut bien m'accorder.

— Baisée, répondit-elle paresseusement, et j'éclatai de rire.

— C'est l'idée, répliquai-je en la serrant davantage contre moi.

— Et toi ? Elle se trémoussa sur mon membre durci.

— Tu as été incroyable. Quant à lui, dis-je en agitant mes hanches en réponse, il en veut toujours plus. N'y prête pas attention.

— Et si ? Elle ajusta sa position de manière à placer mon pénis entre ses jambes, qu'elle resserra solidement autour de moi. Je faisais ça ?

Elle rebondit sur moi au rythme de mes coups de reins, ses jambes puissantes me maintenant en place. Frustré que l'eau nous fasse flotter, je nous soulevai hors du bain et nous assis sur le rebord de la baignoire, et n'attendis pas une seconde de plus pour me précipiter entre ses lèvres gonflées et atteindre mon septième ciel. Puis, j'attrapai une serviette, essuyai la preuve de mon plaisir qui s'écoulait le long de sa jambe, avant de nous laisser glisser à nouveau dans l'eau.

— Merci, susurrai-je contre son oreille.

— Désolée, c'est tout ce que j'étais en mesure de faire. Était-elle vraiment en train de s'excuser ?

— C'était parfait. J'embrassai sa joue. Tu es parfaite.

Je saisis le savon et le fis courir sur la surface de son corps, puis pencha sa tête en arrière dans le creux de mon bras pour shampouiner ses cheveux courts.

— Pourquoi tu comportes si gentiment avec moi ? Je laissai s'échapper un léger rire, surpris par la question.

— Parce que je tiens à toi, Ophélia… je tiens vraiment à toi. Je rinçai la mousse de ses cheveux avant d'y appliquer un après-shampooing mentholé. Ça m'est égal que tu te méfies encore de moi ; j'arriverai bien à te faire changer d'avis un jour.

— Tout ce que tu as à faire, c'est d'être vrai. Elle se pelotonna contre moi, luttant visiblement contre le sommeil.

Une fois ses cheveux rincés, je la portai hors de la baignoire et fis de mon mieux pour la sécher ; une manœuvre difficile en cela qu'elle était presque endormie. J'envisageai l'espace d'un instant de la ramener dans sa chambre, mais abandonnai aussitôt l'idée. Je voulais qu'elle se réveille dans mes bras. Je commençais à peine à la connaître et préférais mettre toutes les chances de mon côté pour ne pas tout gâcher en étant simplement moi. J'étais un monstre après tout.

Chapitre 13

Ophélia

J'étais trop épuisée pour marcher. Il m'installa dans son lit et éteignit la lumière. Mon cœur s'accéléra pendant un court instant, puis il s'allongea auprès de moi et sa peau nue caressant celle de mon dos, je m'abandonnai à ma fatigue. Il dut sentir le rythme soutenu des battements de mon cœur en m'étreignant.

— Tout va bien, Ophélia. Tu peux t'endormir. Il déposa un baiser sur ma tempe et posa sa tête sur l'oreiller à côté du mien.

Nos corps étaient si proches l'un de l'autre. La raison me dictait de m'éloigner de lui et de garder mes distances, mais mon cœur souhaitait rester blotti tout contre lui. À vrai dire, mon cœur le voulait surtout en moi. J'avais d'abord été terrifiée à l'idée de coucher avec lui, mais il avait fait preuve d'une tendresse incroyable du début à la fin. D'ailleurs, l'homme qui m'avait fait l'amour ne pouvait pas être le crétin dragueur que tout le monde haïssait. J'avais conscience qu'il s'était probablement comporté différemment parce que j'étais vierge, mais je m'en moquais. Je me sentais bien en m'endormant cette nuit-là. Mon corps était en feu et je sentais distinctement tous les endroits qu'il avait caressés, mais l'idée qu'il m'eût possédée m'emplissait d'un bonheur incomparable. Je savourais les courbatures et les irritations que je ressentais principalement entre mes jambes chaque fois que je faisais un mouvement ; elles me rappelaient la raison de leur existence et le soin qu'il avait mis à essayer de me soulager par la suite.

Le lendemain matin, la douleur avait disparu ; tout comme Asher

Davis. Je savais bien que tout cela était trop beau pour être vrai. Je ne voulais pas me remettre à le détester, mais je faillis céder. Lorsque je fus complètement réveillée, je jetai un œil autour de la chambre afin de mettre la main sur quelque chose à enfiler. Qu'est-ce que j'avais bien pu faire de mes vêtements ? Puis je me remémorai l'ordre des événements de la veille et me souvins les avoir jetés négligemment sur le sol. Mais par terre, aucune trace de nos vêtements sur la moquette fraîchement nettoyée. Mes yeux scannèrent la pièce, toujours à la recherche de quelque chose à me mettre sur le dos. La suite entière était immaculée. Je commençai à paniquer, m'imaginant en train de déambuler dans les couloirs, nue comme un ver, cherchant désespérément à rejoindre ma chambre. Et où était donc mon téléphone ?

Il avait été si prévenant avec moi la veille, et de me laisser seule sans prévenir ce matin… La colère montait en moi tandis que je me traînais hors de lit en direction de la salle de bain, où je trouvai une magnifique robe estivale ainsi que des sous-vêtements en dentelle. Quand avait-il pris le temps d'apporter ça ici ? Je ne me souvenais pas de les vus dans l'un des sacs. J'étais reconnaissante d'avoir des vêtements, même si j'avais l'impression d'être une poupée Barbie. La meilleure chose à faire était de m'habiller et de partir à la recherche de Lainey ou de qui que ce soit d'autre capable d'au moins me donner l'heure.

Je passai la robe et regardai mon reflet dans le miroir ; elle convenait parfaitement. Comment était-ce possible ? Mes cheveux en revanche étaient en bataille de sorte que j'utilisai un peu d'eau pour les lisser et me laver brièvement le visage, essuyant le tout à l'aide d'une serviette de toilette moelleuse, avant de partir à l'assaut du manoir. En sortant de l'ascenseur, les lieux me parurent déserts. Lainey avait pourtant visité la cuisine à en croire le fumet délicieux qui y flottait toujours et qui me rappela que j'étais affamée, mais personne en vue. Pas même de la vaisselle sale dans l'évier.

Mon cœur se serra. J'avais l'impression d'avoir été abandonnée. Non pas que je m'étais attendue à ce qu'Asher se réveille à mes côtés, ou même qu'il me réveille avant de partir… Nous n'étions pas vraiment en couple, mais je ne pensais pas malgré tout qu'il me délaisserait autant.

Mon plan d'attaque suivant consistait à me rendre à la porte d'entrée et d'attendre que « Jeeves » apparaisse. Les majordomes étaient chargés d'ouvrir les portes, non ? Il me suffisait de sortir de la maison, d'activer la sonnette et de croiser les doigts pour que ma stratégie fonctionne. En chemin vers la porte, j'empruntai un couloir d'où provenait le tacatac frénétique de doigts courant sur un clavier d'ordinateur. Poussée par la curiosité, je suivis le bruit jusqu'à sa source, pour découvrir Asher, assis à son bureau, en plein travail. Je ne voulais pas faire irruption sans y avoir été invitée, mais je ne pouvais non plus rester plantée là à le regarder silencieusement. Je décidai donc de m'éclaircir la gorge.

Il ne se retourna pas pour me regarder et parla simplement en continuant de taper. — Comment te sens-tu ce matin ? J'étais troublée par son ton désinvolte.

— Je suis éreintée, répondis-je avec un léger rire. J'ai l'impression d'être Julia Robert dans *Pretty Woman* ou Cendrillon, ou peu importe quelle autre princesse finissant au lit avec un prince qui lui ravage le vagin et lui laisse des robes adorables à porter le lendemain. Allez-vous me vêtir tous les jours, sire ? Si tant est que vous jugiez que je mérite vos honneurs, cela s'entend, raillai-je sur un ton faussement séducteur, qui parvint enfin à attirer son attention.

— Je vois que tu as un penchant pour l'art dramatique. J'ai choisi cette robe pour toi hier soir. Je voulais te voir la porter et elle te va mieux que ce que j'avais pu imaginer. J'ai un faible pour les femmes dans des robes estivales ; elles sont sexy et délicates, comme toi. Il se leva de sa chaise.

J'imagine que tu es maintenant prête à t'enfuir… Il s'approcha de moi et tout à coup, oui, j'étais absolument prête à m'enfuir.

Cet homme était extrêmement intense.

— Alors, sache que je n'apprécie pas que l'on me dicte ce que je dois porter. Je ne suis pas ta poupée Barbie. Et je me fiche pas mal que tu trouves les tenues sexy et délicates. Et tant que j'y suis, on ne vole pas le téléphone de ses invités. La nuit dernière était réellement incroyable, je ne peux pas le nier, mais ton comportement commence à m'inquiéter. Donc, non, je ne compte pas encore m'enfuir, mais ça pourrait arriver plus vite que prévu, répondis-je en m'adossant au mur.

— Ok, donc, la robe n'était que ma façon de te dire merci pour cette nuit extraordinaire. En ce qui concerne ton téléphone, c'est finalement un peu la même chose. Je ne voulais pas qu'il te réveille parce que tu semblais avoir besoin de sommeil ; donc j'ai pris la liberté de le prendre et de le mettre à charger dans ta chambre. Cela étant dit, comme ça m'ennuyait que tu ne sois pas à la pointe de la technologie… voilà. Il se dirigea vers la table d'appoint adjacente à son bureau, attrapa un iPhone argenté dernier cri un million de fois plus performant que le mien, et me le tendit.

— Oh mon dieu, m'exclamai-je, m'extasiant l'espace d'un instant sur le style soigné de l'appareil. Il est… trop beau. Je le retournai dans ma main et remarquai l'heure qu'affichait l'écran. On pourrait croire, commençai-je, l'air narquois, qu'un téléphone aussi high-tech serait capable de donner l'heure actuelle.

— Je suis désolé de te l'annoncer, ma chérie, mais il est réellement une heure de l'après-midi, répliqua-t-il. Dieu merci, son ton était léger et taquin.

— J'ai dormi jusque treize heures ? Comme les drogués ? je restai bouche bée par la nouvelle.

— Je dirais plutôt que tu as dormi comme une femme qui était occupée à faire l'amour pour la première fois pendant la majeure partie de la nuit. Ton corps a besoin de se reposer, donc passe une bonne après-midi.

Il s'approcha de moi et embrassa délicatement mes lèvres ; un baiser qui raviva le feu de la veille.

— Merci d'avoir accepté de m'épouser, mais si tu restes ici, je risque de perdre tout contrôle et de passer le reste de la journée à perfectionner mes talents d'expert du sexe. Malheureusement, comme tu le sais, je suis sur un coup important. Quant à toi, tu as du pain sur la planche, du moins si tu acceptes la mission. Ce n'est rien d'aussi amusant que de s'infiltrer à des événements de la haute société, mais si tu fais ça pour moi, je te promets de t'emmener à toutes les réceptions auxquelles tu souhaites participer. Il m'embrassa à nouveau, attisant toujours plus les flammes.

— J'ai besoin que tu t'occupes d'organiser notre mariage. Tu peux le rendre aussi fantaisiste et royal que tu le souhaite ; simplement, les seules personnes sur la liste des invités seront tes amis et ta famille. Thomas et Lainey seront également de la partie, mais ce sera tout en ce qui concerne mes invités. Tu es libre de choisir le lieu et de dépenser sans compter. Je vais charger Thomas de vous emmener, toi et tes amies, faire une virée shopping demain dans quelques boutiques ; les meilleures de DC, donc j'espère que tu trouveras ton bonheur. Tu peux louer les services de musiciens pour un concert live, de traiteurs pour le repas ; tout ce que tu veux. Je m'occupe de la partie administrative et des alliances. Il faut que tout soit prêt pour mercredi pour que le mariage puisse avoir lieu le weekend prochain. Il parlait tellement vite que ma tête tourna.

— Je comprends bien qu'il s'agit d'un mariage factice, mais pourquoi tant de précipitation ? Je ne comprenais pas en quoi cela importait que le mariage ait lieu le weekend prochain ou le mois d'après. L'essentiel était qu'il soit marié, non ?

— J'ai besoin de prendre rendez-vous avec Rupert Mandeville le plus rapidement possible et je souhaite être marié lorsque cela arrivera. J'ai choisi le récit d'un mariage spontané et secret afin de respecter l'anonymat que tu as requis. J'ai mis par écrit toute la genèse de notre histoire, comme ça tu pourras l'apprendre et t'entraîner à la raconter. J'avais tout à coup affaire à Asher Davis, l'entrepreneur.

— Et sinon, à part l'organisation de faux mariages, comment une femme entretenue occupe-t-elle ses journées ? J'avais tellement faim que je devenais irritable ; ma vie n'était pas un business à planifier et à comptabiliser. Généralement, je suis occupée à vivre ma vie, mais maintenant que je suis coincée avec un milliardaire, qu'est-ce que je suis censée faire ? M'asseoir sur mes pouces pendant un an ? Ou est-ce que je dois m'attendre à un emploi du temps détaillé, et être douchée, coiffée et prête à faire la potiche à certains moments stratégiques de la journée ? Je ne comprenais pas pourquoi j'étais brusquement si énervée. Ce n'est pas comme s'il m'avait promis quoi que ce soit, mais je remarquais qu'il faisait preuve de beaucoup plus d'attention lorsqu'il essayait de m'écarter les cuisses.

J'espérais malgré tout que ce n'était pas là sa seule motivation.

— Je vois que tu as retrouvé ton mordant. La seule chose que j'attends de toi, c'est d'au moins prendre ton dîner avec moi. Si tu veux te laisser aller et arrêter de t'épiler, ça te regarde ; ça me convient quoi qu'il arrive. J'aime la diversité et le look star du porno ne va pas à tout le monde. Quant à tes pouces, tu es libre de t'asseoir dessus autant que tu le souhaites, bien que je ne sois pas sûr que ça te plaise tant que ça. Tu peux toujours passer tes journées à cracher ton venin me concernant en t'adonnant à la rédaction d'articles acerbes, mais sachant que tu as signé un accord de non-divulgation, ça risquerait de n'être au plus qu'une perte de temps. Mais là encore, c'est ton choix. Ce que tu fais de ton temps libre ne regarde que toi. Personnellement, je te conseillerais plutôt de t'entraîner à écrire des articles de qualité et de travailler à développer ta carrière dans le journalisme, tant que tu ne t'enlises pas dans des situations qui pourraient compromettre ma réputation. J'apprécierais également que tu fasses preuve de franchise, donc si tu as quelque chose à me dire, dis-le. Et une dernière chose, il te faudra parfois, pas toujours mais parfois, obéir à mes ordres. Par exemple, monte sur le bureau, m'ordonna-t-il, les traits sérieux.

— Pardon ?

Il déplaça son ordinateur ainsi que les documents sur lesquels il était en train de travailler avant que je l'interrompe, puis il se retourna et s'avança vers moi. Je ressentis l'envie irrépressible de fuir, mais je ne fus pas assez rapide. Il me souleva, me porta jusqu'à son bureau et me déposa à l'endroit qu'il venait de débarrasser. J'étais trop stupéfaite pour essayer de me débattre. Et puis, qu'arriverait-il si je parvenais à m'enfuir et qu'il décidait de me pourchasser dans le manoir ?

— Comme je le disais, parfois tu devras obéir à mes ordres. L'une des raisons pour lesquelles j'affectionne ce type de robes… Il écarta mes jambes et remonta ma robe jusqu'aux genoux. C'est qu'elles facilitent énormément l'accès.

Il souleva ensuite mes jambes de manière à exposer mon pubis. Je rougis légèrement en me remémorant la petite culotte qu'il avait choisir. Il plaça mes pieds de chaque côté de son corps, puis passa un doigt sous la dentelle de mon minuscule string et la fit glisser sur le côté. L'embarras me gagna lorsque je me rendis compte qu'il voyait à quel point j'étais déjà excitée. Il s'accroupit devant moi.

— Donc, tu es vraiment en train de me forcer à ouvrir mes cuisses sur ton bureau ? dis-je, amusée, m'appuyant sur mes coudes pour pouvoir le regarder. Tu es conscient que c'est le genre d'informations dont je pourrais me servir une fois que j'aurai empoché les cinq millions et embauché un avocat suffisamment intelligent pour exploiter les failles dans ton accord de non divulgation ? C'était la seule arme que comptait mon arsenal, mais pour être honnête, j'étais plutôt impatiente qu'on reprenne nos activités de la veille.

C'était la seule chose qui me plaisait réellement chez lui ; lorsqu'il me faisait l'amour, j'avais l'impression qu'il me laissait voir qui il était vraiment.

— Je suis à peu près sûr que tu es affamée et toujours endolorie. Je dois bientôt me rendre au bureau, mais je voudrais m'occuper de ça avant. Il fit glisser son doigt entre mes lèvres. Oh, c'est bien lubrifié, railla-t-il. J'avais envie de le baffer. Et comment tu sens à ce niveau-là ? demanda-t-il sans attendre pour plonger son doigt en moi.

Je dus mordre ma lèvre pour empêcher l'inondation que je sentais sur le point de jaillir. J'étais certes endolorie, mais j'avais besoin de lui comme d'une drogue.

— Tu es monstrueux, bredouillai-je.

— Non. Sinon tu ne serais pas si excitée. Son sourire s'élargit. Bon appétit à moi. Il se repositionna de manière à être à genoux, puis utilisa ses pouces pour écarter légèrement mes lèvres. Je n'aime pas garder le meilleur pour la fin, dit-il, avant de laper ma peau irritée, allant et venant en moi jusqu'à ce que j'écrase mes hanches contre son visage au rythme de sa langue.

Alors qu'il avait fait preuve d'une tendresse inespérée avec moi la veille, ses gestes étaient maintenant intenses et passionnés. Il usa de sa bouche, de sa langue, de ses lèvres et de ses dents pour me mener à l'extase, et lorsque j'explosai enfin, la sensation était brutale et sauvage, comme des dizaines de lames me transperçant en toute part. Cet orgasme n'avait rien de doux ni de délicat ; il était bestial et dévorant. Je me redressai, agrippant ses cheveux, et pressant son visage contre moi jusqu'à ce qu'il étanche mon désir jusqu'à la dernière goutte.

Lorsqu'il releva enfin la tête, il s'essuya avec un mouchoir qu'il sortit de sa poche et se mit à rire.

— Tu triches, dis-je, haletant, la tête rejetée en arrière.

— J'ai l'impression que quelqu'un a passé beaucoup de temps à penser à moi. Il tapota mon vagin gonflé et palpitant. On dirait que quelqu'un vient de t'assommer avec un coup de bélier. Il remit ma culotte en place et réarrangea les pans de ma robe dans leur position initiale.

Je restai assise là sur son bureau, m'efforçant de sortir de l'état de flottement dans lequel je me trouvais. Lorsque je revins enfin à la réalité, je m'aperçus qu'il était toujours planté devant moi et qu'il m'observait avec quelque chose qui ressemblait à de l'adoration dans les yeux, et qui me mit immédiatement mal à l'aise.

— Tu te sens mieux maintenant ? demanda-t-il comme s'il venait de coller un pansement sur un bobo.

— Hum, oui ? Je baissai le regard et remarquai la tension sous le tissu de son pantalon. Et toi ? Tu ne peux pas décemment te rendre au bureau comme ça ! Je pris un air faussement choqué. Est-ce que tu as une secrétaire qui pourrait s'occuper de ton cas ? Je jouais la sotte séductrice, mais au fond de moi, je mourrais d'envie de connaître la réponse. Je suis simplement intéressée de savoir dans quel cirque je me suis enrôlée.

Il rit à nouveau ; cette fois-ci, d'une manière étonnamment bienveillante. — Je suis sur le point d'épouser ma petite amie, dont j'ai gardé l'existence secrète pendant plus d'un an. Donc, tu peux dramatiser la situation autant que tu le souhaites, mais en ce qui me concerne, personne à part moi — et j'espère un jour, toi — ne s'occupe de mes affaires. Il secoua la tête, d'humeur toujours joviale.

Je sautai du bureau, attrapai la bouteille de lotion à la verveine que j'avais remarquée plus tôt et en étalai sur ma paume, tandis qu'Asher gardait des yeux curieux posés sur moi.

— Ne va pas croire que ça signifie que je t'apprécie, mais… Je fis glisser la braguette de son pantalon avec ma main libre et libérai son érection qui, à la lumière du jour, me parut bien plus intimidant. Sans compter que j'avais du mal à croire qu'Asher ait pu introduire toute sa longueur en moi.

— Pourquoi le faire alors ? Il déboutonna son pantalon et fit passer son pénis par le trou de son boxer tandis que j'appliquais la lotion en caressant sa peau veloutée.

— Simplement parce que c'est quelque chose que je sais faire, répondis-je tout en faisant aller ma main de haut en bas, alternant la vitesse et le rythme de mes mouvements jusqu'à ce que ses hanches suivent ma cadence. J'ai déjà fait quelques branlettes dans ma jeunesse, ajoutai-je, faisant mine de fanfaronner.

— Oui, je vois ça, répliqua-t-il, les yeux fermés et le souffle saccadé.

Je me plaçai derrière lui, me collant le plus possible contre son corps. Puis je ralentis les mouvements jusque-là effrénés de ma main pour étaler le liquide pré-séminal sur toute la surface de son gland violacé, agaçant délicatement le petit trou qui se formait à son extrémité. Il semblait si vulnérable, à ma merci. Au-delà de la sensation de pouvoir grisante, je me réjouissais du plaisir que je lisais sur son visage. Il lui était impossible de nier le fait qu'il aimait ce que j'étais en train de lui faire. Je sentis son corps se tendre et accélérai le rythme. Nous ne formions plus qu'un, ses désirs se révélant à moi sans qu'il prononce aucun mot. Je n'avais qu'à suivre les directives que me dictait son corps et lui procurer le tempo et la pression dont il avait besoin pour atteindre l'orgasme, qui s'avéra aussi intense que le mien.

Ses hanches surgirent brusquement en avant et il éjacula, retenant un gémissement tandis que se succédaient les secousses à travers son pénis. Il rejeta la tête en arrière, une fine couche de sueur recouvrant son front, et attendit que sa respiration se calmât.

— Merci, murmura-t-il.

Je remis son boxer en place. Puis il referma la braguette de son pantalon puis le reboutonna, avant d'essuyer ma main délicatement avec un mouchoir qu'il sortit de sa poche.

— Pourquoi est-ce que les hommes se baladent avec ce genre de choses ? demandai-je, sincèrement curieuse de connaître la réponse.

Il me jeta simplement un regard qui semblait dire « je suis en train d'essuyer le sperme de ta main, donc à toi de voir », et je décidai de ne pas insister.

— Maintenant, il faudrait que tu prennes une douche et que tu manges quelque chose ; ensuite, je filerai au bureau. Il se pencha pour déposer sur mes lèvres un baiser plein de tendresse qui me fit tourner la tête.

Il m'observa en silence pendant un instant et je ne savais pas quoi faire d'autre que le regarder en retour. Qu'allait-il advenir de nous ? Il semblait se poser la même question. Malheureusement, je n'allais pas obtenir de réponse tout de suite. Il posa simplement sa main sur le bas de mon dos et me guida en dehors de la pièce.

Chapitre 14

Asher

Elle me comprenait d'une manière à laquelle je ne m'étais pas attendu. Je ne perdais jamais mes moyens, sous aucun prétexte, mais Ophélia chamboulait toutes mes certitudes. Les femmes étaient généralement trop occupées à essayer de coucher avec moi pour faire preuve d'esprit ou de se montrer drôles. Elles m'obéissaient sans sourciller et se dévouaient toute entière, ce qui finissaient tôt ou tard par m'agacer. Mais pas Ophélia. Elle était certes novice dans le domaine sexuel, mais elle avait une confiance en elle presque provocante, une intelligence digne des plus grands érudits et la verve d'un marin ; je l'adorais. Sur un plan purement théorique, elle était mon idéal féminin. Je l'accompagnai jusqu'à la cuisine où l'attendait une fournée de muffins faits maison.

— Lainey a préparé une dizaine de muffins aux céréales et aux graines pour toi ce matin. Elle a également épluché et coupé des fruits à mélanger avec ton yaourt, que tu trouveras dans le frigo. Elle t'a pris pour une amateure de produits organiques, mais j'ai bien l'impression que tu préfères tes aliments juteux et fris. Je lui jetai un clin d'œil dans le seul but de l'asticoter.

— J'aime bien le bacon et les œufs, dit-elle nonchalamment en s'asseyant au petit bar de la cuisine. Mais je vais plutôt opter pour un muffin et des fruits. Allez-vous me faire l'honneur de vous joindre à moi pour un brunch, M. Davis ? Ah, elle méritait une bonne fessée pour l'emploi de ce petit ton.

— Non, je suis déjà en retard pour le boulot. Je ne vais jamais décoller si je reste plus longtemps avec toi ici. On se voit ce soir pour dîner. N'oublie pas l'organisation du mariage cette après-midi, et demain, virée shopping pour ta robe, lui rappelai-je en rassemblant mes affaires. Je n'allais vraiment pas être à l'heure. Et n'oublie pas que nous dînons ensemble ce soir.

— Difficile d'oublier quand tu n'arrêtes pas de le rabâcher… Elle leva les yeux en l'air comme une adolescente.

— J'y vais, sois sage, dis-je simplement avant de lui tourner le dos et de partir.

— Sinon quoi ? l'entendis-je crier derrière moi. Qu'est-ce que tu comptes faire ?

J'ignorai ses plaintes et décidai de la laisser mijoter, dans l'espoir qu'elle serait toujours là à mon retour et qu'elle aurait planifier le mariage de A à Z, étant absolument rebuté par l'idée de le faire moi-même. J'aurais personnellement préféré une brève visite à la mairie. Je trouvais le faste de certains mariages abhorrant, mais Ophélia méritait une réception dans les formes si c'est ce qu'elle souhaitait. J'étais sur le point de lui voler une année de sa vie ; m'assurer qu'elle passe un bon moment était la moindre des choses.

Je trouvai un bureau en ébullition, ce qui n'avait rien d'anormal à cette heure de la journée. Personne ne soupçonnait que le secteur du stockage puisse engendrer autant de frénésie, mais entre les unités physiques en attente d'être déplacées, les documents confidentiels à réduire en miettes, les nouveaux comptes à créer, et plus important encore, la grosse entreprise entièrement dépendante de notre protection, nous étions toujours très occupés. Je ne m'arrêtais jamais une seconde pour réfléchir au rôle que nous avions à jouer dans certaines transactions illégales ; nos clients comptaient sur nous pour fermer les yeux sur certaines de leurs décisions et c'était exactement ce que nous faisions. Je n'avais de toute façon aucune opinion sur le sujet et je trépignais d'impatience à la perspective de développer nos activités ; les possibilités allaient devenir illimitées. Je ne parvenais néanmoins pas à faire taire la petite voix dans ma tête s'inquiétant de la situation dans laquelle je mettais Ophélia si les choses tournaient mal. J'étais confiant de pouvoir m'éviter la prison à coups de bluff et de bavardages, mais j'avais peur de ce qu'il pourrait advenir d'elle. Son honnêteté parfois caustique avait commencé à déteindre sur moi après seulement quelques heures en sa compagnie. Elle était dangereuse, je le savais bien. Mais je n'avais pas vraiment le temps de m'attarder sur le sujet. Il me fallait me concentrer pour assurer la performance qui allait suivre.

Avant de me rendre à mon bureau, je fis un crochet par mes bijoutiers afin de trouver une bague à Ophélia. Le contrat qu'elle avait signé stipulait que j'avais besoin de la taille de son index, ainsi que de ses mensurations corporelles, que j'avais chargé Lainey de prendre. Puisque l'argent ne constituait en rien un problème pour moi, je sélectionnai la plus grosse et la plus criarde des bagues exposées. Elle allait la détester, ce qui m'amusait énormément. Il me fallait renvoyer l'image d'un fiancé dévoué, impatient de révéler au monde la femme qu'il avait tenue secrète pendant un an. Tout ce qui concernait notre mariage devait paraître grandiose, et quel meilleur moyen d'y parvenir que d'inviter Clara, stagiaire et commère extraordinaire, sur la scène ?

— Clara, pouvez-vous venir une minute s'il vous plaît ? Je voudrais vous demander quelque chose. Je tâchai de prendre une voix ferme quoique séductrice, et elle me rejoignit bientôt, trottant dans la pièce dans une tenue légèrement moins provocante qu'à son habitude.

— Oui, M. Davis. Elle écarquillait les yeux, feignant la candeur, mais je savais pertinemment qu'elle n'avait rien d'une écolière innocente.

— Asseyez-vous, lui dis-je en fermant la porte.

— Est-ce que vous allez me renvoyer ? demanda-t-elle, sa voix trahissant la panique.

— Non, il ne s'agit pas de cela. J'ai besoin de votre opinion. Ciel, je n'avais aucune intention de lui faire peur. La renvoyer nécessiterait davantage qu'une poignée de tenues inappropriées. Je sortis l'écrin du sac que j'avais posé à côté de mon ordinateur, ouvrait le couvercle, exposant la bague, puis m'assis sur le rebord du bureau, l'air décontracté. L'espace d'un instant, elle crut que le bijou était pour elle, mais elle parvint à se reprendre après une seconde de malaise.

— Ouah, elle est magnifique. Ouah, ouah… Ouah !

Eh bien, au moins j'avais opté pour quelque chose de suffisamment impressionnant pour faire bafouiller une femme adulte. — En effet. Et donc, j'aimerais que vous m'aidiez à lui offrir. J'ai besoin d'une idée créative, quelque chose dont elle se souviendra toute sa vie. Je délogeai l'anneau de son nid et le fis rouler entre mes doigts.

— Eh bien, tout d'abord, de qui s'agit-il ? Elle tomba aussitôt dans le piège.

— Je tiens à garder cette information secrète encore un peu. Soumettez-moi simplement quelques idées. Je jouais bien sûr avec elle. Je n'avais aucune intention d'élaborer aucune demande. Ophélia connaissait les raisons de notre mariage. Il n'y avait rien de romantique dans notre marché. J'avais toutefois besoin que Clara répande mon secret dans tout le bureau et il ne faisait aucun doute que je pouvais compter sur elle pour effectuer cette tâche avec brio.

— Et si vous l'emmeniez en promenade sur un yacht et que vous lui fassiez votre demande au coucher du soleil ? Ses yeux se perdirent dans son fantasme ; un triste spectacle auquel je décidai de mettre fin.

— Elle a le mal de mer. Une autre idée ? J'adorais la voir agoniser.

— Une soirée à l'opéra ou devant un ballet ? Vous savez, comme dans les films où la fille finit avec la larme à l'œil, suggéra-t-elle, à nouveau enjouée.

— Vous voulez dire qu'elle se met à pleurer d'ennui ?

— Je vois, hum. Une sortie paintball, ou au Laser Quest ? Ou dans l'une de ces grosses structures gonflables ? Je l'observai comme si elle avait perdu la tête. Ou peut-être un simple dîner. Est-ce que c'est quelque chose à laquelle elle s'attend ? Ah, quelle petite fouineuse.

— Je ne sais pas, est-ce que c'est quelque chose que vous attendriez de moi ? la défiai-je.

— Eh bien, sachant que ce n'est clairement pas pour moi, je ne peux pas en être sûre, mais je dirais qu'elle va être époustouflée. Je pense qu'elle sera aux anges peu importe ce que vous décidez de faire. Un simple pique-nique romantique dans le parc voisin… Ses yeux s'embuèrent à nouveau.

— Merci, ça va m'être vraiment utile. En réalité, tout ce qu'elle avait réussi à faire, c'était de me rendre un brin chagriné d'avoir forcé Ophélia à m'épouser.

— J'espère que vous passerez un bon moment, peu importe ce que vous choisissez de faire. Je ne l'avais jusque-là jamais remarqué, mais Clara était d'une gentillesse admirable. Rien qui ne m'aurait poussé à l'enlever pour en faire ma fausse femme, mais elle n'était pas la stagiaire sotte et aguicheuse à qui j'avais d'abord cru avoir affaire ; un énième indicateur de l'étroitesse d'esprit dont je faisais parfois preuve dans mon jugement de la gent féminine.

— Eh bien, je vous remercie. Un pique-nique me paraît une bonne idée. J'aurai besoin des rapports concernant les dispositifs de stockage, si vous voulez bien vous en occuper. Il me faut le nombre exact d'entrepôts encore disponibles. N'hésitez pas à passer un coup de fil aux entreprises si vous jugez nécessaire. Elle reprit son air professionnel et je m'attendais à l'entendre bientôt jacasser et chuchoter avec ses collègues de bureau. Mission accomplie.

À la fin de la journée, je remarquai d'étranges regards se poser sur moi et les chuchotements semblaient plus nombreux qu'à l'ordinaire. Je décidai d'attendre le lendemain avant d'ajouter quelques gouttes d'huile sur le feu. La journée ayant été courte, je me retrouvai pressé par le temps. J'avais prévu d'emmener Ophélia voir un ballet le soir même, mais pas avant d'avoir dîner au restaurant.

— Hey, comment a été ta journée ? Tiens, enfile ça, lui dis-je sur un ton expéditif en lui tendant une robe de cocktail.

— Bonsoir, ma journée s'est très bien passée, monseigneur. Je me suis occupée de l'organisation de notre mariage. Donnez-moi juste une minute, répondit-elle d'une voix robotique en saisissant la robe.

Je profitai qu'elle se changeât pour rejoindre ma chambre et en faire autant. Tenues de soirée exigées, donc il nous fallait tous les deux nous mettre sur notre trente-et-un. J'avais envie d'elle rien qu'à l'avoir revue. J'espérais qu'elle accepterait de coucher à nouveau avec moi ce soir, mais je n'allais pas tout gâcher en me montrant insistant. S'habiller lui prit moins de temps que ce que j'avais imaginé et elle m'attendait déjà lorsque je rejoignis l'entrée.

— Tu es divine. J'étais sûr que cette robe t'irait à merveille. Je l'embrassai sur la joue.

— Merci, dit-elle avec un hochement de tête. Tu sais à quel point j'apprécie qu'on m'habille comme une poupée. Son commentaire dégageait un sarcasme tel que j'en sentais presque le goût sur ma langue.

— Et tu sais à quel point j'adore jouer à la poupée avec toi, rétorquai-je, lui renvoyant la balle. Je suis impatient de découvrir ce que tu as prévu pour notre mariage, dis-je en l'escortant jusqu'à la voiture qui nous attendait dans l'allée devant le manoir.

— Eh bien, puisque la plupart des mariages sont planifiés et bouclés en l'espace d'une journée, j'ai eu beaucoup de temps pour élaborer le plan parfait. Elle battit des cils dans me direction, faisant s'accélérer mon pouls, tandis que j'attendais la chute.

J'ouvris la portière de la voiture, la laissant prendre place à bord avant de la suivre. — Je t'écoute.

— Un rendez-vous express à la mairie, rien que toi et moi. Je compte me teindre les cheveux en violet et porter un jean Calvin Klein et un hoodie. Pour toi, j'ai prévu un t-shirt Denver Broncos, que tu pourras associer à un jean, par exemple. Oh, et j'entends bien aussi me faire percer le septum. Après cela, nous nous rendrons à la camionnette qui se gare tous les jours juste devant l'hôtel de ville pour commander deux hotdogs. J'ai lu quelques commentaires et apparemment personne n'est tombé malade après avoir mangé à cet endroit. Et toi, ta journée ? Un sourire presque maléfique se dessina sur son visage et tout ce que j'avais envie de faire à cet instant, c'était de la prendre dans cette voiture.

— Certainement pas aussi productive que la tienne. Sinon, tu envisages de faire connaître tes vrais plans pour notre mariage ? J'espérais de toute mon âme qu'elle plaisantait.

— Je viens de le faire, dit-elle en me jetant un regard sérieux alors que la voiture arrivait à destination.

J'avais réservé une table dans un restaurant français proche de l'opéra et pris la décision, tandis qu'elle m'exposait les détails du mariage abominable qu'elle s'était apparemment attelée à organiser, de lui donner la bague au cours du dîner, histoire de faire monter les enchères. Une fois assis à notre table, je décrétai en avoir entendu assez. Je refusai de découvrir l'étendue de la catastrophe qu'allait être cette cérémonie.

— Je ne veux pas d'un mariage grandiose, Asher. Je réserve ça pour le moment où je déciderai de vraiment me marier. Tâchons de ne pas perdre de vue qu'il s'agit d'une simple formalité transactionnelle. Je veux des cheveux violets simplement parce que je sais à quel point tu détestes l'idée ; je ne suis pas encore complètement décidée quant au piercing. Ce sera la surprise.

— Compris. Eh bien, peut-être que toi et moi pourrons négocier correctement une fois que tu auras ouvert ceci. Je fis glisser le petit écrin dans sa direction et elle me regarda comme si je venais de poignarder un chiot.

— Quoi ? demandai-je, feignant l'ignorance.

— Quoi, quoi ? Tu crois que je vais ouvrir ça, découvrir qu'il s'agit d'une bague d'un million de carats et fondre en une flaque sur le sol ? Elle ne prit même pas la peine de lever les yeux au ciel et se contenta simplement de me fixer droit dans les yeux.

— Je me contenterais amplement d'un petit cri de joie aigue ou d'un « oh mon dieu, Asher, elle est sublime, je t'aime tellement ». Si tu pouvais le crier assez fort pour que toute la salle du restaurant t'entende, répliquai-je en faisant mine de lui envoyer un baiser.

— Aucun problème, murmura-t-elle en ouvrant le couvercle velouté de l'écrin. Oh mon dieu, Asher ! Elle poussa un cri perçant, couvrant sa bouche de ses mains. Oh mon dieu, c'est la bague la plus magnifique que j'ai jamais vue. Elle la sortit de la boîte et l'amena à la lumière. Tu es sérieux ? Tu veux vraiment m'épouser ? Elle alla même jusqu'à prendre un air larmoyant.

Je pris sa main dans la mienne, jouant naturellement le jeu, plaça la bague sur son doigt, puis, d'une voix légèrement moins criarde que la sienne, récitai ma réplique. — Acceptes-tu de m'épouser ?

— Oh, oui. Oui ! Elle leva la main, exécutant quelques fausses poses destinées à notre public. Puis elle se leva et me serra fort dans ses bras. Oh mon dieu, je vais devenir Madame Asher Davis !

Je profitai de l'embrasser pour lui chuchoter à l'oreille, — Tu es sûre de ne pas vouloir te lancer dans le cinéma plutôt que dans le journalisme ?

D'un geste de la main, elle ébouriffa mes cheveux avant de reprendre sa place en face de moi. — Je ne fais qu'obéir à tes ordres. Elle porta son verre de vin à ses lèvres, prit une gorgée généreuse et m'offrit un sourire d'une obséquiosité horripilante.

— J'espère que tu es consciente que ton cinéma ne fait que m'exciter davantage. D'ailleurs, tu devrais te faire percer le septum. Peut-être même que je vais faire percer le mien aussi. Et me faire tatouer ton nom sur le torse. Je savais que j'avais maintenant son attention.

Elle se tourna simplement vers moi en souriant. — Cap ?

Chapitre 15

Asher

Je finis par découvrir qu'elle nous avait véritablement pris un rendez-vous à la mairie pour nous marier. Elle n'avait prévu aucune célébration et son amie Harper était la seule inscrite sur la liste des invités. Il n'y aurait ni cérémonie ni réception. Je devais admettre que ça me blessait légèrement, mais je comprenais sa décision. Elle était journaliste ; la vérité comptait énormément pour elle et je la forçais à vivre un mensonge. En sortant du restaurant une fois le dîner terminé, j'entendis le chuchotement des gens sur notre passage, ce qui ne fit qu'aggraver mon sentiment de culpabilité.

— Je dois dire que je suis impressionné par ta performance, lui dis-je en prenant place à l'arrière de la voiture.

— Tu m'as demandé de crier, donc… Je compris dans son regard que nous avions repris nos rangs dans des équipes adverses.

— Un travail admirable. Il te reste une dernière performance à exécuter pour la soirée ; je t'emmène voir un ballet. La personne dont j'essaie de racheter l'entreprise sera là, donc j'attends de toi que tu sois l'image de la fiancée douce et parfaite. Si tu pouvais essayer d'y aller mollo avec le drama et le sarcasme. Je doutais profondément qu'elle accepte ma requête, mais ça ne coûtait rien de demander.

— Bien, monsieur, répondit-elle avant de se concentrer sur le paysage qui défilait par la fenêtre, mettant ainsi fin à la conversation.

Je me demandai dans quel état d'esprit elle pouvait bien être. J'avais tout à coup besoin de mieux la comprendre. — Je pense que tu vas apprécier la représentation… Ils jouent Cendrillon ce soir. Je compris à la seconde où je finis ma phrase que sa réplique serait piquante.

— Oh, quelle coïncidence, s'exclama-t-elle, le regard toujours fixé sur la vitre.

— Au moins, elle tombe amoureuse du prince à la fin. Je ne savais pas moi-même où je voulais véritablement en venir.

— Mais ce n'est pas ce que tu veux. Elle choisit ce moment pour se retourner et me regarder droit dans les yeux.

Je décidai d'abandonner la conversation ; nous arrivions à l'opéra et je ne voulais pas l'énerver davantage. Après tout, il fallait qu'elle soit en mesure de se faire passer pour ma charmante fiancée, la femme que j'avais cachée afin de la protéger des risques qu'engendrait sa nouvelle fonction dans ma vie. Nos sièges se trouvaient dans la même loge que ceux de Rupert Mandeville et de sa femme. Il y eut un moment d'inconfort le temps de prendre nos places, mais Ophélia eut la présence d'esprit de lui offrir un sourire poli avant de s'asseoir à l'une des extrémités de la loge.

— Je suis ravi de vous revoir, Rupert, commentai-je en m'installant à côté de lui.

— Davis. J'ignorais que vous aimiez la danse classique. Rupert semblait agréablement surpris.

— Nous avons un abonnement à l'année. J'allais maintenant devoir me rappeler de nous abonner à l'opéra. Ophélia adore les ballets, n'est-ce pas, ma chérie ? Je me tournai vers elle en lui jetant sourire implorant.

— Oh oui, j'en suis très friande depuis que je suis toute petite. Son sourire ne fit qu'illuminer davantage l'expression ouverte et chaleureuse sur son visage.

Je savais qu'elle simulait et pourtant, mon cœur se réjouit de la voir si heureuse. La perspective d'un jour être la raison de son bonheur me traversa l'esprit, non pour la première fois.

— D'ailleurs, permettez-moi de vous présenter Ophélia Jameson, ma fiancée. Nous nous marions la semaine prochaine. Je m'efforçai de rendre ma performance aussi convaincante que la sienne.

Elle se pencha vers moi et plaça sa main dans le creux de mon coude. — Je suis tellement impatiente ! s'extasia-t-elle.

— Eh bien, c'est très soudain, répondit Rupert, l'air sidéré.

— En réalité, ce n'est pas si soudain. Cela fait un an que nous nous fréquentons. J'ai choisi de garder son existence secrète pour lui éviter d'attirer l'attention et d'avoir à affronter les ragots. Et puis, ça m'a permis de la séduire et de tomber amoureux d'elle sans que les médias ou la presse s'en mêlent. Vous comprenez, j'imagine. Je veux dire, combien de fois avez-vous tous les deux terminés dans la rubrique mondaine des journaux ?

— Beaucoup trop de fois, répondit Rupert en secouant la tête.

Sa femme se mit à rire. — Et toutes les photos n'étaient pas flatteuses, ajouta-t-elle.

— En tout cas, toutes mes félicitations à vous deux. Si je comprends bien, vous avez rencontré Ophélia directement après avoir brisé le cœur de ma nièce ? Quel vieux croûton il faisait…

— Hum, comme je vous l'ai déjà expliqué, votre nièce et moi n'étions pas faits l'un pour l'autre ; notre rupture était mutuelle. Et pour répondre à votre question, oui, j'ai eu la chance de rencontrer Ophélia immédiatement après. Je tâchai de parler d'une voix posée et sereine.

— Je dois dire que quand je l'ai rencontré, intervint Ophélia, il était dévasté par sa rupture. Il lui a fallu beaucoup de temps pour laisser notre relation devenir plus qu'une simple amitié. Il était au départ très frileux à cette idée, donc je suppose que votre nièce devait beaucoup compter pour lui. Je l'aimais de plus en plus à mesure que le temps passait.

— Oui, c'est compréhensible. Rupert semblait convaincu.

— Encore toutes nos félicitations à tous les deux, ajouta sa femme. Cela fait trente ans que nous sommes mariés. Il faut vous attendre à des hauts et des bas, mais le jeu en vaut la chandelle. J'aime toujours mon mari de tout mon cœur ; il m'a offert trois fils merveilleux et une vie magnifique. Une déclaration surprenante, mais qui semblait profondément sincère.

— Espérons qu'Ophélia et moi serons aussi chanceux. Je penchai ma tête vers elle et pris sa main, prenant bien soin d'exposer sa bague colossale aux yeux de tous. Je ne sais pas si nous aurons des enfants, mais je serais l'homme le plus comblé si nous traversions trente années de vie commune.

— Vous allez faire une mariée sublime, ma chère, déclara l'épouse de Rupert tandis que les lumières de la salle commençaient à se tamiser.

— Ça ne fait aucun doute ; elle est splendide, ajouta Rupert, un œil sur l'énorme diamant.

Dès que la pièce fut plongée dans le noir, Ophélia arracha sa main de la mienne ; le signe silencieux de son exaspération à mon égard. J'ignorai si elle aimait véritablement les ballets, mais je remarquai un changement dans son humeur à mesure que les danseurs défilaient et bientôt elle était complètement saisie par le spectacle. La danse semblait avoir de l'effet sur son sarcasme. Elle resta assise là, savourant silencieusement la performance. Je jetai de temps à autre des coups d'œil furtifs dans sa direction pour simplement admirer l'expression de joie sur son visage. C'est vrai qu'elle était sublime. Je décidai à un moment du spectacle de lui prendre la main. Elle se pencha aussitôt pour vérifier que Rupert et sa femme les regardaient, mais leurs yeux étaient rivés sur les danseurs. Elle me questionna alors du regard, et je me contentai de lui sourire en réponse tout en caressant le dos de sa main avec mon pouce. D'abord confuse, elle fronça les sourcils, puis redirigea son attention sur les danseurs, préférant m'ignorer.

Nous profitâmes de l'entracte pour discuter du ballet, sirotant le vin que j'étais allé nous chercher. La conversation resta légère, superficielle. Il me fallait absolument obtenir ce rendez-vous avec Rupert, mais j'espérais malgré tout pouvoir passer un moment seul avec Ophélia, ne serait-ce que pour essayer de lui faire passer sa mauvaise humeur.

— Tu as l'air d'apprécier le spectacle jusque-là, lui fis-je remarquer en prenant une gorgée de mon chardonnay.

— Je n'avais jamais vu de ballet avant ce soir ; c'est extraordinaire. Les danseurs sont tellement talentueux. Je n'en reviens pas qu'ils parviennent à raconter une histoire en n'utilisant exclusivement que leur corps. C'est comme une sorte de… poésie matérialisée. La voir si captivée me ravissait.

— Je n'ai jamais été passionné par ce type de danse mais le découvrir à travers tes yeux m'a ouvert de nouvelles perspectives. Et cela vaut pour de nombreuses autres choses, en réalité. Le regard que tu portes sur le monde est unique et rafraîchissant. Je n'avais pas eu l'intention de la complimenter, mais les mots m'avaient échappé.

— Euh, merci. Elle se mordit la lèvre et plongea ses yeux dans les miens.

Je ne résistai pas à la tentation de me pencher pour embrasser sa jolie bouche. Je la désirais plus que jamais. La perspective de l'allonger sur mon lit, de plonger mon nez dans ses cheveux et de me laisser aller au charme de son inexpérience. À la lumière voilée du lustre, Ophélia se démarquait du reste de la foule par son allure et son éclat. La sonnette annonçant la reprise du spectacle retentit, nous encourageant à finir nos verres pour reprendre le chemin de notre loge.

Tandis que je m'asseyais, Rupert entama la conversation, une décision surprenante pour un homme d'ordinaire si austère et réprobateur. — Le ballet vous plaît jusque-là ? demanda-t-il, dirigeant son attention sur Ophélia.

— C'est magnifique. Je trouve ça formidable qu'ils aient modernisé la chorégraphie et décidé de soulever des problématiques sociales contemporaines à travers la manière dont les sœurs traitent Cendrillon. Le prince est le seul personnage à prendre la peine de passer outre sa pauvreté pour découvrir sa véritable personnalité. J'entends par là que le conte original gagne en profondeur grâce au choix de la mise en scène. Elle termina son intervention par un sourire ravageur, qui sembla faire son effet sur Rupert.

— Je suis on ne peut plus d'accord avec ça. Asher, votre fiancée est une merveille. Que diriez-vous de me rencontrer la semaine prochaine ? Il y a certaines choses dont j'aimerais parler avec vous. Boom, nous y voilà ; la raison pour laquelle j'avais acheté des billets pour le ballet au départ.

Avec la fusion de nos deux entreprises, j'allais devenir le plus grand nom sur le marché du stockage. Ce n'était pas la profession la plus exaltante, mais c'était l'une des plus rentable, tout particulièrement parce que mes clients étaient prêts à me verser des sommes colossales pour s'assurer une confidentialité optimale. Une fois le ballet terminé, at après avoir pris soin de dire au revoir à Rupert et sa femme, Ophélia et moi nous rendîmes devant le théâtre pour attendre la voiture. L'organisation de la soirée avait été simple : je n'avais eu qu'à passer un rapide coup de téléphone à Lainey, qui s'était ensuite occupée de tout, des billets pour le spectacle à la voiture, en passant par les réservations au restaurant. Cette femme faisait des miracles.

— Merci pour tout à l'heure. Ton analyse passionnée de l'histoire de Cendrillon et de ce qu'en ont fait les danseurs a fait forte impression sur Rupert Mandeville. Et ce n'est pas rien, tu sais. Je pris sa main et l'embrassai, impatient de pouvoir en faire autant sur chacune des parties de son corps.

— Eh bien, je crois que la seule raison pour laquelle tu as été impressionné, c'est que tu continues de me sous-estimer, dit-elle, un sourire railleur à nouveau au coin de ses lèvres.

— Peut-être bien. J'en suis désolé si c'est le cas. Et j'étais sincère.

— Il y a un homme bien là-dessous, dit-elle en posant sa main sur le côté gauche de ma poitrine. Mais mon cerveau a du mal à suivre parce que tu te comportes parfois comme le plus sombre des crétins. Je ne veux pas rester mariée avec toi pendant trente ans. Je veux une famille et un mari qui m'aime. Aïe.

— Oui, bien sûr… Notre arrangement ne durera qu'un an. C'était un commentaire stupide. À ce stade, je devrais me faire interner et suivre une cure de réhabilitation pour crétins. Évidemment que tu veux une famille. En tout cas, c'est ce que tu devrais vouloir, dis-je en m'efforçant de lui offrir un sourire.

— Mais sa nièce était horrible de vouloir la même chose ? répliqua-t-elle.

— La situation était bien plus compliquée que ça. Elle n'est pas aussi innocente qu'il le prétend. Elle a été élevée dans un milieu aisé par des parents très strictes et dès que l'opportunité d'être indépendante s'est présentée à elle, elle est devenue dingue. Elle était féroce et brutale, mais pour une raison que j'ignore, elle souhaitait devenir la mère de mes enfants et porter mon nom de famille. Un jour, alors qu'elle m'avait assuré prendre la pilule, elle m'a annoncé qu'elle était enceinte. J'étais hors de moi. Nous nous sommes rendus chez le médecin, et heureusement pour moi, il s'agissait d'une fausse alarme. Elle n'était pas enceinte… mais ça n'avait plus aucune importance à ce moment-là ; j'avais déjà pris la décision de mettre fin à notre relation.

— Eh bien, elle a fini par obtenir ce qu'elle voulait, et toi aussi. Donc tout est bien qui finit bien. L'humeur d'Ophélia sembla s'assombrir de nouveau.

— Nous n'étions pas faits pour nous entendre, ajoutai-je.

— Oui, ça je peux comprendre, murmura-t-elle.

— Je m'en doute.

La soirée venait de prendre un tournant calamiteux.

— Je peux jouer le jeu si on se promet l'un et l'autre de rester aussi authentiques que possible. Donc fais-moi plaisir, la prochaine fois, évite de dire au premier vieillard venu que tu comptes passer les trente prochaines années avec moi. Ce n'est certainement pas ce que j'attends de toi, alors essaie de réfléchir avant de parler ; nos avis divergent tellement sur ce point. J'aime beaucoup nos escapades sexuelles et jusque-là, j'ai trouvé ta compagnie décente, mais ne compte pas sur moi pour abandonner mes rêves d'avoir un jour une famille pour toi. Sans comptez que trente années avec toi sonnent comme une peine de mort. Tâche de jouer franc jeu, ok ? S'il te plaît. Pour ma santé mentale et la tienne. La sincérité sur son visage me brisait le cœur.

— Je vais faire de mon mieux et je tiens encore à m'excuser. Maintenant, est-ce que je peux t'embrasser ? Ou est-ce que tu m'en veux toujours ? Je préfère te demander ta permission ; je ne voudrais surtout pas que tu me mordes. J'avais envie de tellement plus qu'un simple baiser, mais je prendrais volontiers ce qu'elle me donnerait.

— Permission accordée. Et je confirme que si tu ne te comportes pas correctement… Elle fit claquer ses dents en signe de menace tout en se rapprochant de moi.

Je l'accueillis dans mes bras puis lui donna un baiser passionné. La sensation de son corps pressé contre le mien et la chaleur de son souffle contre ma bouche étaient incomparables. Sa proximité me donnait l'impression de perdre pied. La banquette arrière de la voiture limitant mes options, je décidai de malaxer sa poitrine à travers le satin de sa robe ; un geste qu'elle récompensa de petits gémissements de plaisir.

J'arrachai ma bouche de la sienne pour lui parler. — Tu penses qu'on peut faire une autre soirée pyjama en rentrant ? demandai-je avec une moue implorante peu caractéristique qui la fit rire.

— Qu'est-ce que c'est que cette tête ? railla-t-elle, une main caressant mon torse.

— J'essayais de prendre un air mignon. Ça ne marche pas sur toi, c'est ça ? dis-je en accentuant exagérément mes yeux de chien battu.

— Non, l'air mignon ne te va pas du tout. Sa main atteignit bientôt le tissu tendu de ma braguette et je compris quelle était sa réponse.

À peine avions nous franchi la porte du manoir que je la soulevai dans mes bras et la portai jusqu'à l'ascenseur en direction de ma chambre, où je la laissai tomber sur le lit sans ménagement puis la rejoignis en me jetant allègrement sur elle.

— Je n'ai pensé qu'à ça toute la soirée, murmurai-je avant de m'emparer à nouveau de ses lèvres.

— Ah bon ? haleta-t-elle. Tu devrais sortir plus souvent ; ça t'éviterait de ne penser qu'avec ça, répliqua-t-elle, sa main se refermant sur mon pénis à travers mon pantalon.

— Difficile de faire autrement quand je me trouve en présence d'une femme aussi magnifique que toi, admis-je en souriant.

— C'est la seule excuse que tu aies trouvée ? Elle sortit ma chemise de mon pantalon puis commença à la déboutonner.

— Ce n'est pas une excuse, répondis-je, passant mes doigts dans ses cheveux.

Ses yeux trouvèrent les miens, puis elle m'embrassa, ses mains toujours occupées à me débarrasser de ma chemise.

— J'aime bien quand tu es honnête. Elle fit glisser ma chemise le long de mes épaules et embrassa mon torse à travers le coton de mon t-shirt.

— Laisse-moi t'aider avec ça. J'ouvris la fermeture au dos de sa robe, révélant une peau lisse et parfaite.

Elle ne portait pas de soutien-gorge, ce qui me permit de faire passer sa robe le long de son corps d'un geste fluide. Je me débarrassai de mon t-shirt puis me ruai sur ses seins, dont les pointes se durcirent aussitôt au contact de ma langue. Mon pantalon et mon caleçon rejoignirent bientôt ma chemise et mon t-shirt sur le sol. Enfin nu, je m'étendis de toute ma longueur sur elle, impatient de sentir sa peau brûlante contre la mienne. Je l'embrassai dans le cou jusqu'à son oreille, et tout en mordillant le lobe, j'écartai ses jambes pour m'installer plus confortablement.

— Tu veux vraiment te marier à la mairie ? J'espérais qu'elle me laisse lui offrir un mariage et une réception dignes de ce nom ; je mourrais d'envie de la gâter. Tu ne veux pas garder un souvenir plus sympathique de ton faux mariage ?

— Non, la mairie me convient très bien. Si j'ai un jour la chance de me marier réellement, je ferais tout pour rendre ce jour spécial, mais je refuse que tu dépenses de l'argent pour une cérémonie bidon. Je préfère qu'on s'en tienne à ce qu'on a dit. Ça te permettra d'investir ton argent dans quelque chose d'autre, quelque chose qui ait du sens.

Notre conversation atténua quelque peu la passion. J'avais toujours envie d'elle, mais je tenais à honorer la promesse que nous nous étions faits de rester sincères l'un avec l'autre.

— Je veux te gâter, dis-je en agaçant la pointe de son sein jusqu'à ce qu'elle durcisse une nouvelle fois.

— C'est ce que tu as fait ce soir. Elle leva sa main gauche, exhibant sa bague. J'ai beaucoup aimé le ballet, et ce monstre semble réellement être d'un million de carats. Je sais que tout est faux et je promets de te la rendre lorsque tout sera terminé, mais c'est vraiment une jolie bague. Je vais en profiter le temps que je peux. Un sourire délicat se dessina sur son visage.

— Non, elle est à toi. Je ne la reprendrai pas. Elle est ravissante à ton doigt. Et si tu préfères, dans un an, on pourra la faire modifier afin que tu puisses continuer de la porter.

— On verra ça à ce moment-là. Sa main glissa à nouveau sur mon érection. Dis-moi, qu'est-ce qu'on a là ? demanda-t-elle en riant.

— Il est complètement à ta merci Fais-en ce que tu veux… Il est tout à toi et moi aussi. Je plongeai mes yeux dans l'émeraude des siens et m'abandonnai tout entier aux mains d'Ophélia Jameson.

Chapitre 16

Ophélia

Asher était une personne intense que je trouvais parfois difficile à lire. La plupart du temps, j'ignorais ce qu'il pensait. Enfoui très profondément en lui se cachait un homme doux et aimant. Il préférait sa solitude et je commençais à me rendre compte qu'il avait cruellement manqué d'affection tout au long de sa vie.

— Je pense que je vais essayer de croquer un morceau, dis-je en initiant ma descente le long de son corps.

— Oh, non, ne croque pas s'il te plaît ! supplia-t-il dramatiquement.

— On verra ça, menaçai-je en réponse.

— Chouette. Je le vis déglutir lorsque je le pris dans ma bouche.

J'avais déjà expérimenté ce genre de jeux auparavant ; j'avais même failli passer à l'acte avec l'un de mes camarades d'université mais je m'étais admis au dernier moment que ce n'était pas véritablement ce que je voulais. Il perdit tout intérêt pour moi aussitôt qu'il eut compris que je n'avais aucune intention de lui céder quoique que ce soit. Depuis lors, je m'étais cantonnée à embrasser les garçons, mais je me souvenais parfaitement de la façon de pratiquer une fellation et de la manière dont cela leur faisait perdre la tête.

J'étais très impressionnée par la taille du pénis d'Asher ; c'était presque trop. J'essayai de l'apprivoiser, tâchant d'en insérer le plus possible tout au fond de ma gorge et à en croire les gémissements de plaisir qui sortaient de sa bouche, cela semblait suffire. Il avait l'air de réellement apprécier ce que j'étais en train de lui faire. Il finit par se raidir brusquement, ses cris d'extase s'amplifiant et tandis qu'il me caressait les cheveux, il s'adressa à moi.

— Ophélia, ça suffit pour le moment. Je ne veux pas finir dans ta bouche. À mon tour de m'occuper de toi. Il me prit dans ses bras et interchangea nos positions.

Il commença par m'embrasser et laisser courir sa langue sur ma peau. La sensation de ses dents mordillant délicatement l'intérieur de ma cuisse, tout prêt de là où je le désirais le plus, me rendait folle.

— Bon sang, Asher, arrête de tourner autour du pot, dis-je en écrasant son visage entre mes jambes.

— Mais te faire tourner en bourrique, c'est ce que je préfère. Il afficha à nouveau cette moue ridicule qui fit malgré moi se serrer mon cœur. Tu serais d'accord pour qu'il se mêle à la fête ? demanda-t-il en remuant son pénis contre mon bassin.

— S'il promet d'être doux avec moi, je serais ravie de sa présence, répondis-je, ondulant mes hanches contre lui en réponse.

— Viens-là, dit-il en enroulant l'une de mes jambes autour des siennes. Cette position me permet de voir ton joli visage sans avoir à t'écraser en reposant tout mon poids sur toi.

Tout en parlant, ses doigts jouaient plus bas, plongeant dans l'humidité de mon désir. Puis son pouce titilla fermement mon clitoris et je jouis si fort que mes yeux s'embuèrent.

— Voilà, tu es prête, susurra Asher.

Il prit le temps de se caresser, puis frotta doucement son pénis contre ma peau sensible. J'étais encore tellement désorientée après l'intensité de l'orgasme qui venait de déferler en moi qu'il me pénétra sans difficulté, et plus important encore, sans m'infliger aucune douleur. Je ressentis tout au plus une petite gêne du fait de sa taille, mais j'adorais réellement la sensation de son corps dans le mien. Cette fois-ci, il avait décidé de ne pas utiliser de préservatif, ce qui me permettait de ressentir la délicieuse friction de sa peau contre la mienne. J'étais consciente des dangers que nous encourrions, mais je pensais être à même de reconnaître le moment précédant son orgasme. S'il s'avérait trop perdu dans son plaisir pour agir, je serais prête à intervenir… c'est en tout cas ce qu'il me semblât à cet instant.

Il commença à bouger en moi et je me sentis comme transportée ailleurs. Il s'empara de ma bouche, pris le temps d'en explorer les profondeurs tout en continuant de faire aller ses hanches contre les miennes. Puis il fit tomber une pluie de baisers sur mon visage, le long de mon cou, sur la courbe de mes seins, et accéléra le rythme. Ses gestes gagnèrent en puissance et je pouvais désormais sentir sa longueur logée au plus profond de moi. J'enroulai mes jambes autour de ses hanches, essayant désespérément de diminuer la distance pourtant inexistante entre nos corps.

— Je te veux tout entier, murmurai-je à son oreille.

Il me fit rouler sur le dos et plongea avec une ardeur redoublée dans les tréfonds de mon âme. Nous n'étions certes pas encore amis, et peut-être n'éprouverions-nous jamais de l'amour l'un pour l'autre, mais assurément, nous nous entendions sur le sexe. Il me serra fort contre lui, accélérant encore la vitesse de ses va-et-vient. Je l'embrassai, mes mains caressant son dos pour lui faire signe de ralentir légèrement la cadence.

— Tu me rends dingue, souffla-t-il.

— Je te rends le compliment, mais si tu veux vraiment éviter qu'on puisse un jour te reprocher tes gènes défaillants, n'oublie pas d'appuyer sur le bouton du siège éjectable quand tu sens le moment venir, lui rappelai-je en embrassant sa joue brûlante.

— Bien reçu. Il ralentit ses mouvements, nos souffles se mêlant l'un à l'autre.

Il nous fit à nouveau rouler de manière à ce que je termine assise sur lui.

— J'ai l'impression qu'on répète un numéro de cirque, plaisantai-je. Ce qui ne serait surprenant nous concernant.

Il fit onduler ses hanches contre les miennes et la sensation me coupa bientôt le souffle.

— J'apprécie occasionnellement une séance de sexe acrobatique. Il me pencha brusquement en arrière pour illustrer ses propos.

Puis il me redressa, me serrant contre sa poitrine tandis qu'il reprenait la cadence. Sa main glissa entre nos deux corps pour atteindre mon centre et stimuler mon clitoris jusqu'à ce que ma vision se trouble et que je jouisse contre lui. Puis il me souleva pour écraser mon corps contre le sien avec plus d'élan, avant d'exploser entre nos deux abdomens. J'étais tellement épuisée par nos activités de la soirée que je peinais à garder les yeux ouverts.

Il me couvrit avec la couverture, puis disparut, revenant quelques instants plus tard avec un tissu humide et parfumé qu'il fit courir sur ma peau, avant de se glisser entre les draps et d'étreindre mon corps presque endormi contre le sien. Il avait pris le temps de faire un brin de toilette, et la lavande se mêlait maintenant à son odeur corporelle si caractéristique. Je n'émis aucune protestation lorsqu'il m'enlaça, son érection ramollie se pressant contre mes fesses. Je me sentais bien, en sécurité, et bien qu'une partie de moi restât consciente de la nature de notre engagement, je décidai de profiter du moment. Quelque chose sembla changer entre nous tandis que nous nous endormions, là allongés dans son lit, serrés l'un contre l'autre ; comme une sorte de lâcher prise et d'acceptation de ce que nous étions et de ce que nous deviendrions.

Le lendemain matin, je fus surprise de me réveiller à côté de lui. Il ne dormait plus, mais ne jouait pas pour autant sur son téléphone et n'avait pas l'air pressé de courir sous la douche.

— Bonjour, dit-il, l'air enjoué.

— Bonjour, répondis-je avec un sourire. Qu'est-ce que tu fais ? Je m'efforçais de prendre le ton le moins accusateur possible, ne serait-que parce que notre séance de sexe de la veille avait été exceptionnelle, mais je restais intriguée par la situation.

— Je te regarde, c'est tout. J'aime bien te regarder dormir ; tu n'as pas l'air si féroce que ça dans ces moments-là. Il caressa ma joue. Il y a quelque chose de particulier que tu aimerais faire aujourd'hui ? Repenser à notre mariage, peut-être ? Pff, encore cette histoire de cérémonie.

— Quoi, tu as peur de te faire tatouer ? plaisantai-je en traçant une ligne invisible à travers son torse.

— Ah, ça y est, te revoilà. Je n'ai en aucun cas peur de me faire tatouer ; je suis en revanche terrifié à l'idée d'avoir un mariage banal. Je suis milliardaire ; il me faut un mariage digne d'un milliardaire, grommela-t-il.

— Permets-moi de te rappeler qu'il s'agit d'un faux mariage. Je ne changerai pas d'avis, donc arrête d'insister, s'il te plaît. Je ne tenais absolument pas à m'énerver avant même d'être sortie du lit ; nous venions à peine de nous réveiller.

— Bon, d'accord. Il faut que je fasse un saut au bureau et je ne peux pas décemment te laisser errer en attendant, donc qu'est-ce que tu voudrais faire ? Je peux te programmer quelques films, parce que je sais qu'au fond de toi se cache une geek qui ferait pâlir beaucoup de fanboys. À moins que tu ne préfères que Lainey te donne des cours de cuisine, histoire que tu apprennes à préparer autre chose que des pancakes ? Sinon, tu peux aussi faire un plongeon dans la piscine… À ce stade, il parlait tout seul.

— Je voudrais pouvoir voir mes amies. C'était réellement la seule chose que je souhaitais. Harper et Eliza me manquent et je serais heureuse de reprendre ma vie d'avant pendant une paire d'heures. Les diamants, les sorties au ballet, les sexcapades, c'est sympa, mais j'ai besoin de me retrouver un peu. C'était la vérité. Les quelques jours que j'avais passé en compagnie d'Asher avaient été terrifiants, étranges, et pour le moins divertissants, mais j'avais besoin de mes amies.

— Hmmm, ta vie d'avant ? Eh bien, je n'avais pas vraiment l'intention de te la rendre un jour. J'avais du mal à discerner si le rire sinistre qu'il laissa échapper était réel ou non. Après tout, je t'ai kidnappée.

— Je risque de devenir irritable si tu m'abandonnes dans ce château toute la journée avec deux films et des leçons de cuisine pour seules occupations. Je ne connais pas ton code pour me connecter à ton Wi-Fi et tu as enlevé la carte SIM de mon portable. Ton manoir ressemble plus à une prison qu'à une maison si tu veux mon avis. Si tu veux vraiment que je t'apprécie, il va falloir faire mieux que ça.

— Je devais m'assurer que je pouvais te faire confiance et c'est maintenant presque le cas. Et pour te le prouver, je t'autorise à voir tes amies. Je vais charger mon chauffeur d'aller les chercher et de les ramener ici. Tu vois, je sais être gentil. Il afficha un large sourire. Et souviens-toi que ce confinement s'arrête dès que nous sommes officiellement mariés.

Il sembla légèrement contrarié à l'idée que mes amies viennent passer la journée, mais ça m'était complètement égal. Je n'étais pas sa prisonnière et je refusais de me comporter comme telle. Et non, je n'écrivais certes pas d'articles sur lui, mais j'observais son entourage et je prenais des notes. J'avais reconnu plusieurs visages au ballet, et il était évident à leur manière cryptique d'interagir qu'ils trempaient tous dans des affaires douteuses. Je n'avais pas l'intention de faire couler Asher, loin de là, mais je refusais d'épouser un homme corrompu. J'avais besoin de mes amies pour m'aider à y voir plus clair.

— C'est seulement pour une journée, histoire que l'on profite de la piscine et de ton bar à cocktails. Je l'embrassai, avant de rejeter la couverture. Tu veux venir prendre ta douche avec moi ou tu préfères aller au boulot plein de sueur ?

Il surgit à son tour de sous la couverture. — Je suis partant pour une douche, dit-il, un sourire ravi se dessinant sur son visage.

Je savais que c'était dangereux de l'inviter à me rejoindre, mais le sexe s'avérait étonnamment la meilleure façon pour nous de communiquer. Je déposai du gel douche sur mes paumes puis l'étalai sur son corps, en commençant par les muscles saillants de son torse. Ses mains glissèrent le long de mes hanches pour agripper le galbe de mes fesses.

— Alors maintenant, tu te rabaisses à utiliser le sexe pour me soudoyer ? demanda-t-il d'une voix rauque.

— Pourquoi est-ce que j'aurais besoin de faire ça alors que tu as déjà accepté de me laisser voir mes amies ? répliquai-je sur un ton faussement furieux.

— Je teste simplement la dévotion de ma fiancée. Son corps se raidit tandis que ma main continuait sa course sur son corps.

— Je suis ni plus ni moins dévouée que ce que le contrat requiert. Je trouvai son érection et commençai à la caresser de haut en bas.

— À mon tour, annonça-t-il en me retournant face à la porte de la cabine de douche, avant de commencer à me laver le dos.

Le geste m'inquiéta légèrement, car je pensais qu'il était peut-être en colère. Et même si j'appréciais de le taquiner, je ne cherchais pas véritablement à le blesser. Je ne le connaissais pas encore vraiment bien, mais au cours de mon bref séjour chez lui, j'avais remarqué qu'à part Lainey, tout le monde se pliait à ses caprices. Je n'allais certainement pas devenir l'une d'entre eux !

— Mais je n'en avais pas encore terminé avec toi ! protestai-je.

— Oh, mais si. La pointe d'obscurité que je percevais dans sa voix était incroyablement sexy.

Ses mains parcoururent mon dos tandis que le jet de la douche rinçait le savon qu'il venait d'utiliser. Puis ses doigts glissèrent plus bas, se rapprochant dangereusement d'un terrain interdit.

— Stop, dis-je en essayant de me retourner vers lui afin qu'il puisse lire l'horreur sur mon visage.

— Détends-toi, je ne vais rien faire. Ses doigts atteignirent bientôt mon vagin, une zone confortable et bien plus érogène. Je cherchais juste une nouvelle façon de te faire tressaillir. Il m'embrassa dans le cou, suivant le ruissellement de l'eau, et plongea un doigt en moi.

— Pourquoi ? soufflai-je.

— Parce que ta simple présence fait tressaillir mon cœur.

— C'est la réplique la plus ringarde de l'histoire des répliques ringardes, répondis-je dans un murmure moqueur.

— Dommage que ce soit la vérité, rétorqua-t-il avant de me pénétrer avec tellement de conviction que mes mains se plaquèrent d'elles-mêmes sur le mur pour m'empêcher de tomber en avant.

Ses hanches allèrent et vinrent, s'écrasant contre mes fesses jusqu'à ce que ma vision se brouille et que mes jambes flagellent sous la force de mon orgasme. Il me suivit bientôt, se retirant avant de finir dans les jets d'eau tiède pleuvant du plafond de la cabine. Il ferma le robinet et je me retournai pour lui donner un baiser enfiévré. Je commençais à m'attacher à lui, pas en raison des richesses dont il me couvrait, mais à mesure des vulnérabilités que je décelais en lui. Sa main caressa délicatement ma joue, puis sans dire un mot, il ouvrit la porte transparente et sortit de la douche.

Je lui emboitai le pas tandis qu'il attrapait une serviette grise extra moelleuse qu'il utilisa pour commencer à me sécher ; je faillis protester, mais décidai finalement de le laisser faire.

— Tu n'auras qu'à donner l'adresse de tes amies à Thomas et je le chargerai d'aller les chercher puis de les ramener ce soir, comme promis. Comme ça, vous pourrez boire et vous amuser autant que vous le souhaitez sans avoir à vous inquiéter de quoi que ce soit. Pendant que j'y suis, pas la peine de fouiner partout avant que tes amies n'arrivent. J'ai remis ta carte SIM à sa place dans ton portable pendant que tu dormais. Fais-moi simplement plaisir et essaie de contrôler ta fibre journalistique, aussi brillante soit-elle, jusqu'à ce qu'on se dise « oui ». C'est tout ce que je te demande. Là-dessus, il déposa un baiser sur mon front, s'empara de la serviette, un sourire au coin des lèvres, puis tout en se séchant, m'abandonna à mon sort, nue dans la salle de bain.

Alors que j'étais sur le point de me lancer à ses trousses, bien décidée à ne pas laisser passer ses pitreries, il apparut, une énième tenue magnifique au bras, prête à être porter.

— Il faut vraiment que tu arrêtes de choisir mes vêtements, grommelai-je, m'émerveillant malgré tout de la manière dont la robe épousait mes formes. L'image que renvoyait le miroir me plaisait énormément.

— C'est peut-être la dernière fois que je tiens une femme captive ; laisse-moi au moins en profiter, dit-il, un sourire sardonique aux lèvres.

— Je n'en suis pas si sûre. Tu as l'air d'apprécier ça beaucoup trop, répliquai-je en lui jetant un regard accusateur qui le fit rire.

— Tu as peut-être raison. Il me donna un dernier baiser en guise d'au revoir. Il faut que je file ; j'ai une grosse journée devant moi. Amuse-toi bien avec tes amies. Tu mérites de les avoir dans ta vie. Je trouvai d'abord son commentaire étrange, mais il me sembla comprendre où il voulait en venir ; peut-être était-il un brin jaloux.

Il me manqua à la seconde où il fut parti.

J'appelai Harper et Eliza, et toutes deux se montrèrent impatientes de venir passer la journée dans le manoir d'Asher. Je ne mentionnai évidemment pas la dimension kidnapping de notre rencontre, mais elles me confièrent avoir été surprises par mon silence, ce à quoi je répondis, sur le ton de la plaisanterie, que j'avais été accaparée par l'amour. Harper sembla comprendre, tout particulièrement informée qu'elle était de l'étendue catastrophique de mon bilan amoureux.

— Je quitte à cinq heures, et Eliza travaille à la maison, donc tu peux envoyer Thomas nous chercher vers cinq heures et demi ; est-ce que ça t'irait comme ça ? demanda Harper suite à ma proposition.

— Tout à fait. Je m'occupe du vin et des trucs à grignoter. J'ai tellement hâte ! Pour la première depuis une éternité, je ressentais un enthousiasme totalement dénué de toute appréhension. Et j'ai quelque chose à vous annoncer qui devrait vous surprendre.

La seule ombre à mon tableau était que ma soirée allait m'empêcher de dîner avec Asher. J'avais oublié l'espace d'un instant que mes amies avaient des horaires de bureau à respecter et qu'elles ne pouvaient pas organiser leurs emplois du temps comme elles le souhaitaient. Je ne voulais pas aborder le sujet par téléphone et préférais attendre que les filles soient là. Asher ne pouvait pas se permettre de perdre la face devant elles, et je décidais donc de lui annoncer qu'elles resteraient dîner lorsqu'il rentrerait.

Chapitre 17

Asher

Aucun événement ne vint bousculer le quotidien du bureau, ce qui rendit les heures de travail interminables. Clara avait pris rendez-vous avec Rupert pour le lendemain, et je passai le reste de ma journée à me demander ce qu'Ophélia et ses amies pouvaient bien être en train de faire. Je résistai à la tentation de lui passer un coup de téléphone pour vérifier que tout allait bien, parce qu'elle avait raison ; je ne lui octroyais pas suffisamment de liberté. Si je voulais espérer pouvoir entretenir une relation amicale avec elle pendant toute la durée de notre mariage, il allait falloir que je commence à la traiter davantage comme un être humain et moins comme un trophée volé. La vérité, c'était que j'appréciais de plus en plus de passer du temps en sa compagnie. C'était la femme la plus captivante que j'avais jamais rencontrée et je jubilais à l'idée d'être en mesure de commencer toutes mes journées par lui faire l'amour. Je savais toutefois que nous n'étions pas encore parvenus à établir une relation de confiance entre nous.

Je ressentais une envie irrépressible d'arranger la situation, mais le mariage aurait lieu dans cinq jours et il était préférable que j'attende jusque-là avant de commencer à offrir à Ophélia tout ce dont je rêvais. La journée enfin terminée, je me ruai dans la voiture qui m'attendait et ordonnai à mon chauffeur de me ramener à la maison le plus rapidement possible. J'espérais qu'Ophélia avait bien profité de son après-midi avec ses amies et qu'il lui tardait maintenant de passer la soirée avec moi. J'avais prévu de la défier à une partie de Mortal Kombat, un jeu auquel je n'avais pas joué depuis des années et qui me paraissait être une façon amusante de nous battre sans causer trop de dégâts.

En entrant, je fus accueilli par le bruit inhabituel d'éclats de voix féminines. Mon cœur se serra ; ses amies étaient toujours là. Je pris une profonde inspiration, me préparant ainsi à faire face à leur intrusion dans mon foyer ainsi qu'à l'éventualité que ma fiancée refuse finalement de m'épouser. Dès que Thomas vint à ma rencontre pour m'ouvrir la porte, les voix se turent. Les battements de mon cœur s'accélérèrent de frustration ; il me fallait pourtant afficher mon plus beau sourire de bienvenue.

— Ces dames prennent leur apéritif dans le salon, m'informa Thomas en me débarrassant de mon manteau, tandis que je desserrai ma cravate.

Dès qu'il fut parti, je pris une nouvelle longue inspiration puis me rendit en direction des voix.

— Mon dieu, tu comptes sérieusement épouser un type que tu viens à peine de rencontrer ? Leah, tu es la personne la plus dingue que je connaisse, mais ça me semble un peu extrême, même pour toi, s'exclama une voix que je ne reconnus pas.

— Qu'est-ce qui est arrivé à ton « oh mon dieu, je suis trop contente pour toi » ? rétorqua Ophélia sur un ton oisif.

— Tu n'es pas une croqueuse de diamants ; loin de là. Tu vivrais dans une yourte sur une ferme si tu étais sûre d'avoir un accès au Wi-Fi et un scoop à te mettre sous la dent. C'est quoi l'intérêt, là ? demanda son amie sur le ton de la réprimande.

— Je l'aime, c'est tout. J'entendis dans sa voix l'effort magistral que cela représentait pour elle de prononcer ces mots et je me retins de rire. Elle paraissait sincère, mais je compris au léger serrement de sa gorge qu'elle mentait, et mon cœur se gonfla encore davantage d'amour pour elle.

— Comment c'est possible ? Tu le connais à peine, continua son amie.

— Attends juste de le rencontrer… je suis sûre que tu vas l'adorer.

C'est le moment que je choisis pour faire mon entrée.

Je passai la porte du salon d'une démarche décontractée et découvris deux magnifiques jeunes femmes élégamment vêtues, sirotant des cocktails en compagnie d'Ophélia, elle-même toujours dans la robe que j'avais choisie pour elle le matin avant de partir.

— Bonsoir, mesdames. Je me rendis aussitôt auprès d'Ophélia pour lui déposer un baiser sur le haut du crâne. Vous avez bien profité de votre après-midi. Je choisis l'approche la plus aimable possible de manière à les mettre à l'aise et à éviter le conflit. Voyons voir si je peux faire ça correctement. Je me tournai pour faire face à la jeune femme la plus proche d'Ophélia et me lançai, quitte à me tromper, espérant que l'effort serait remarqué quoi qu'il arrive. Vous êtes Harper, essayai-je, lui offrant un large sourire.

— C'est exact, répondit-elle, l'air tout à coup soulagé.

— Et donc, cela fait de vous Eliza, dis-je en hochant la tête vers l'autre jeune femme.

Toutes deux étaient ravissantes, mais en observant Ophélia, l'implorant du regard de bien vouloir me soutenir, je remarquai que sa beauté était vraiment singulière. À mes yeux, elle était la personne la plus belle de la pièce, la plus belle personne au monde.

— Oui, répondit Eliza en rougissant.

— Eh bien, bienvenue à la maison. Profitez bien de votre apéritif ; si vous avez apportez un maillot de bain, n'hésitez pas à faire un plongeon dans la piscine extérieure. Dans le cas inverse, vous pourrez toujours utiliser la piscine couverte et je ferais en sorte que l'endroit reste privé. Nous disposons également d'une salle de projection si cela vous intéresse. À cette heure de la soirée, Ophélia et moi prenons d'ordinaire notre dîner et je serais ravi que vous vous joigniez à nous ce soir. Avez-vous une préférence culinaire particulière ? Ma femme de ménage est une excellente cuisinière et je suis sûr qu'elle sera capable de préparer tout ce que vous souhaitez.

— Du thon rouge avec du caviar, répondit Harper, et au vu du ton qu'elle avait employé, je compris qu'elle plaisantait, mais cela importait peu ; l'idée m'avait mis l'eau à la bouche.

— Bien sûr, ça m'a l'air délicieux. Thon rouge, caviar… servis avec de la verdure et des pommes de terre rôties, peut-être. Autre chose ?

Je me délectai de l'air béat que ses amies arboraient. Elles étaient du côté d'Ophélia et j'entendais bien les impressionner afin qu'il ne leur vienne pas à l'esprit de lui faire changer d'avis concernant notre mariage. Je comptais sur elle pour tenir le cap.

— Ouah, sérieusement ? intervint Eliza. Je n'ai jamais mangé de caviar de ma vie. Je m'amusai de son sourire rêveur.

— Dans ce cas, je suis heureux de vous offrir l'opportunité d'y goûter. Le dîner sera prêt d'ici deux heures, donc faites attention à ne pas vous couper la faim avec les biscuits apéritifs. Faites-moi savoir si vous avez besoin de quoi que ce soit ; et je suis impatient de vous rejoindre pour dîner. J'embrassai une nouvelle fois Ophélia, qui dirigea vers moi un regard plein d'amour parfaitement exécuté.

— Merci, Ash, dit-elle en caressant mon bras. Je dus me retenir pour ne pas éclater de rire.

Ash ? Il y avait une première fois à tout. En quittant la pièce, je les entendis s'extasier sur à quel point j'étais bel homme et semblais charmant, mais elles restaient tout de même suspicieuses quant à la rapidité avec laquelle nous avions décidé de nous marier. L'espace d'un instant, j'envisageai d'écouter le reste de leur conversation au moyen de l'interphone, mais j'abandonnai presque aussitôt l'idée. Ophélia avait besoin de son intimité. Qui plus est, je maîtrisais parfaitement l'art de réparer les dégâts.

— Lainey. J'entrai dans la cuisine à la recherche de la seule femme qui me connaissait vraiment.

— Oui. Elle se tourna vers moi, venant tout juste de finir le lavage de la vaisselle et désormais occupée à sortir des petits canapés en pâte feuilleté du four.

— Merci de vous occuper des amies d'Ophélia, commençai-je.

— C'est un plaisir de l'avoir avec nous. Elle est merveilleuse, Asher. Et je suis ravie de pouvoir mettre mes talents de cuisinière à disposition. Vous voulez goûter une bouchée au fromage de chèvre, ail et épinard ? Thomas est en permanence en train de faire attention à son taux de cholestérol ou au nombre de calories qu'il ingurgite, et il refuse toujours de me faire plaisir. Elle déposa un petit four dans une assiette avant de me la donner.

— Vous nous gâtez, dis-je en soufflant sur le petit hors d'œuvre fumant.

— Vous le méritez, Asher. Vous avez enfin ramené à la maison une femme que j'approuve, répliqua-t-elle en riant.

— Oh, vraiment ? plaisantai-je.

— Oui, monsieur. Je suis certaine qu'elle finira par tomber dingue de vous si vous faites l'effort de rester vous-même. Ah, Lainey et l'infinie sagesse de ses conseils.

— Et si je ne souhaite pas qu'elle tombe amoureuse de moi ? rétorquai-je sur le ton de la provocation, conscient qu'elle en serait agacée.

— Vous seriez idiot si c'était le cas. Elle disposa le reste des bouchées sur l'assiette. Y a-t-il autre chose que vous souhaitiez me demander ? Elle était tellement têtue, mais je l'adorais.

— Oui, est-ce que vous pourriez préparer un plat de thon caviar, accompagné de salade et de vos fameuses pommes de terre rôties au beurre pour le dîner ce soir ? demandai-je avec un sourire chaleureux. Il y a du caviar au congélateur, et je suis sûr que Carl de chez D'Angelinos acceptera de nous livrer du thon frais de sa cuisine.

— Je serai ravie de vous concocter tout ça, mais je ne peux pas décemment vous faire manger du caviar surgelé. Je vais charger Carl de nous en faire livrer en même temps que le thon. C'est important que nous mettions les petits plats dans les grands. Elle adorait le challenge. Maintenant, oust, j'ai du travail.

Là-dessus, elle me poussa en dehors de la cuisine, me laissant livré à moi-même. J'avais reçu quelques messages, l'un confirmant mon rendez-vous avec Rupert le jour suivant et un autre de la part de l'assistant de JoBob, demandant à prendre un rendez-vous. J'en profitai pour y répondre, redoutant chacun de ces meetings. Anxieux et à cran, je rejoignis ma suite où je me servis un cocktail puis m'installa devant le journal télévisé pour me calmer. Mon lien avec JoBob devenait de plus en plus risqué, occupé qu'il était à faire le clown pour les médias, mais ses millions de potentiels électeurs lui étaient entièrement dévoués. Je me moquais pas mal de l'élection et de s'il devenait président ou non, tant qu'il réglait ses factures. Ophélia, en revanche, n'allait pas entendre sa toute nouvelle popularité de cette oreille.

Lorsque le dîner fut enfin annoncé, je passai une tenue plus confortable, tout en me préparant à entretenir des conversations légères, puis retrouvai Ophélia et ses amies, déjà attablées et légèrement éméchées.

— Alors, qu'est-ce que vous avez fait finalement ? demandai-je en m'asseyant à côté d'Ophélia, plaçant une main sur son genou.

Contrairement à ses amies, et à mon grand dam, Ophélia était sobre ; j'avais espéré que l'alcool lui aurait permis de se laisser aller.

— On a décidé de simplement tremper nos pieds dans la piscine en discutant. Elle leva son verre en direction de ses amies, qui levèrent le leur en réponse.

— Oh, on a discuté ? bafouilla Harper.

— Donc, elle a révélé tous nos secrets. Je serrai légèrement sa cuisse, à la fois pour réveiller son désir et en signe d'avertissement ; la situation deviendrait tellement plus dangereuse si elle faisait l'erreur de dire la vérité à ses amies. Eh bien, j'espère que vous comptez les garder pour vous ou je serais dans l'obligation de vous tuer. Enfin, je ne le ferais pas moi-même ; j'engagerais quelqu'un pour le faire à ma place. Voilà qui fit taire l'ensemble de la tablée.

— On ne faisait que papoter, intervint Ophélia. Les filles voulaient savoir pourquoi nous avions décidé de nous marier si rapidement alors qu'on se connaît à peine, et je leur ai expliqué que toi et moi avions d'abord discutés en ligne pendant près d'un an. Je ne leur avais pas dit parce que j'étais persuadée que tu allais finir par me laisser tomber et je ne voulais pas qu'elles perdent leur temps à s'énerver contre un porc coureur de jupons.

Je dus mobiliser toute mon énergie pour ne pas éclater de rire et compromettre notre performance. Je décidai de me dissimuler derrière la vérité. — Avant de rencontrer Ophélia, c'était une description qui me correspondait plutôt bien, mais elle a su me dompter. Et je n'ai plus envie d'attendre. Cela dit, si vous aimez les secrets, en voici un autre : la vraie raison de ce mariage express est que je ne voudrais pas que quelqu'un me l'arrache et s'enfuie avec. C'est la femme la plus merveilleuse que j'ai jamais rencontrée. Elle est curieuse et intelligente, mais par-dessus tout, elle est humaine et dotée d'un grand cœur. Je n'ai également pas besoin de vous décrire à quel point elle est belle ; ça, vous pouvez le constater par vous-mêmes, mais sa beauté intérieure est encore plus intense. Je ne suis rien comparée à elle, et la meilleure chose à faire reste de l'épouser avant qu'elle ne s'en rendre compte ; encore qu'à son contact, et contre mon gré, je deviens quelqu'un de bien meilleur. Boom !

Ophélia ne sourcilla pas et dans ses yeux brillait toujours une pointe de ressentiment, mais j'espérais malgré tout qu'elle avait perçu la sincérité dissimulée en pleine lumière dans ma tirade.

— Merci, Asher. Elle me prit la main et l'embrassa. Tu es gentil. Aïe.

Le restant de la soirée fut passée à faire plus ample connaissance avec ses amies. Tout en nous délectant de ce qui devait être le meilleur plat que Lainey eût jamais réalisé, j'en profitais pour essayer de les convaincre de faire entendre raison à Ophélia quant à la cérémonie du mariage.

— Oh, non, il n'y a vraiment aucune chance pour que Leah accepte la robe meringue. Se marier en jean et cheveux violet, c'est beaucoup plus son truc. Par contre, je me demandais, Leah… tu ne veux pas que tes parents soient là ? Je suis sûre qu'Asher accepterait de leur payer un vol aller-retour. Ils ne peuvent pas manquer un événement pareil. Nous n'avions même pas abordé le sujet de la présence de ses parents.

Il était impossible qu'une mère et un père n'assistent pas au mariage de leur fille unique.

— Il n'y a pas une loi qui stipule qu'on ne peut pas ne pas les inviter ? intervins-je, prenant le parti d'Harper. Tu leur as annoncé la nouvelle au moins ?

La vérité, c'était que de tout le temps que l'on avait passé ensemble, elle ne les avait pas même mentionnés, à part pour me résumer brièvement son enfance. Son éducation avait semblé un brin triste, quoique terriblement commune.

— Non, murmura-t-elle avant de soupirer. Ils n'approuveraient pas.

— Ça, c'est évident, ajouta Harper. Ils veulent qu'elle retourne dans le Maine pour reprendre la ferme de homards, alors que le concept même tuerait Leah. Ils sont très attachés aux traditions. Des fiançailles qui s'éternisent, le futur marié qui fait la démarche de demander la main de la fille au père de famille, ce genre de trucs. Ils n'autoriseraient jamais votre mariage express. Harper se redressa sur sa chaise en remuant la tête.

— C'est pour ça que je préfèrerais les appeler une fois que je serais mariée, histoire qu'ils me fassent tous leurs reproches en une seule fois, répliqua Ophélia, jetant un regard noir en direction d'Harper.

Au moins, je n'étais pas le seul à subir ses œillades désapprobatrices.

— Essaie quand même d'éviter que ton père ne débarque ici armé d'un fusil de chasse. Bien qu'Harper fût copieusement alcoolisée, elle ne plaisantait vraisemblablement pas.

— C'est réellement une possibilité ? demandai-je en déglutissant ma dernière bouchée de thon.

— Ouais. Il l'a menacée de le faire toute sa vie.

— Comment tu as réussi à t'installer à DC sans une surveillance constante ? Toute cette conversation avait éveillé ma curiosité.

— Grâce à elle, répondit Ophélia en désignant Harper de la tête. Je suis censée être sous sa surveillance. Nous avons grandi ensemble ; la seule condition pour qu'ils acceptent de me laisser partir était de leur assurer qu'Harper serait avec moi. Et que je leur donne des nouvelles tous les vendredis. Sachant que vendredi, c'est demain, j'ai été tranquille toute la semaine. Je ne leur ai jamais dit que je fréquentais quelqu'un en ligne pour les mêmes raisons que je ne l'avais pas dit à Harper et Eliza… Eh bien, en voilà un récit joliment tissé.

— Je vois. Dans ce cas, après le mariage, je me chargerai de renforcer la sécurité et j'enverrai à tes parents un petit panier garni en compensation. Je me levai, attrapant mon verre de vin. Je ne sais pas pour vous, mesdames, mais j'ai eu une grosse journée. Si vous souhaitez rester encore un moment, vous êtes les bienvenues, mais sachant qu'il est presque onze heures, peut-être pourrions-nous nous entendre pour que j'envoie Thomas vous ramener toutes les deux à votre appartement, disons vers minuit ? Ophélia serait sans doute redevenue une citrouille d'ici là. Je serais ravi de vous revoir bientôt, et j'espère qu'Ophélia envisage de vous inviter au mariage. D'ailleurs, j'insiste pour que vous soyez présentes. J'espère également que vous ne m'en voudrez pas de mettre fin à notre petite soirée. Je leur offris une petite révérence et déposa un baiser sensuel sur les lèvres d'Ophélia en guise d'avertissement des événements à venir plus tard dans la nuit.

— Oh mon dieu, je n'avais pas remarqué qu'il était si tard. Nous avons passé une soirée formidable, s'exclama Eliza, qui était restée silencieuse pendant la majeure partie du repas. Mais j'ai beaucoup de travail demain. Elle n'était certes pas bavarde, mais elle observait beaucoup, comme si elle devait se pincer en permanence pour s'assurer que tout ce qu'elle avait vécu et entendu durant la soirée était bien réel.

— Moi aussi, soupira Harper. Toi, Leah, tu n'auras peut-être plus jamais besoin de travailler, petite veinarde ! poursuivit-elle, sa diction de plus en plus laborieuse.

— Oh, aucun risque que j'arrête de travailler ! protesta Ophélia.

— Ah bah, si je pouvais arrêter, je le ferais, répliqua Harper en se levant de sa chaise, s'efforçant tant bien que mal de garder son équilibre.

— Et si je vous accompagnais toutes les deux jusqu'à la voiture ? Je sonne Thomas de suite pour qu'il vous rejoigne. Promettez-nous de revenir nous voir, toutes les deux.

Bien que je ne fusse pas très friand des visites, voir Ophélia si détendue et si heureuse me ravissait. J'étais prêt à les recevoir tous les jours si cela me permettait de voir le sourire épanoui qu'elle avait affiché pendant toute la durée du repas. Je sortis mon téléphone pour avertir Thomas du départ de nos invités puis escortai les deux jeunes femmes jusqu'à la porte d'entrée.

— Merci d'être venues, les filles, piailla Ophélia, se jetant au cou de ses amies pour les embrasser.

— Laisse-nous venir à ton mariage, Leah ! supplia Harper.

— Je vais y penser. Oh, et j'ai oublié de te demander… tu vois toujours Joaquin ? Une arrière-pensée qui me parut étrange, mais qui ne sembla pas surprendre Harper.

— Oui, mais en tant qu'amis, rien de plus. L'histoire de ma vie. Bon, si tu ne nous invites pas à ton mariage, on y assistera de force. Je suis sûre qu'Asher nous aidera.

— Tu ne ferais pas ça.

— Oh, mais si je le ferais. Harper semblait catégorique.

— Et moi aussi, ajouta Eliza.

L'échange m'amusait beaucoup.

— Comme je l'ai déjà dit, je vais y penser, fut tout ce qu'Ophélia leur offrit.

— Merci d'être venues, et oui, je vous donnerais tous les détails nécessaires à votre infiltration au mariage, envoyez-moi simplement un e-mail, leur suggérai-je avant de fermer la porte derrière elles. Tu t'es bien amusée avec tes amies ? demandai-je en lui caressant l'épaule.

— Je ne veux personne à notre mariage, Asher. Je ne veux pas avoir à mentir à qui que ce soit. J'ai horreur du mensonge. Ça été très difficile pour moi aujourd'hui ; devoir faire semblant devant mes proches est un fardeau terrible. Je ne m'attendais pas ce que la situation la chagrine à ce point. J'étais ravie de les revoir et de passer du temps avec elles, mais dès qu'il a fallu parler du mariage…

Elle semblait prête à éclater en sanglots.

— Wow. Je la pris dans mes bras. Je suis vraiment désolé, dis-je en lui caressant les cheveux. Notre relation n'est pas un mensonge. Nous vivrions dans des chambres séparées sans jamais nous croiser, si c'était le cas. Je tiens à toi, Ophélia, c'est un début. Je n'ai jamais été attaché à aucune des femmes que j'ai fréquentées. Je ne les détestais pas, mais nous étions toujours d'accord sur le fait que notre relation était fondée uniquement sur le sexe et l'argent. Certaines d'entre elles ont fini par vouloir davantage, comme je te l'ai déjà expliqué, mais pas moi.

— Et sur quoi est fondée notre relation ? Le sexe, l'argent et un contrat. Ça ne me semble pas si différent. Bon sang… elle n'allait rien me laisser passer.

— Mais ça pourrait le devenir. Ma chère, tu viens d'entrer sur le territoire de l'hypothétique. Je ne peux pas te promettre une fin heureuse, mais je suis prêt à essayer de voir où notre histoire nous mène. Je suis en train de tomber amoureux de toi, Ophélia Jameson.

Je n'avais jamais fait preuve d'autant de sincérité que durant ce moment avec elle.

Chapitre 18

Ophélia

J'ignorais pourquoi je me comportais de façon si irrationnelle ; j'étais sur le point de recevoir plus d'argent que je ne pouvais espérer en gagner en l'espace de toute une vie, le sexe était phénoménal et Asher s'était conduit comme un gentleman depuis le début. Il semblait tremper dans des affaires commerciales douteuses, mais n'était-ce pas là l'apanage des milliardaires ? J'étais presque sûre qu'il n'était impliqué dans aucune affaire de meurtre, à moins que toute cette histoire de sous-sol ne fût vraie. Le problème était que je commençais moi aussi à tomber amoureuse de lui, et ce n'est pas d'un mariage mensonger dont je rêvais, mais d'une réelle union. La semaine suivante semblait précoce, mais peut-être un jour ? Je m'aventurais sur un terrain dangereux et je décidai de laisser de côté mes émotions pour le moment.

— Asher, je n'ai pas besoin que tu me promettes « jusqu'à ce que la mort nous sépare », mais tu sais que je préfèrerais quelque chose de plus que « autant profiter que tu sois là pour coucher ensemble ». Je n'ai jamais été particulièrement attirée par l'image d'une vie bien rangée dans une jolie maison, mais je pensais au moins trouver quelqu'un qui parvienne à m'aimer. Il fallait que je me taise sans quoi j'allais me mettre à pleurer.

— Je t'aime, déclara calmement Asher. J'aime la manière dont tes poings se serrent sous ton menton quand tu dors. J'aime à quel point tu peux être dévergondée malgré ton inexpérience. J'adore ton sarcasme, bien que ça risque un jour de t'apporter des problèmes. Et en dépit de ta passion pour l'usurpation d'identité, je te préfère quand tu es toi-même. Il me sourit d'une manière si sincère que je fus tentée de le croire.

— J'ai tellement envie de te détester, fut tout ce que je lui cédai.

— Je n'en doute pas. Parfois, moi aussi j'aimerais me détester, s'esclaffa-t-il sur ce ton suave qui résonnait jusqu'au plus profond de moi. Mais si tu voulais bien admettre que tu m'apprécies, ne serait-ce qu'un peu plus que platoniquement, ce serait un premier pas.

— Je t'apprécie, Asher, mais je ne te fais pas confiance.

Le cœur du problème était qu'il m'était impossible de démêler les mensonges de l'expert manipulateur d'une quelconque déclaration sincère. Il m'avait quand même payée pour l'épouser, quel genre de milliardaire faisait ce genre de chose ? Comme s'il n'existait sur Terre aucune femme avec l'intégrité suffisante pour être attirée par autre chose que son argent ; une femme qui l'aimerait pour le désastre émotionnel qu'il était. C'était cette partie que j'avais le plus de mal à croire ; le fait qu'il n'ait trouvé aucune femme prête à l'épouser. Asher, l'homme et non Asher Davis, le milliardaire. Il était d'environ dix ans mon aîné ; il avait eu le temps de faire de nombreuses rencontres.

— Je comprends ; je ne sais pas si je me ferais confiance si j'étais à ta place. Je détestais ce genre de réponses, car elles ne soulageaient en rien mes craintes. Mais tu peux tenir à moi sans me faire confiance, dit-il, un sourire juvénile au coin des lèvres.

— Ok, je tiens à toi. Je le fixai du regard, le défiant d'ajouter quoi que ce soit.

— Parfait, moi aussi je tiens à toi… énormément, rétorqua-t-il, plongeant à son tour ses yeux dans les miens. Bon, il commence à se faire tard et puisque tu es d'humeur bagarreuse, on pourrait peut-être clore ce chapitre au lit. Si tu as besoin de rester seule cette nuit, je comprendrais. Je n'aimerais pas ça, mais je ne le prendrais pas personnellement. Encore cette fichue sincérité…

— Je ne sais pas… En temps normal, j'aurais aussitôt accepté son offre, mais une nuit passée loin de lui pourrait en effet m'aider à y voir plus clair et m'apporter la perspective différente dont j'avais désespérément besoin.

— On peut ne faire que dormir.

— Tu veux dire, pas de séances d'exercices nocturnes ? Je doutais être capable de dormir à côté de lui sans que cela ne finisse par des cabrioles. J'avais envie de lui en permanence.

— Eh bien, j'ai un rendez-vous avec Rupert tôt demain matin, quant à toi, il est prévu que tu m'accompagnes à un événement qu'il donne sur sa propriété dans l'après-midi. Une sorte de garden-party très exclusive ; toute la crème de DC sera présente, y compris de nombreuses figures politiques, et je sais que la journaliste en toi frétille à la perspective de les côtoyer d'aussi près, mais j'ai bien peur que tu ne doives te retenir, dit-il, l'air presque menaçant. Ou il y aura des répercussions. Je t'aiderai à rejoindre un journal de renom après le mariage, mais si tu profites de cette réception pour obtenir un scoop, tu peux t'attendre à une sanction, que nous passions devant un juge pour nous marier ou non. Il avait soudainement l'air très sérieux.

— D'accord, concédai-je.

— Bien, maintenant, au lit. Sa main glissa jusqu'à la cambrure de mon dos, comme il le faisait fréquemment pour me guider vers un endroit en particulier.

Le trajet en ascenseur puis dans le couloir qui menait à sa suite se passa dans le silence le plus complet. Pour une raison étrange, je ne me sentais pas bien et j'avais l'impression que nous étions en train d'atteindre, lui et moi, un moment critique. Le fait d'avoir revu mes amies et regoûté à ma vie d'avant m'avait rendue triste. En arrivant devant la porte de sa suite, je le regardai, essayant de trouver en moi la réponse à une question que je ne parvenais pas même à formuler.

— Je pense que je devrais m'abstenir pour ce soir, dis-je en m'immobilisant sur le seuil.

— J'étais sérieux quand je proposais de simplement dormir. Les nuits et certaines matinées ont été bien occupées ces derniers temps, et je dois dire que je suis épuisé.

— Est-ce qu'on ne s'aventurerait pas un peu trop profondément dans la zone « je tiens à toi » si on dort côte à côte sans l'excuse du sexe ?

— Comme je te l'ai déjà dit, on y est déjà. Si tu choisis de dormir dans ta chambre, tu vas me manquer. Si tu décides de dormir avec moi, on s'endormira ensemble. Ce n'est pas plus compliqué que ça. Il ne me laissa pas une chance de répondre avant d'ôter sa chemise et de la jeter sur la chaise dans le coin de la pièce, suivie immédiatement de son pantalon, le laissant nu comme un ver, son sexe presque en érection, décidé à me prouver que tout ce que nous allions faire, c'était de dormir.

J'étais tentée de faire demi-tour, de retrouver l'intimité de ma chambre et d'être simplement moi. C'était en tout cas ce que mon cerveau me conseillait de faire, mais il était là, devant moi, nu et vulnérable. Il prenait la peine de faire ce qu'il m'avait affirmé ne jamais faire avec les femmes. J'entrai dans la pièce, lentement, puis me déshabillai sans dire un mot. Le sourire qu'il afficha alors était plus radieux que jamais. Il me sembla que ce fut le moment où nous une trêve fut convenue. Il s'approcha de moi, caressa ma joue d'une main délicate, puis m'embrassa tendrement. Nous fîmes d'abord un crochet par la salle de bain afin de nous brosser les dents et de nous nettoyer le visage, comme un couple marié depuis plusieurs années le ferait. Lorsque je sortis de la salle de bain, il avait ouvert le lit de mon côté et je me glissai entre les draps. Une fois tous deux installés, il se tourna vers moi et mon cœur s'accéléra.

— Je connais ce regard, dis-je sur un ton taquin.

— Bonne nuit, Ophélia, répondit-il en riant, puis il s'installa sur le côté, dos à moi, sans même m'embrasser.

— Bonne nuit, Asher, dis-je en me retournant à mon tour.

Je me voilai vraiment la face si je pensais réussir à m'endormir. Nous demeurâmes ainsi pendant un court instant, mais j'entendais à l'irrégularité de sa respiration qu'il ne dormait pas. Nous étions probablement tous les deux fatigués, mais pas suffisamment pour trouver aussitôt le sommeil. Je me retournai une nouvelle fois et pressai mon corps contre son dos.

— De qui on se moque ? susurrai-je à son oreille.

— De nous seulement, répondit-il en me faisant face, son érection s'enfonçant dans mon abdomen, ce qui me fit beaucoup rire.

— En effet. Je rapprochai son visage tout près du mien pour l'embrasser.

Je savais au fond de moi que ce dont il avait besoin, c'était de beaucoup de tendresse. Non pas que cette tâche me rebutât, mais je ne pouvais pas être certaine de la manière dont il interprétait mes attentions. Les prenait-il pour de simples préliminaires ? Pensait-il qu'il s'agissait de ma manière de lui faire comprendre que je souhaitais davantage ? Peu importe leur nature, elles étaient miennes à cet instant, et mes baisers voulaient dire « je t'aime ».

Il me fit doucement rouler sur le dos sans cesser de m'embrasser, avant de placer sa main sur mon sexe déjà humide.

— Quelqu'un a beaucoup pensé à moi, murmura-t-il à mon oreille en s'insérant en moi.

— Peut-être, soufflai-je en réponse à sa délicieuse invasion.

J'écartai mes jambes pour l'inviter plus en profondeur. Le sentir en moi me donnait étrangement l'impression d'être en sécurité. J'étais dans une position de vulnérabilité extrême, mais je me sentais protégée, enveloppée dans sa force et son amour. La nuit entière fut d'une douceur et d'une sensualité qui me rappela notre première fois. Nous bougeâmes ensemble jusqu'à atteindre un orgasme presque simultané, puis il me porta jusqu'à la douche comme il avait pris l'habitude de le faire. À nouveau propres et nichés entre les draps, mes paupières lourdes tombaient de leur propre volonté. Je sentis la tiédeur de sa main sur mon dos, massant les muscles de mon corps éreinté jusqu'à ce qu'ils se détendent sous la pression.

— Il faut que je pense à te prendre un rendez-vous chez le gynécologue pour qu'il te prescrive une injection, dit-il, la fatigue se faisant entendre dans les tons graves de sa voix.

L'injection. Argh, l'idée me terrifiait et me rendait triste tout à la fois. Je savais que mes envies de maternité allaient finir par nous éloigner l'un de l'autre. C'était l'une des raisons pour lesquelles j'étais réticente à me laisser aller complètement à l'amour que j'éprouvais envers lui.

— Ah oui, c'est vrai. Il me sembla qu'il décelât la tristesse dans ma voix, mais il ne fit aucun commentaire.

Aussi magnifique et tendre qu'étaient nos relations sexuelles, la notion que jamais rien de permanent ne pourrait s'établir entre nous me rongeait de l'intérieur. J'espérai qu'il dise quelque chose qui atténuerait mes craintes, ou qui m'encouragerait au moins à ne pas perdre espoir, mais il resta silencieux. Il embrassa simplement ma joue puis se réinstalla dans sa moitié du lit. Je retins mes larmes, prenant de longues inspirations.

Le lendemain matin lorsque je me réveillai, il était déjà parti. Je m'étais fait une joie à l'idée de me lever à ses côtés et de prendre mon petit déjeuner avec lui avant qu'il ne doive s'éclipser pour son rendez-vous, mais il n'avait apparemment pas pris la peine de me réveiller. En bas, je trouvai Lainey affairée dans la cuisine.

— Il s'est déjà enfui ? demandai-je l'air contrarié en m'asseyant au bar, vêtue d'un jean et d'un chemisier qu'Asher avait chargé Lainey de se procurer pour moi.

— Cette tenue vous va à ravir, dit-elle sans répondre à ma question.

— Merci. J'imagine que vous devez souvent vous occuper d'habiller ses conquêtes. Puisque je ne parvenais pas établir qui il était vraiment de sa bouche, je comptais sur Lainey pour me confier tout ce qu'elle savait. En m'habillant plus tôt dans la matinée, j'avais décidé qu'étant donné qu'il me refusait tout potentiel scoop provenant de son cercle professionnel, mes recherches allaient porter sur Asher Davis et sur les raisons supportant la thèse selon laquelle tomber amoureuse de lui était une mauvaise idée.

— Non, en réalité, je n'avais jamais eu à en habiller aucune, répondit-elle, l'air de rien, tout en poursuivant ses activités.

— Est-ce qu'il vous a expliqué ce qui se passait ? continuai-je, nerveuse, m'attaquant à la peau autour de mes ongles.

— Pas expressément, mais j'ai mon idée. Vous avez faim ? Je peux vous préparer tout ce que vous voulez. Elle se tourna pour me faire face, affichant un air bienveillant qui m'alla droit au cœur.

— Je ne veux pas que vous soyez à ma botte. Je ne vois aucun problème à ce que vous le soyez avec Asher, mais je peux me débrouiller toute seule. Je sautai de ma chaise, ne pouvant tenir en place une seconde de plus.

— Vous êtes libre de faire comme bon vous semble. J'adore cuisiner, et ça ne me dérange en aucune façon de vous concocter quelque chose, mais je suis bien consciente que vous n'avez pas le même style de vie qu'Asher, donc faites comme chez vous, dit-elle avant de reprendre ses occupations.

— Vous le connaissez depuis longtemps ? demandai-je en explorant les placards à la recherche de barres aux céréales. La découverte soudaine de la machine à cappuccino réveilla chacune de mes terminaisons nerveuses. Dites voir, est-ce que ça vous dérangerait de m'apprendre à faire un cappuccino ?

— Bien sûr que je peux vous apprendre. Je suis moi-même très friande de café ; je vais en profiter pour m'en préparer une tasse. Et en ce qui concerne Asher, je le connais depuis qu'il est tout petit. C'est un quelqu'un de bien, quoiqu'un peu solitaire et réservé. Il a énormément changé depuis que vous êtes là. Cette femme était la personne la plus gentille que la planète eût portée. Mais ça reste un homme des cavernes. Traîner une fille jusqu'ici sans son consentement… Elle s'arrêta pour observer ma réaction.

— Donc, vous êtes au courant. Je baissai la tête, de moins en moins intéressée par le café.

— Comme je vous l'ai dit, j'en sais suffisamment. Et j'ai appris le reste sur Google. Vous êtes une journaliste en devenir, diplômée de l'Université du Maryland, et vos parents tiennent une entreprise de homards réputées dans le Maine. Je garde toujours un œil sur lui ; j'espère que vous ne m'en voulez pas d'avoir mené des recherches sur votre vie privée. Il semble que vous n'ayez eu aucune relation sérieuse, en tout cas, aucune qui n'apparaisse sur les réseaux sociaux et de mon expérience personnelle, et au vu de l'adoration que vos amies vous portent, je dirais que vous être quelqu'un de bien. Je trouve que vous êtes parfaite pour lui, même si, une fois encore, la manière dont vous êtes arrivée ici n'est pas exactement conventionnelle, dit-elle en riant.

— C'est le moins que l'on puisse dire. Vous pensez que… euh, il n'y a rien qui vous inquiète chez lui ? J'espérai qu'elle continue de me répondre, car sa franchise m'aidait à apaiser mes angoisses.

— Je pense que c'est un chef d'entreprise qui s'associe avec d'autres entrepreneurs et des politiciens dont l'éthique laisse rêveur. Je doute qu'il se lancerait consciemment dans une transaction illégale, mais il m'arrive malgré tout fréquemment de me poser des questions concernant l'activité de sa société. Un autre avantage à vous avoir avec nous, c'est que vous n'accepterez aucun comportement malhonnête de sa part ni de ses associés, me confia-t-elle en déposant un cappuccino mousseux devant moi.

— Ça a l'air délicieux, merci. Et merci également de votre honnêteté. J'ai l'impression de… je ne sais pas, de vivre une sorte de conte de fée, mais j'ai parfois besoin de repères. Je bus quelques gorgées de la boisson riche et légèrement amère qu'elle venait de m'offrir, sentant mon corps se détendre peu à peu.

— Je suis là pour vous si avez besoin. Son sourire et ses intentions semblaient sincères et mes doutes m'abandonnaient peu à peu.

Chapitre 19

Asher

Le rendez-vous avec Melville fut bien plus agréable que ce j'avais envisagé. Après le ballet, il s'était rendu compte qu'il avait peut-être tiré des conclusions hâtives à mon sujet.

— Notre secteur d'activités étant le stockage, il est important de rester prudent. L'essentiel pour moi, c'est d'assurer une confidentialité optimale à mes clients. Je ne mets pas le nez dans leurs affaires et je veille à toujours à m'encadrer des meilleurs avocats pour protéger mon business. Les clients signent un accord stipulant que nous ne pouvons être tenus responsable pour tout article entreposé dans l'un de nos espaces de stockage et jugé illégal, attendu que notre service ne consiste qu'à fournir les espaces. Cela signifie, entre autres, que nous promettons de respecter la confidentialité pour laquelle ils versent des sommes exorbitantes. Tout est donc à la fois légal et lucratif, expliquai-je. Il connaissait bien sûr les tenants et aboutissants du secteur, mais le rassurer que ce fut également mon cas ne pouvait pas faire de mal.

— Je souhaite simplement m'assurer de ne pas vous vendre mon bien le plus précieux pour que vous fassiez faillite. Je veux pouvoir vous laisser la société l'esprit tranquille, même si je compte garder un pied dans son management, me révéla-t-il, me perçant de ses yeux de fouines.

— Je croyais que j'en serais l'unique propriétaire. Mon sang commençait à bouillir, mais je m'efforçai de garder mon calme.

— J'y ai bien réfléchi et j'envisage plutôt de ne vous vendre qu'un pourcentage, ce qui me permettrait de rester associé. Évidemment, il ne pouvait faire les choses simplement et prendre sa retraite…

— Je ne vois aucun inconvénient à ce que vous vous intéressiez à l'avenir de votre société, mais j'envisage de l'incorporer à notre business model, ce qui impliquerait certaines modifications et consolidations. Je remercie généralement les employés dont la performance est faible ou qui approchent de l'âge de la retraire contre une offre généreuse. Je veux une équipe jeune, enthousiaste et efficace. Le tableau que je peignais était idyllique, mais je n'avais aucune intention de me montrer si charitable. Le concept du parachute doré me répugnait, mais je me mis à penser à Ophélia et il ne faisait aucun doute que c'était ce pour quoi elle opterait si elle gérait une entreprise comme la mienne. Par ailleurs, c'était également ce qu'elle souhaiterait que l'homme qu'elle était sur le point d'épouser fît.

— Je suppose que cela va dépendre. Sa réponse était aussi vague qu'exaspérante. J'espère que vous avez prévu de venir accompagné à la garden-party de cet après-midi ; votre fiancée est une femme charmante. Je suis surpris que vous l'ayez cachée au reste du monde aussi longtemps, dit-il, une pointe de provocation dans la voix.

— Elle déteste les projecteurs et nous avons décidé d'attendre la toute dernière minute pour annoncer son coming-out, répliquai-je, ponctuant ma boutade d'un petit rire.

— Bien. Il se leva de sa chaise. Dans ce cas, on se revoit dans quelques heures. Là-dessus, il se tourna et sortit de mon bureau.

Ce rendez-vous me laissa un sentiment désagréable. Nous nous étions accordés sur les détails financiers, mais je détestais l'idée qu'il tienne toujours un rôle dans la gestion de l'entreprise. Alors que j'étais en train de réfléchir à une manière légale de me débarrasser de Rupert Melville, je reçus un appel de JoBob Rails.

— Davis, beugla-t-il dans le combiné du téléphone. Je double ma commande, tout en crypté et dans la plus grande confidentialité.

Pas de « bonjour, comment allez-vous ? », rien que les faits. J'avais cet homme en horreur, mais je tins ma langue. — Il va nous falloir mettre à plat les paramètres d'encodage, dis-je d'une manière tout aussi détachée.

— Je viens de vous envoyer quelqu'un. Il faut que ce soit mis en place aussi rapidement que possible. Signez les documents et renvoyez-moi mon gars avec tes tarifs. Merci. Puis il raccrocha.

Ce type était un abruti de première classe. Moi qui pensais être un crétin… On frappa à ma porte quelques minutes seulement après que JoBob eût mis fin à notre conversation. Si j'avais été quelqu'un d'autre, cette visite non annoncée aurait pu me faire paniquer. Parmi les documents se trouvait une liste des personnes autorisées à accéder au nouveau site sécurisé — un véritable Qui-Est-Ce ? des personnalités les plus puissantes de la nation. Mon pouls s'accéléra, et bien que je fusse conscient de m'aventurer sur un terrain dangereux, je signai les papiers et doublai mes tarifs. JoBob était désormais engagé dans un contrat l'obligeant à me verser trois millions de dollar par an pour la location d'un espace numérique bénéficiant du plus haut niveau de sécurité et de confidentialité. L'affaire était incroyablement fructueuse, mais je ne pus empêcher une certaine anxiété de m'envahir. Une fois les documents rendus, je décidai néanmoins de laisser mes craintes au vestiaire.

J'étais impatient de revoir Ophélia et de la révéler au monde entier. Lorsque je rejoignis le manoir, elle était déjà prête, ses cheveux impeccablement coiffés en arrière, ravissante dans une robe noire élégante qui tombait parfaitement sur son corps. Le matériau était suffisamment fin pour laisser deviner avec goût ce qu'il dissimulait.

— Tu es prête à faire la fête avec le faune la plus coincée de DC ? J'attrapai ses hanches par derrière et déposa un baiser dans son cou.

— Coincée à quel point ? Tu penses que je devrais me changer ? Elle semblait prendre tout ça vraiment à cœur.

— Non, tu es parfaite, répondis-je en guise d'encouragement. Par contre, je préfère te prévenir que JoBob Rails et Rupert Melville seront tous les deux présents. Ce qui veut dire qu'il va falloir que tu sois sage. Donc, pas d'espionnage et pas de scoop. Je viens juste de signer un contrat d'exclusivité avec JoBob qui demande la plus grande discrétion. Certains de mes autres clients seront également là, et eux aussi préfèrent qu'on respecte leur vie privée par-dessus tout. Si tu mets ça en péril, je considérerais très sérieusement de retirer mon offre et de te dénoncer à la police, déclarai-je, en m'assurant qu'elle saisisse l'ampleur des enjeux.

Elle se tourna vers moi. — Tu veux dire que tu as vendu des espaces frigorifiques à des tueurs en série et que tu as peur que je révèle au monde la vraie nature de tes clients ? Le mordant faisait son retour.

— Je veux dire que si je lis demain un article révélant la vraie nature de mes clients dans le journal, ce sera toi qui seras sur la sellette. Je plaisantais, mais je fis malgré tout l'effort de prendre un ton solennel, car je n'étais sûr qu'elle me craignît suffisamment pour prendre mes menaces au sérieux.

— En me tuant, tu rallongerais ta peine pour kidnapping de quelques décennies, railla-t-elle d'une voix sensuelle.

Je me penchai pour embrasser ses lèvres délicatement. — Le jeu en vaut la chandelle, à mon avis.

— Je parie que je te manquerais, dit-elle, arrachant ses lèvres des miennes tandis qu'elle caressait mon érection naissante à travers mon pantalon.

— Ça, ça risquerait en effet de me manquer. Je soulevai le bas de sa robe et plongeai ma main sous le coton de sa culotte puis dans l'humidité de son sexe. Mais ce qui me manquerait encore plus, ce sont tes baisers et tes moqueries, et tout le reste, en fait ! Je la fis tourner, face contre mur, et la pencha légèrement en avant.

— Si tu comptes faire ce que je crois, on devrait peut-être aller ailleurs. La note de panique dans sa voix m'amusa.

— Pourquoi, c'est notre maison, non ? Je faillis corriger le « notre » qui m'avait échappé, mais décidai finalement que le manoir était effectivement sa maison, en tout cas pour le moment.

— Et si Lainey arrive ? Elle semblait réellement paniquée ; c'était adorable.

— On l'entendrait s'affairer dans la cuisine si elle était là. Elle a ses propres appartements un peu plus bas dans la rue. L'équipe de nettoyage n'est prévue que pour demain, donc nous sommes seuls. J'ouvris la braguette de mon pantalon et libérai mon pénis désespérément dur.

— Tu es sérieux, Asher ? Ophélia se mit à trembler tandis que je faisais glisser sa petite culotte le long de ses jambes et remontais les pans de sa robe.

— Tu n'as pas envie ? Je retirai mes doigts pourtant déjà logés en elle et attendis sa réponse.

Elle poussa un soupir. — Non, souffla-t-elle, tendant le cou pour me regarder.

— D'accord, allons-y, alors ; on va être en avance, mais qu'est-ce que ça peut faire ? Je fis mine de m'éloigner et elle m'attrapa fermement le bras.

— Non, je n'ai pas dit que je n'avais pas envie, s'exclama-t-elle.

— Très bien. Dans ce cas… Je sortis un préservatif de ma poche et le fis aller entre mes doigts. Il nous reste quelques minutes devant nous avant que la voiture n'arrive, lui signalai-je avec un large sourire.

— Pourquoi tu as un préservatif dans la poche ? Elle me jeta un regard suspicieux.

— Parce que je rêve de faire ça depuis que je suis rentré du bureau. Je m'approchai à nouveau d'elle, mes doigts retrouvant la tiédeur qu'ils avaient quittée quelques instants plus tôt. Je m'émerveillais d'à quel point elle était devenue réceptive au moindre de mes gestes. Et tu n'as toujours pas été voir le gynécologue pour ton injection. J'insiste pour que tu t'y rendes demain.

Mes doigts allaient et venaient déjà en elle, l'empêchant de se concentrer correctement sur notre conversation. — Et si je ref… Oh mon dieu… Elle serra la mâchoire.

— Si tu refuses ? murmurai-je contre son oreille.

— Oui… exhala-t-elle.

Je déchirai l'emballage du préservatif et le déroulai rapidement sur mon érection, tout en écartant davantage ses jambes pour me permettre l'accès. — Dans ce cas, l'année risque de te paraître longue, continuai-je en m'introduisant en elle. Je déteste les préservatifs.

Sa respiration s'accéléra, ses saccades résonnant dans toutes la pièce au rythme effréné de mes hanches.

— Je ne veux pas foutre mon corps en l'air, parvint-elle à dire, pourtant proche de l'orgasme.

— Un bébé foutrait autrement ton corps en l'air, ma chère, répliquai-je fébrilement, moi-même au bord de l'extase.

— Un diaphragme, alors, dit-elle en rejetant la tête en arrière, son vagin se contractant autour de moi.

— Parfait. Je caressai ses cheveux, puis laissai à mon tour le plaisir me submerger dans un râle.

Je m'éloignai enfin d'elle, les yeux rivés sur son visage, puis lui embrassai la joue et remis de l'ordre dans ses cheveux, avant de faire glisser sa culotte dans le sens inverse le long de ses jambes et de rejoindre la salle de bain pour me nettoyer. Lorsque je réémergeai, elle me fixa du regard.

— À chaque fois que j'essaie de me rapprocher de toi, tu dis quelque chose de blessant. Tu le savais ? demanda-t-elle, le reproche voilant l'émeraude de ses yeux.

— Ne pas vouloir d'enfants, c'est blessant ? Je décidai d'aller droit au but.

— Non, mais me faire chanter en me menaçant d'abstinence pendant un an parce que je refuse de soumettre mon corps à des hormones de synthèse, oui. Lorsque notre contrat arrivera à son terme, je m'en irai d'ici et je ferai des enfants. Je refuse de prendre la pilule ou de subir une injection parce que je veux être prête pour quand le jour viendra, rétorqua-t-elle, une main sur la hanche.

— Personnellement, je trouve qu'avoir un bébé surprise est la pire option. Je penchai la tête sur le côté et lui offris un sourire. Je n'avais plus assez d'énergie pour une dispute. Un diaphragme fera parfaitement l'affaire. Ça demande un peu plus de logistique et ne permet pas autant de spontanéité, mais ce sera suffisant. Allez, viens ; on en achètera un sur la route. Comme ça, on pourra tester à quel point ce n'est pas pratique dès que cette petite sauterie sera terminée. J'avais besoin qu'elle comprenne combien cela m'importait que l'on se protège.

— D'accord. Elle avait perdu de sa bonne humeur, mais je savais comment lui remonter le moral.

— Et de toute façon, tu n'aurais pas le temps pour la maternité. Tu seras bien trop occupée à travailler après le mariage. Élever un enfant demande beaucoup de temps et d'énergie ; à mon avis, il serait plus sage que tu fasses d'abord décoller ta carrière. On y va ? demandai-je en lui offrant mon bras.

— C'est vrai. Sans compter qu'il me faut aussi trouver un partenaire avec lequel avoir des enfants. Elle accepta mon bras, et nous partîmes.

Comme toujours, les conversations qui tournaient autour de la question des enfants m'attristaient profondément. Je ne laissai toutefois rien paraître, mais je ne savais pas quoi faire du constat selon lequel la raison qui nous divisait ne concernait ni mon argent ni mes privilèges. Il me semblait que c'était là ce qui l'empêchait de s'investir émotionnellement dans notre relation et qui l'avait poussée à se refuser un mariage festif. J'allais devoir trouver un moyen efficace de lui prouver la sincérité des sentiments que j'éprouvais pour elle. Non, je ne voulais pas d'enfants ; j'avais essuyé suffisamment d'échecs dans ma vie personnelle. Cela ne signifiait cependant pas que je la désirais moins parce qu'elle souhaitait devenir mère.

Le trajet jusqu'à la réception se fit dans le plus grand calme, bercé par une musique de fond tandis que je caressais sa jambe. Nous parlâmes des différentes personnalités qu'elle était sur le point de rencontrer et de leur importance, et je fus surpris de découvrir qu'elle connaissait déjà la réputation de chacun des invités. Nous arrivâmes juste à l'heure, et dès notre entrée dans les jardins de la propriété, les chuchotements se firent entendre. Ophélia prit grand soin de gesticuler de manière à exposer sa bague et ne me quitta pas de la journée. Malgré mon envie de jouer les fiancés attentionnés avec elle, j'étais là pour les affaires. La première étape était de trouver Rupert et d'exhiber Ophélia. Je le repérai près de la fontaine à champagne.

— Rupert est là-bas. Je tirai doucement sur son bras et elle me suivit jusqu'à la table.

Je ne savais pas comment rendre cette journée amusante pour elle, mais fidèle à elle-même, elle trouva de quoi se divertir toute seule. Lorsque

Rupert lui demanda quel était son travail, mon estomac se noua de stress, mais sa réponse n'aurait pu être plus ridicule.

— Je viens d'obtenir mon doctorat en médecine, commença-t-elle. Je travaille en ce moment sur le développement d'un traitement contre les cheveux gris. Je n'en revenais pas qu'elle réussît à garder son sérieux.

— Est-ce qu'il n'existe pas déjà la teinture pour lutter contre ce mal ? demanda Rupert d'un ton séducteur que sa différence d'âge avec Ophélia rendait presque malsain.

— Oui, pour le moment, mais imaginez être capable de traiter le manque de pigmentation au niveau cellulaire. Si nous parvenons à parfaire la régénération capillaire au niveau du bulbe, vous pouvez imaginer ce que le futur nous réserve d'autre. Un éclair d'espoir et de sagesse illumina son visage ; j'avais oublié qu'elle excellait dans l'art du mensonge.

— Très impressionnant, je dois l'admettre. Les yeux de Rupert semblaient étrangement briller d'admiration.

Peu importe ce que la diablesse qui allait bientôt devenir ma femme était en train de faire, la magie opérait. Rupert ne nous quitta pas de l'après-midi, mais dès que nous vîmes l'opportunité de nous éloigner de lui comme des autres invités que ma fiancée avait charmés, je l'invitai à une table au soleil près du massif de roses où nous prîmes notre goûter.

— Dis-moi, comment est-ce que tu comptes faire une fois que nous serons mariés et que tu commenceras à publier des articles incendiaires sur la plupart des invités de cet après-midi, docteur ? demandai-je en me retenant tant bien que mal de rire.

— Ce n'est pas plus faux que notre mariage, ironisa-t-elle.

— Oui, mais un certificat pourra attester de notre mariage ; on ne peut pas en dire autant de ton doctorat…

— Pff, aucune de ces raclures ne se souviendra de moi et lorsque je serai devenue une célèbre journaliste, je leur dirai que je travaillais à ce moment-là sur un article dénonçant l'avarice et la crédulité humaine. Elle me jeta un regard en coin, poignardant sa salade avec sa fourchette.

— Comme tu veux, mais je pense malgré tout que tu devrais être punie pour ton mauvais comportement, lui dis-je, veillant à baisser ma voix d'une octave pour la faire frissonner.

— Tu n'oserais pas, chuchota-t-elle en réponse.

Je lui fis un clin d'œil. — On verra bien.

Chapitre 20

Ophélia

J'étais tellement inquiète à l'idée qu'il mène à bien sa menace que je restai silencieuse pour le restant de l'après-midi, me contentant de jouer la potiche à son bras. Il semblait regretter de m'avoir reproché de m'amuser ; son comportement changea du tout au tout et il redevint Asher Davis, chef d'entreprise. En rentrant au manoir plus tard dans la soirée, il avait toujours l'air maussade.

Lainey nous accueillit à la porte et nous interrogea quant à nos préférences pour le dîner.

— Je n'ai pas très faim, répondit Asher, la déception poignant dans sa voix. Quelque chose de léger, peut-être, comme une soupe ou une salade. Qu'est-ce que tu préfères ? Il posa son regard sur moi.

— J'avais pensée à faire rôtir un porc, vu le nombre qu'on a rencontré aujourd'hui, je ne pus m'empêcher un commentaire, ne serait-ce que pour détendre l'atmosphère.

Lainey semblait faire tout son possible pour ne pas pouffer de rire.

— C'est bon, j'ai compris ; tu ne les aimes pas, râla Asher.

— Pourquoi, toi oui ? rétorquai-je en sautant sur l'un des tabourets du bar, les yeux rivés sur Lainey tandis qu'elle s'affairait dans la cuisine.

— Il faut bien. Asher prit place à côté de moi.

— Pourquoi ? Parce que c'est DC et que tu tiens une société d'espaces de stockage pour politiciens véreux ?

— Précisément. Que ça te plaise ou non, les gens qui étaient présents chez Mandeville et moi sommes de la même espèce, soupira-t-il.

— Je te plains. Tu devrais essayer de côtoyer plus de gens d'espèces différentes.

Lainey déposa un plateau de crudités ainsi qu'un bol de sauce au yaourt devant nous, et je me mis aussitôt à grignoter.

— Eh bien, je te côtoie maintenant. Il mordit dans une carotte puis mâcha agressivement. La justicière des garden-parties.

— Tu peux toujours me laisser partir… dis-je en gesticulant des bras sous son nez.

— Ce serait pire, à mon avis. Un soupçon de sincérité venait de passer entre les mailles du filet ; il avait besoin de moi pour le préserver des mauvaises influences.

— Il ne reste que trois jours avant votre mariage. Comment souhaitez-vous le célébrer ? demanda Lainey, visiblement impatiente de passer à un autre sujet de conversation. Vous voulez que je prépare quelque chose de spécial ? Un filon mignon, ou du homard ? ou les deux ?

Lainey semblait adorer prendre soin des autres. Malgré les raisons derrière notre mariage et le fait qu'il n'allait s'agir de rien d'autre qu'un saut à la mairie, elle était prête à faire tout son possible pour rendre ce jour mémorable. J'attendis qu'Asher lui réponde, étant moi-même de plus en plus partagée quant à cette histoire de célébration.

— Un filet mignon et du homard seraient les bienvenus, Lainey, et si toutefois vous le voulez bien, j'aimerais que vous soyez mon témoin. Ophélia a organisé quelque chose de très modeste et refuse d'inviter qui que ce soit, grommela Asher.

— Et il serait ravi que vous soyez présente, Lainey, ajoutai-je. Il vous considère comme un membre de sa famille, même s'il ne l'admettra jamais. Je commençais à être fatiguée qu'Asher se cache sans cesse derrière cette façade qu'il s'était construite.

— J'en serais honorée, répondit-elle en souriant. Bon, on reste sur soupe et salade pour ce soir ? demanda-t-elle, l'air sceptique.

— Non, nous dînerons peu importe ce que vous nous préparerez, concéda Asher.

— Parfait. J'ai passé la journée à concocter ma fameuse sauce masala. Ail frais, paneer fait maison… avec des naans à l'ail, vous allez vous régaler. Elle se remit à ses fourneaux, nous laissant Asher et moi les yeux dans les yeux.

— Tu ne veux pas inviter ne serait-ce qu'une de tes amies au mariage ? Moi, j'ai invité mon unique amie, dit-il avec sincérité.

— D'accord, je vais inviter les filles, mais tu devras promettre de te comporter correctement, l'avertis-je.

— Je me suis très bien comporté quand elles sont venues…

— Plus ou moins. Tu n'as pas pu t'empêcher quelques commentaires déplacés.

— Personne ne peut changer en une nuit, protesta-t-il.

— Ça vaut pour moi aussi. Je restai ferme. Il ne s'était passé qu'une semaine depuis mon kidnapping et ce n'était certainement pas suffisant pour que je fasse l'effort de changer ; même si je constatais que lui comme moi avions déjà modifié certaines de nos façons de faire au contact de l'autre.

— Qu'est-ce que tu attends de ce mariage, hormis l'image parfaite qui te permettra de racheter l'entreprise d'un type guindé ? demandai-je lorsque Lainey nous quitta pour la nuit.

Il prit une minute avant de répondre. — J'attends du sexe, une amitié, une année de premières fois… dit-il simplement, sans l'once d'une émotion.

— C'est tout ce que tu espères ? J'essayai de ne pas laisser poindre ma déception.

— Plus ou moins.

— D'accord. Dans ce cas, lorsque nous nous marierons ce weekend, faisons en sorte d'honorer nos propres vœux. Je me sentais soudain d'humeur moralisatrice.

— C'est-à-dire ? Il était curieux. Un bon point.

— Je promets de t'aimer et de te chérir aussi longtemps qu'il me sera donné de le faire. Je ne veux pas d'un engagement devant un dieu auquel je ne suis pas sûre de croire ni d'un contrat à vie. Si l'on se promet « jusqu'à ce que la mort nous sépare », j'aurais simplement peur que tu ne finisses par me tuer.

— Je suis assez d'accord avec ces vœux ; et puisque ce n'est pas un événement public, nous sommes libres de dire ce qui nous chante. Son humeur ne semblait pas s'améliorer.

— Bien. Je suis contente que ce soit réglé. Je me sentais en fait plutôt mal à l'aise. Il ne me reste plus qu'à teindre mes cheveux, plaisantai-je, lui adressant un petit sourire qu'il me rendit. Tu comptes me dire ce qui te chagrine ? Je m'efforçai de trouver mon Freud intérieur. Tu vas avoir le mariage que tu souhaitais.

— Non, je vais avoir le mariage que tu souhaitais, me corrigea-t-il.

— Tu m'as demandé d'organiser le mariage ; c'est ce que j'ai fait.

— Je voulais te faire vivre un conte de fée.

— Ah bon ? Tu pensais que me kidnapper était un bon début ? C'est tordu, même pour toi. Ce type avait un problème.

— Je voulais simplement t'offrir quelque chose en échange du temps que tu m'accordes.

— Tu veux dire, en échange d'une année de ma vie. Je lui lançai un regard sarcastique.

— Oui.

— Eh bien, tu vas m'aider à faire décoller ma carrière, gonfler mon compte en banque de quelques millions de dollars et me faire profiter des petits plats de Lainey ; qu'est-ce que je pourrais souhaiter de plus ? Le sexe est plutôt agréable aussi à mon sens, non ? Sans compter que je commence à vraiment t'apprécier pour qui tu es ; enfin, quand tu acceptes de laisser paraître ta vraie personnalité. Je ne pense pas qu'une robe meringue, une pièce montée, un quatuor à cordes et une salle de réception ensevelie sous les pétales de roses rendraient ce mariage plus réel pour autant. Il est factice, et selon moi, plus l'événement sera sobre, mieux ce sera.

— C'est parfaitement logique, je suis simplement habitué à davantage d'admiration. Il se mit enfin à rire.

— Désolée. Tu aurais dû kidnapper une fan, répliquai-je en haussant les épaules. Je suis épuisée ; la journée a été longue et je pense que je vais dormir dans ma chambre ce soir. J'ai besoin de me mettre les idées au clair. Et puis, ça nous permettra de nous réserver pour notre nuit de noces, dis-je avec un clin d'œil.

— Bonne nuit, répondit-il simplement avant de se rendre à l'étage.

Je me réjouissais de passer la nuit seule. Côtoyer Asher Davis commençait à s'avérer difficile. Sa proximité, être allongée nue et vulnérable auprès de lui me manquait, mais j'étais de plus en plus troublée par son comportement. Je profitai de mon temps libre pour lire, envoyer des messages aux filles et simplement me reposer. Lorsque je me réveillai le lendemain matin, il était déjà parti, et je décidai de passer quelques instants en compagnie de Lainey avant d'appeler Harper afin de, je l'espérais, profiter de ses précieux conseils.

— Yo, demain c'est la veille de ton mariage ! Pourquoi se montrait-elle si enthousiaste ?

J'avais presque oublié le tissu de mensonge que je lui avais servi.

— Je suis tellement anxieuse que j'ai envie de vomir. J'étais complètement sincère sur ce point.

— Tu veux que je vienne et que je te teigne les cheveux ? Elle savait que j'avais besoin de sa présence.

— Oui, oui, oui. J'avais eu suffisamment de temps à moi la nuit précédente.

Harper me rejoignit sans Eliza. Elle me colora les cheveux et après quelques martinis, je me sentais bien mieux.

— Qu'est-ce qui te chagrine, comme ça ? Tu es sur le point d'épouser un milliardaire, demanda-t-elle enfin.

— Un milliardaire que je ne connais à peine, tu ne trouves pas ça étrange ? Je ne pus m'empêcher de lui poser la question.

— Pour les autres habitants de la planète, effectivement, je trouverais ça extrêmement étrange. Mais tu es devenue ma meilleure amie à la seconde même où l'on s'est rencontré, au premier jour de cette colonie de vacances. Parfois, quelques secondes suffisent pour comprendre qu'une relation va durer. Je dois admettre que j'étais inquiète au départ, mais j'ai compris en le rencontrant et en vous voyant tous deux qu'il était fait pour toi. L'argent ne t'intéresse pas, et lui t'adore, c'est indéniable. C'est vrai que vous marier si rapidement semble intense, mais c'est ce qu'il souhaite. Et si votre histoire se termine par un divorce, eh bien, tu ne seras pas la première personne à qui cela arrive, dit-elle en haussant les épaules.

— Je ne l'ai toujours pas annoncé à mes parents ; ils vont être furieux quand ils vont l'apprendre. Je commençais à regretter de ne pas les avoir prévenus de mon mariage, et toute cette situation me pesait de plus en plus.

— Oh, à mon avis, ils ne vont pas être si surpris que tu le penses. Lorsqu'ils te verront heureuse et épanouie, ils n'auront pas le choix que de soutenir ta décision ; ça risque simplement de prendre un peu de temps. Pourquoi est-ce que tu refuses qu'ils soient présents ? poursuivit-il elle.

— Parce que je suis terrifiée par la situation. Je ne voulais pas que tu sois là non plus, mais Asher m'a convaincue que j'allais avoir besoin de quelqu'un. Je n'aime pas les mariages meringue, tu le sais bien.

Je disais la vérité. Je détestais être sous les projecteurs, et plus encore, jeter l'argent par les fenêtres.

Même si Asher avait été l'amour de ma vie, je n'aurais pas voulu d'un mariage traditionnel.

— Et ils te connaissent suffisamment bien pour comprendre, j'en suis sûre. Et puis, si tu veux, je pourrais t'aider à les convaincre le moment venu. En attendant, laisse-moi enlever ça de tes cheveux, que l'on voit à quoi ça ressemble.

Elle déroula la serviette de mon crâne et nous éclatâmes toutes des deux de rire. Mes cheveux étaient maintenant d'un violet aubergine éclatant, qui me plut aussitôt. Je n'aimais pas attirer l'attention, et rien ne criait « regardez-moi » plus que des cheveux colorés, mais c'était étrangement pour cette raison que je l'avais fait. Mon mariage était factice, donc autant jouer le tout pour le tout.

— J'adore, dis-je en me tournant vers Harper pour lui sourire.

— Ça te va super bien ! Il n'y a que toi pour rester jolie avec une couleur pareille, s'émerveilla-t-elle.

— Je suis d'accord ; tu es magnifique. Je n'avais pas entendu Asher arriver. Il s'approcha de nous puis planta un baiser sur ma joue. Le look parfait pour notre mariage. Il se tourna vers Harper. Vous restez avec nous ce soir ? Je suis persuadé qu'Ophélia apprécierait d'avoir de la compagnie.

Pourquoi l'invitait-il à rester ?

Le visage d'Harper s'illumina. — Je ne retravaille pas avant lundi prochain, donc pourquoi pas. Je serais contente de passer la soirée avec vous. Il faut simplement que je prévienne Eliza.

Je compris à ce moment-là qu'elle avait un coup de cœur pour Asher et soudain, j'étais jalouse. Celui-ci semblait l'avoir également remarqué car, en parfait idiot qu'il était, il se mit à en jouer.

— Eh bien, c'est parfait. Ma future épouse projette de se marier en jean/t-shirt. Peut-être que vous pourriez m'aider à la convaincre de porter une tenue plus adéquate et la dissuader de se faire percer le septum. Si ce n'est pas possible, essayez au moins de veiller à ce que cela se fasse dans un établissement respectable. Bien qu'il s'adressât à Harper, son regard de reproche m'était entièrement dédié.

— Roh, Leah, c'est horrible. Et il est trop tard pour te trouver une robe de mariée. Harper semblait tout à coup affolée.

— Je ne veux pas d'une robe de mariée. C'est juste l'histoire d'un quart d'heure à la mairie ; qui porterait une robe pour ça ? Tout ce cinéma commençait à sérieusement m'agacer. Je voulais une cérémonie ridicule pour mon mariage bidon, ce n'était pas bien compliqué !

— Il n'est jamais trop tard quand on s'appelle Asher Davis, mais Ophélia a raison ; peut-être que quelque chose de plus subtile qu'une robe traditionnelle serait de meilleur ton. Dieu merci, ils ne se liguaient pas pour me forcer à porter une meringue.

— Je peux vous faire confiance pour régler ça avec elle, Harper ? Vous avez une journée pour lui trouver quelque chose à se mettre. Tu pourras porter ton jean lors de notre lune de miel, ma chérie, dit-il d'une voix doucereuse.

— Quelle lune de miel, bébé ? répondis-je sur un ton tout aussi hypocrite.

— Ah, tu ne te souviens pas ? Le plan était que tu t'occupes de l'organisation du mariage, et moi, de celle de la lune de miel. Son air douceâtre se transforma en sourire diabolique.

— Asher ? Mon cœur s'accéléra, et j'étais à deux doigts de me jeter sur lui pour le frapper.

Chapitre 21

Asher

La présence d'Harper à la maison était agréable. Ophélia avait besoin d'une amie durant cette période précédant le mariage. Alors qu'elles étaient parties à la recherche d'une robe, je conclus le contrat avec JoBob pour un espace numérique ultra-sécurisé et le rachat de la société de Mandeville semblait être sur la bonne voie. J'avais presque trouvé le moyen de l'extirper de la gestion, mais ce vieux croulant tenait bon. J'allais devoir faire appel à un avocat pour repérer une faille dans le cadre légal qui lui ôterait son pouvoir de décision. En attendant que les documents soient formulés et signés, je décidai de réserver notre lune de miel.

À l'origine, le contrat qui me liait à Ophélia était purement professionnel, avec quelques bénéfices certains soirs de la semaine, mais d'apprendre à la connaître, j'en étais tombé amoureux. De son côté, elle semblait toujours aussi réservée et septique que le jour où je l'avais rencontrée, mais j'espérais réussir à la faire s'ouvrir suffisamment pour s'abandonner à son tour à ses sentiments. Je réservai deux billets d'avion ainsi qu'un appartement en plein cœur de la ville. Je comptai bien la traiter comme une princesse, que ça lui plaise ou non.

En rentrant à la maison plus tard dans la soirée, je trouvai Harper et Ophélia pelotonnée sur le canapé, les yeux rivés sur l'écran monstrueux de ma télévision. Elles ne semblèrent pas remarquer mon arrivée, aussi je décidai de ne pas interrompre leur film. Dieu seul savait quand Ophélia reverrait son amie, et l'image de ces deux jeunes femmes dévorant du popcorn, un verre de vin à la main, était tout simplement adorable. Je rejoignis ma suite, impatient de décompresser et de profiter de ma dernière nuit de célibataire.

Le lendemain matin, Ophélia n'avait pas l'air de se sentir concernée par le remue-ménage, préférant rester au lit.

— Leah, sois sérieuse… C'est le jour de ton mariage ; tu es attendue à la mairie à onze heures, implora Harper.

— D'accord, d'accord. Ophélia finit par quitter son nid autour de neuf heures, avant de rejoindre la cuisine.

— Elle a un problème ? demandai-je, pourtant pertinemment conscient de ce qui la chagrinait.

— C'est déjà ce qu'elle a fait le jour de la remise des diplômes. Il nous a littéralement fallu la traîner en dehors de la maison, me confia Harper.

— D'accord, laissez-moi aller lui parler, je vais voir ce que je peux faire. Vous voulez bien nous accorder un moment seul à seul ? Je fis de mon mieux pour être aussi charmant que possible et elle fit un pas sur le côté pour me laisser l'accès à la chambre d'Ophélia.

Je fermai la porte derrière moi et la trouvai sous la douche. Je toquai à la porte de la salle de bain avant d'entrer.

— J'ai presque terminé, Harper. Je te promets d'être prête à temps ; détends-toi, rouspéta-t-elle à travers la porte transparente de la cabine.

— Difficile de se détendre après deux jours d'abstinence, répondis-je, la faisant sursauter.

— Asher ?

Pourquoi avait-elle l'air si paniqué ?

— L'homme qui est sur le point de devenir ton époux, en chair et en os, plaisantai-je.

— Tu veux dire, mon gardien de prison légal, grommela-t-elle, le son de sa voix étouffée par le jet de l'eau.

— Tu te dégonfles ?

J'ouvris la porte et son air épouvanté était trop amusant pour me soucier du jet d'eau qui éclaboussait mon crâne.

— Tu ne peux pas entrer ici ; tu es déjà habillé. Comme si cela pouvait m'en empêcher.

— Mais si, je peux très bien le faire si j'en ai envie. Dépêche-toi de terminer ici et viens me rejoindre dans ta chambre. Il y a quelque chose dont j'aimerais te parler. Je formulai ma requête aussi vague que possible dans l'espoir de l'agacer, ne serait-ce que légèrement.

Je la voulais suffisamment énervée pour que le présent que j'étais sur le point de lui offrir eût l'impact escompté. Je m'assis sur le canapé du petit salon de la chambre que j'avais mis à sa disposition pour l'attendre. J'espérai qu'elle finirait par s'en servir d'espace de stockage pour ses affaires lorsque nous serions mariés, car elle m'avait manqué la nuit dernière. Lorsqu'elle émergea de la douche enveloppée dans un peignoir blanc en coton moelleux, ses cheveux violets encore mouillés, je ne pus réprimer ma joie.

— Tu n'es pas censé me voir avant le mariage, râla-t-elle.

— Tu es superbe. Et sachant que nous nous rendons sur place dans la même voiture, j'ai bien peur qu'il m'aurait été difficile de ne pas te voir, mais je ne suis pas déçu. Je veillai à garder un ton chaleureux et enthousiaste, car l'expression sur son visage donnait davantage l'impression qu'elle se rendait à ses propres funérailles. Qu'est-ce qui te fait le plus peur ? demandai-je finalement.

— De perdre ma liberté. Elle baissa la tête pour observer ses doigts s'entortiller d'inquiétude.

— Ta liberté de faire des sorties entre amies ? Ou ta liberté de voir un autre homme ? La seconde option me terrorisait.

— Les deux. Elle releva doucement la tête vers moi.

— Tu envisages réellement de fréquenter quelqu'un d'autre ?

L'idée seule me fit l'effet d'une collision.

— Est-ce que toi et moi, on se fréquente dans ce sens ? C'était une question légitime.

— Eh bien, je l'espère. Je pris un air outré, mais la vérité, c'est que nous n'avions jamais défini la nature de notre relation.

— Dans ce cas, pourquoi est-ce que nous n'avons jamais rien fait, juste toi et moi ? Je suppose que le soir où tu m'as offert la bague compte, mais le reste de nos sorties n'étaient rien d'autre que des obligations contractuelles.

— C'est de cela dont je voulais te parler justement. Nous avons une heure devant nous avant de devoir partir pour la mairie, et après cela, nous n'aurons plus une minute. Je nous ai réservé une table au Four Seasons Tea Room pour remercier Lainey, Eliza et Harper pour leur présence, mais une fois le repas terminé, nous partons en lune de miel. Je préfère te l'annoncer maintenant, que tu aies le temps de préparer ta valise et surtout, pour te conseiller d'emporter des vêtements chauds. Si tu n'as pas ce qui faut, jette le nécessaire dans un sac et nous achèterons le reste une fois sur place. J'imagine que tu as un passeport ; il va te falloir demander à Eliza de te l'amener.

Je craignais d'en avoir trop révéler et d'avoir légèrement gâché la surprise, mais notre escapade requérait une certaine logistique. Je ne souhaitais surtout pas qu'elle me suive où que ce soit sans se sentir prête ou en sécurité.

— Où allons-nous ? demanda-t-elle, visiblement au bord de la panique.

— Je ne peux pas te le dire sans gâcher davantage la surprise, mais sache simplement qu'il s'agit de l'un de mes endroits préférés au monde. Tu as été cherché ton diaphragme hier ? Une question un brin grossière, mais non moins essentielle.

— Euh, oui. Elle me fixa des yeux, mais son regard était davantage lascif et fougueux que hargneux.

— Parfait. Maintenant, il faudrait penser à le mettre en place, lui dis-je avec un clin d'œil. Je te rejoins en bas dans quarante-cinq minutes. N'oublie pas de faire ta valise.

— D'accord. Je sentis une très légère amélioration dans son humeur.

Cette journée devait lui paraître particulièrement difficile. Fort heureusement, ce n'était pas mon cas. Je ne m'engageais que pour un an et dépoussiérais en même temps mon image de coureur de jupons ; jupons dont les propriétaires avaient par ailleurs continué à m'appeler jusqu'à la garden-party, lorsque mes fiançailles furent annoncées. J'étais soulagé de ne plus avoir de rappels constants de mes aventures du passé. À l'inverse, j'étais impatient d'explorer tout ce qu'Ophélia accepterait de m'offrir ; peut-être le fait qu'il y eût une date de péremption à notre mariage me rendait plus enclin à m'engager.

Ophélia prépara sa valise, puis Harper l'aida à parfaire sa tenue, et malgré la sobriété d'une réunion à la mairie, elle avait opté pour une robe blanche au look fifties et une paire de sandale à talons, qui complétaient parfaitement sa coupe colorée et sa bague gigantesque. Son amie Eliza nous attendait déjà dans l'entrée. Alors que nous nous dirigions vers elle, je laissai Ophélia passer devant moi pour admirer sa jeunesse et sa vitalité. L'idée qu'elle allait bientôt devenir mon épouse m'émerveillait. Lainey avait choisi une tenue élégante pour l'occasion, et pour montrer son soutien à Ophélia, Harper portait elle aussi une robe des années cinquante. Toutes deux formaient une paire de meilleures amies magnifique.

— Ok, on y est presque. Harper fit signe de la main à Eliza puis tendit une bouteille d'eau à Ophélia. Comment tu te sens ?

— Comme si je pouvais m'évanouir à tout moment, répondit Ophélia sur un ton monotone.

— Bois un peu d'eau, lui conseilla Harper avant de se tourner vers moi. Ne vous inquiétez pas, ça lui arrive tout le temps. Pendant les mariages, les remises de diplômes, au bar après quelques shots… ça va aller. Harper lui donna des petites tapes dans le dos, tandis que la couleur disparaissait à vue d'œil du visage d'Ophélia.

Nous arrivâmes bientôt à la mairie, prêts à commencer la cérémonie. Nous n'étions pas le seul couple à nous marier ce jour-là, mais ça n'empêcha pas les paparazzi de nous pourchasser. La manière dont ils avaient eu vent des détails de notre rendez-vous restait un mystère. Ophélia s'était occupée de l'organisation de A à Z, mais elle avait dû mentionner mon nom sur les documents, et j'étais persuadé qu'un employé de la mairie avait divulgué l'information ou que quelques fouineurs zélés l'avaient découverte.

— Tu ne l'as pas crié sur tous les toits, qu'on soit bien d'accord ? lui demandai-je en la regardant, sachant déjà qu'elle répondrait par la négative.

— Certainement pas. Je ne veux pas devenir célèbre juste parce que je t'épouse, répliqua-t-elle, fâchée.

— Je voulais simplement vérifier, ma chérie. Je lui massai doucement la nuque pour tenter de la détendre.

Je n'allais pas m'appesantir sur cette histoire de paparazzi. Je souhaitais que la journée se déroulât dans la meilleure humeur possible et décidai donc de laisser passer pour cette fois. À une cérémonie austère et rapide succéda un repas agréable, quoique peu spectaculaire, avec nos invités. Je ne passais que très peu de temps avec Lainey en dehors de la maison et je pris énormément de plaisir à la voir s'amuser avec autant d'insouciance.

— Vous l'avez fait, Asher. Je pensais que je ne verrais jamais le jour, commença Lainey en sirotant son champagne.

— Ne jamais dire « jamais ». Je ne pouvais pas savoir que j'allais rencontrer une Ophélia.

Je souris en direction de l'intéressée, qui semblait distante, mais moins stressée qu'elle ne l'avait été avant la cérémonie. Elle jouait avec l'anneau simple et doré qui accompagnait désormais son énorme bague de fiançailles.

— Vous avez fait le bon choix, continua Lainey en commençant à manger, nous signalant d'en faire autant. Ça a l'air délicieux, mais je suis sûre que j'aurais pu préparer quelque chose de bien meilleur, se vanta-t-elle.

Je ne pus m'empêcher de rire ; j'admirais cette confiance en ses capacités. — J'en suis persuadé, moi aussi.

Je jetai un coup d'œil en direction d'Ophélia, qui dégustait poliment son plat, sans dire un mot et l'air abattu, et je lui offris un sourire que j'espérais rassurant. Nous étions enfin mariés et ma petite boule de feu préférée était en train de s'éteindre.

— Dites-moi, en quoi consiste cette mystérieuse lune de miel que vous avez prévue ? demanda Harper, qui ne pouvait cacher son enthousiasme.

— Moi aussi, je meurs d'envie de savoir où vous partez, ajouta Eliza.

— C'est une surprise donc je ne peux pas vous le dire. Ophélia vous appellera quand nous y serons et elle vous racontera tout à ce moment-là. Je vous admets toutefois volontiers que c'est l'un de mes endroits préférés au monde. Ma famille voyageait énormément quand j'étais enfant. J'aimerais faire vivre toutes ces expériences à Ophélia, à commencer par celle-ci. Je pris sa main délicate dans la mienne.

J'étais impatient de monter dans cet avion.

Chapitre 22

Ophélia

Le mal était fait, Asher et moi étions mariés. La cérémonie avait été simple et froide et n'avait duré qu'une vingtaine de minutes. Je ne savais certes pas à quoi j'aurais voulu que mon mariage ressemble, mais ça n'était pas ce que nous venions de vivre avec Asher. Harper avait remarqué que j'étais triste et avait réussi à me remonter le moral.

— Vous deux avez fait tout à l'envers, mais je sais à quel point Asher tient à toi, Leah. Ça se voit dans ses yeux. Il est simplement impulsif comme les milliardaires peuvent l'être, mais tu vas bien réussir à le calmer, m'avait-elle dit tandis que je retouchais mon maquillage dans les toilettes avant la cérémonie.

— J'espère bien, murmurai-je.

— Si quelqu'un peut y arriver, c'est bien toi, ajouta-t-elle, pleine d'entrain.

Harper était quelqu'un de constamment joyeux et avenant, alors que j'avais tendance à être plus réservée et pensive. Elle me dit ensuite qu'elle avait remarqué mon inquiétude et que c'était un sentiment normal pour une jeune femme sur le point de se marier. Je ne pouvais pas lui dire que j'avais largement dépassé le point de l'inquiétude. J'avais l'impression d'exécuter mon propre mandat d'arrêt, mais personne ne pouvait me sauver car personne ne le savait. J'essayai de me rassurer en me répétant que j'avais un an pour faire ce que bon me semble.

J'appréciai finalement beaucoup la présence d'Harper et d'Eliza. Le déjeuner fut très agréable, en partie grâce aux anecdotes sur l'enfance d'Asher dont Lainey nous régala tout le long du repas. À ma grande surprise, Asher se comporta de manière douce et attentive toute l'après-midi. J'avais même cru apercevoir un éclair d'affection sincère au moment de réciter nos vœux et de nous jurer de nous aimer pour une durée déterminée. J'étais soulagée qu'il eût accepté de les réécrire afin de m'éviter d'avoir l'impression de mentir devant Dieu et devant la loi. Lorsque le déjeuner fut terminé et au moment de dire au revoir, j'étais au bord des larmes.

— La partie amusante peut enfin commencer… Asher prit tout à coup un air enjoué enfantin, blotti contre moi à l'arrière de la voiture nous menant à l'aéroport.

— Dis-moi où nous allons, s'il te plaît. J'étais étrangement prise de panique. Je vais être angoissée et mal à l'aise tout le long du trajet sinon.

— Tu veux vraiment savoir ? Il avait l'air déçu, mais semblait prêt à céder à ma requête.

— Oui, s'il te plaît. Je ne voulais pas paraître désespérée, même si à cet instant je l'étais absolument.

— Je t'emmène à Paris, ma ville favorite au monde. Nous prenons un vol commercial en première classe, évidemment. J'ai réservé une maison de ville à Montmartre, qui est mon quartier préféré de la ville. Nous arrivons demain matin et y restons pendant un mois. Tu as l'air si triste depuis quelques jours ; je pense que passer quelques semaines rien que tous les deux loin du quotidien va nous faire du bien. Je nous ai inscrits à un court de cuisine, qui devrait nous aider l'un comme l'autre. J'aime beaucoup les pancakes, mais pas à tous les repas, et ça nous permettra de préparer quelque chose pour Lainey pour une fois.

— Un mois ? J'étais sous le choc. À Paris ? Mon cœur commença à s'accélérer. Avec toi ? Seulement toi ? La question était, allait-il être capable de vivre normalement sans Lainey, Thomas ou l'équipe de sous-fifres qui travaillaient pour lui au bureau ?

Qui était cet homme ? Certainement pas le chef d'entreprise sans cœur qui m'avait kidnappée une semaine auparavant.

— Eh bien, je ne vais pas pouvoir échapper à au moins une séance quotidienne de télétravail, mais au-delà de ça, c'est juste toi et moi, ma p'tite, dit-il en me donnant un léger coup de poing sur le bras.

— Ce n'est pas complètement au-delà de tes forces ? Toi et moi, seuls ? C'est beaucoup d'intimité. J'avais conscience d'exagérer, mais ça m'était complètement égal.

— Si ça devient étouffant, nous n'aurons qu'à rentrer.

Un plan qui me convenait tout à fait.

Une fois installés dans l'avion, et après une coupe de champagne et quelques cookies, je m'appuyai contre son épaule pour une sieste. Puis les hôtesses de l'air nous préparèrent nos lits et chacun de nous s'endormit dans son propre compartiment. Je me réveillai juste avant d'atterrir à Paris. J'étais troublée, impatiente, terrifiée, angoissée, ravie et émerveillée. Le ciel étant gris et bas, le trajet en taxi depuis l'aéroport ne fut en rien exceptionnel, à l'instar du périphérique qui semblait ne jamais s'arrêter. Mais dès que notre voiture s'engagea sur les petites routes pavées de Montmartre, tout en moi changea. Ce n'était pas seulement dû au décor ; voir le visage d'Asher s'illuminer était grisant.

— Nous y sommes. Il ouvrit la porte d'un magnifique appartement au cœur de Montmartre.

L'intérieur était moins grandiose que le manoir, mais avait le charme de l'ancien. Les murs ornés de moulures, que les couches de peinture accumulées au fil des années faisaient resplendir d'un blanc éclatant, portaient des appliques rustiques en fer forgé. Une balustrade en fer forgé elle aussi courait jusqu'à l'étage surmontée d'une rampe en bois ancien laqué. Derrière l'escalier menant aux chambres se trouvait un salon percé d'une baie vitrée panoramique donnant sur la ville en contrebas. Nous étions perchés sur une colline, au dernier étage d'un immeuble surplombant la capitale. La vue à elle seule était déjà enivrante, mais Asher décida de surenchérir et attrapa de la bouteille de champagne du seau à glace que les propriétaires avaient laissés sur la table en guise de bienvenue.

— Cet endroit est incroyable, m'extasiai-je en pressant mon visage contre le verre froid donnant sur une rue étroite dans laquelle s'alignaient cafés, salons de coiffure, boutiques et supérettes. La frénésie en contrebas était envoûtante et je compris aussitôt pourquoi Asher était tombé sous le charme de l'endroit.

— Maintenant, tu sais pourquoi j'adore cet endroit. À nous ! Asher fit sauter le bouchon en liège de la bouteille et nous versa un grand verre de champagne frais qui, j'en étais sûre, était le plus cher de Paris.

— À nous. Je pris le verre qu'il me tendait et nous bûmes chacun une gorgée. Ouah, c'est vraiment du bon champagne, dis-je sur un ton taquin.

— Le meilleur. Mais tu en vaux la peine ! Il s'approcha de moi, une fièvre dans les yeux qui m'indiqua que notre mariage était sur le point d'être consommé.

— Je connais ce regard, roucoulai-je en prenant une gorgée de champagne.

— Cela fait presque trois jours. J'ai appris beaucoup sur moi-même… notamment, le fait que je ne peux pas passer une minute de plus sans te toucher. Et maintenant que tu es ma femme… chantonna-t-il.

— Quoi ? Je n'ai plus le choix, c'est ça ? Je fis quelque pas en arrière pour m'éloigner de lui, feignant le désintérêt, bien qu'il m'eût énormément manqué.

— Si, mais peut-être que tu seras plus ouverte à l'idée d'explorer davantage notre relation. Maintenant que nous sommes mariés, nous sommes unis par une sorte d'engagement, ce qui implique d'être honnête l'un envers l'autre et d'envisager la perspective de construire quelque chose de plus réel, poursuivit-il.

— Je croyais que le but de ce mariage, c'était justement de construire quelque chose de faux, rétorquai-je.

— J'ai changé d'avis à ce sujet. Il allongea sa main vers la mienne. Je veux bien plus avec toi.

La dernière fois que nous avions couché ensemble, il n'avait pris la peine que de soulever ma jupe et de me pencher en avant. Cette fois-ci, je n'allais pas le laisser précipiter les choses. Je voulais savourer ce moment avec lui.

— D'accord. Je me rapprochai doucement de lui en prenant une nouvelle gorgée du délicieux champagne. Mais moi aussi je veux plus. Je vais reprendre la rédaction d'un journal intime, comme je le fais d'habitude, et tu n'auras le droit ni de le lire ni de le censurer. Je promets de ne pas mettre ta réputation ou ta vie privée en péril, mais c'est ma manière de faire face. Je veux publier des articles et retourner au travail. En échange, je jure de t'aimer et de te chérir le plus longtemps possible. Là-dessus, je parcourus les quelques pas qui me séparaient encore de lui, et cet après-midi-là, je fus celle qui fit le premier pas.

— Ça me va, répondit-il tandis que j'orientai son visage vers le mien pour l'embrasser tendrement. Tu as faim ? Tu préfèrerais déjeuner ? Ou finir ton champagne ?

Qu'il pensât à mon bien-être avant son érection, pourtant déjà bien visible, c'était là une première.

— Je vaux mieux que ça. Ma main caressa la longueur de son entrejambe. Peut-être qu'avant de manger, je devrais m'occuper de toi.

— Je ne suis pas contre, dit-il en me soulevant dans ses bras, me prenant par surprise à me porter du salon à la pièce adjacente, qui offrait elle aussi une vue panoramique de la ville et ne contenait rien d'autre qu'une méridienne et une fontaine à eau.

— Je suis tout à fait capable de marcher, protestai-je sans grand enthousiasme, mais décidée à feindre une certaine résistance.

— N'est-ce pas là la seule vraie façon de faire ? demanda-t-il sur un ton espiègle. Après tout, les anglais appellent cette façon de porter, « à la manière d'une mariée ».

— Je ne pense pas que cela ait une quelconque importance à ce stade. J'étais tellement impatiente de coucher à nouveau avec lui. Nous n'avons respecté aucune des règles, dis-je en riant de nervosité. Il m'avait manqué ; je refusais de l'admettre, mais je mourrais d'envie de le toucher. Outre un document légal, c'était tout ce que nous avions.

— C'est comme ça que j'aime que les choses se passent. Tu portes ton diaphragme ? demanda-t-il en me déposant sur la méridienne qui était suffisamment large pour accueillir l'ensemble des habitants de l'immeuble.

Je me retrouvai face à son érection et j'en salivai d'impatience. J'avais en réalité posé mon diaphragme avant de monter dans l'avion, consciente que j'allais rapidement en avoir besoin.

— Oooh, hum, oui, mais est-ce que tu peux me passer mon sac à main ? Je dois appliquer une sorte de gel avant de l'utiliser. J'avais complètement oublié. Je profitai qu'il fût parti pour me déshabiller, et il fut surpris de me trouver nue et prête à le recevoir à son retour.

— D'accord, je vois que tu es opérationnelle. Eh bien, je suis tout à toi. Il déboutonna sa chemise avant de l'ôter et de la jeter sur le dossier d'un fauteuil. Il en fit de même avec son pantalon après s'être hâtivement déchaussé, gardant étonnamment ses chaussettes. Puis il resta planté là, nu à part pour ses chaussettes noires, son érection plus tendue que jamais.

— Je vois ça, commentai-je sur un ton taquin, tandis qu'il s'avançait vers moi, s'agenouillant au pied du lit puis attrapant mes pieds pour me tirer jusqu'à lui. Laisse-moi m'occuper de ça, d'abord, dis-je en le voyant faire tourner le petit tube de gel spermicide entre ses doigts.

— Je peux m'en charger. J'essayai de me relever pour attraper le tube, mais il maintint mes pieds contre le lit, m'empêchant de me redresser. Laisse-moi faire.

Il me libéra les chevilles puis plaça ses bras sous mes genoux pour m'attirer encore plus près de lui. — J'ai déjà fait ça.

J'avais peu de visibilité et ne distinguais ainsi pas tous ses gestes, mais il semblait être en train de remplir une petite seringue avec le contenant du tube. Il écarta davantage mes jambes puis leva les yeux dans ma direction.

— Tout va bien en bas ? demandai-je, à la fois légèrement angoissée, excitée et frustrée.

— Je n'ai jamais vu un vagin aussi joli que le tien. Je l'adore ! Il le caressa de son doigt, me faisant sursauter.

— Euh, merci. Il se mit à rire à ma réaction, puis il se pencha pour m'embrasser là où j'avais le plus besoin de son contact.

Le désir que j'éprouvais pour lui était tout bonnement ridicule. Le moindre petit baiser attisait furieusement les flammes. Je pressai mes hanches contre son visage, en demandant encore davantage.

— Quelqu'un semble particulièrement impatient, susurra-t-il, effleurant mon clitoris de son doigt. Laisse-moi d'abord te préparer. La sensation de ne pas être entravé par un morceau de latex et de pouvoir finir où j'en ai envie est incomparable. Il introduisit l'applicateur en plastique froid dans mon vagin, tout en continuant d'agacer mon clitoris.

Ce type était incroyable ; même la contraception devenait sexy avec lui. Je me mordis la lèvre, lui laissant entièrement les rênes, mais ne pouvant m'empêcher malgré tout de ressentir une pointe de chagrin à l'idée qu'il était en train de nous empêcher de créer un petit être qui mélangerait nos deux essences. Non pas que je le connaissais depuis assez longtemps pour véritablement vouloir un enfant de lui, mais une partie de moi ne pouvait s'empêcher de penser que ce serait là la meilleure manière de garder une trace de son beau visage et de toutes les qualités que je commençais à déceler en lui. Et bien qu'un enfant ne puisse servir de trophée ou de souvenir d'une époque bénie, je mourrais d'envie d'en faire un avec Asher. Lorsqu'il eut fini, il tapota doucement mon vagin.

— Voilà, plus que quelques minutes avant de pouvoir l'utiliser, déclara-t-il en se hissant vers moi. En attendant…

Je l'attrapai par les cheveux pour attirer son visage vers le mien, puis m'emparai de sa bouche. Il répondit en glissant sa langue entre mes lèvres, tandis que ses mains caressaient mon corps, semblant mémoriser la moindre parcelle de peau. Je brûlais d'envie qu'il touche les pointes sensibles de mes seins, puis sentis l'acier velouté de son pénis contre mon abdomen et me retrouvai à désirer qu'il me pénètre aussitôt. Je le désirais tout entier.

Chapitre 23

Asher

Elle était toujours si tendue et si sensible à mes caresses, et notre mariage lamentable et le long trajet en avion jusque Paris semblaient avoir éveillé en elle un désir brûlant. Notre passion m'émerveillait ; c'était comme si nous étions deux rivières en furie attirées par la même source. Nous nous nourrissions l'un de l'autre et nous rejoignions en un torrent agité et tumultueux. Je pinçai et roulai les pointes de ses seins entre mes doigts, les sentant se durcir et poindre à mon contact. Elle se tordit sous mon corps, recherchant ma proximité.

Je l'embrassai, savourant chaque centimètre de son corps, son cou, sa joue, ses jolies épaules, sa poitrine magnifique. Je m'attardai sur chacun de ses tétons, m'assurant de les agacer jusqu'à ce qu'elle ne puisse plus supporter mon attention. Ses mains empoignèrent mes cheveux, maintenant mon visage contre elle, tandis que son dos se cambrait à chacun de ses halètements.

— S'il te plaît, supplia-t-elle. Je te veux en moi.

— Quel petit monstre vorace tu fais, la réprimandai-je sur un ton affectueux. Je suppose que ça fait suffisamment longtemps. Je n'ai certainement pas envie d'attendre une minute de plus.

Mes doigts trouvèrent son centre humide et prêt à me recevoir, mais pour m'en assurer davantage, je les laissai courir sur sa peau brûlante jusqu'à ce que le rouge colore ses joues, que sa mâchoire se serre et que son souffle se coupe. Lorsque son dos s'arqua sous l'assaut des vagues de plaisir, je pénétrai son éden. Son corps s'ajustait si bien autour du mien qu'il me fut difficile de rester concentrer et de ne pas perdre le contrôle. Je voulais savourer ce moment, même s'il était le premier de nombreux autres à venir.

Être marié à Ophélia me procurait une joie incomparable ; elle était mienne, au moins pendant quelque temps, et je comptais bien en profiter pour la gâter. Elle ne pourrait pas aller à l'encontre de mon statut d'époux ; c'était désormais mon droit le plus entier de la dorloter. Je comprenais parfaitement son besoin de liberté et bien que cela me terrifiât, j'étais tout à fait prêt à lui octroyer, mais sa liberté n'affecterait en rien mon intention de lui montrer toute l'affection que je lui portais.

Une fois entièrement logé en elle, je commençai à faire aller mon bassin. Je regrettai de ne pas être en mesure de ralentir la cadence et de rendre l'expérience plus sensuelle, mais je l'avais attendue de longues journées durant. Mes hanches et mon pénis n'en faisaient qu'à leur tête.

— Asher ? Elle agrippa mes épaules, murmurant mon prénom entre deux gémissements.

Je la plaquai davantage au coussin de la méridienne, transposant mon poids entier sur elle et ne pus retenir mes grognements, suant et me ruant désespérément vers l'extase. J'eus tôt fait de l'atteindre, le plaisir entaillant ma colonne vertébrale sur toute sa longueur avec la rapidité et la précision d'une lame de rasoir. Ce n'était rien de prématuré ; nos ébats avaient duré quelques délicieux instants, mais j'aimais d'ordinaire prendre le temps de changer de position, de laisser ma partenaire respirer, de varier le rythme de mes mouvements, mais je ne pus cette fois-ci retenir mon orgasme. Après m'être vidé en elle, me délectant de la friction glorieuse de ma peau sur la sienne, je glissai ma main entre nos deux corps afin de m'assurer que son plaisir égale le mien. En voyant la violence avec laquelle son vagin se contracta sous la puissance de son orgasme, je me mis à prier pour que son diaphragme fût placé correctement.

Une fois terminé, je me laissai rouler à côté d'elle, m'octroyant une minute pour retrouver une respiration et une vision normales. — Tu vas finir par me rendre fou, réussis-je finalement à dire.

— Je suis sûre que tu dis ça à toutes les filles.

Je détestais le fait qu'elle ressente le besoin de mentionner cette partie de mon passé.

Elle resta allongée à mes côtés, tout aussi épuisée et repue que moi.

— Je n'épouse pas toutes les filles. Je pris sa main dans la mienne et l'embrassai. Je suis affamé. Voyons voir ce qu'on peut trouver de bon dans ce panier de bienvenue.

Je me levai de la banquette et rejoignis le salon dans le plus simple appareil.

— Qu'est-ce que c'est que cette pièce au juste ? demanda Ophélia tout en enfilant l'un des peignoirs pendant de la patère.

— C'est une véranda. La météo à Paris n'est pas toujours reluisante et ce type de pièce a été créé pour permettre aux habitants de profiter de la lumière et de leur donner l'impression d'être en extérieur sans que ce soit véritablement le cas. Il y a même un jardin élaboré sur le même modèle à l'étage du dessus.

J'étais tombé sous le charme de l'agencement de cet appartement et Ophélia ne le savait pas encore, mais je venais de le racheter à son propriétaire.

Après avoir consulté les photos et les commentaires sur le site d'Airbnb, j'avais aussitôt su qu'il me fallait cet endroit et avais, sans attendre, proposé une offre que le propriétaire n'avait pu refuser. J'avais probablement payé quelques centaines de milliers de dollars en trop, mais cela m'importait peu. J'adorais ce lieu et comptais bien en faire l'un de mes nombreux cadeaux de mariage à l'intention d'Ophélia. Lorsque notre année ensemble se serait écoulée, l'appartement serait à son nom et elle pourrait donc le garder ou le vendre, en faire ce que bon lui semblera. Ma famille était propriétaire d'un château dans le sud de la France que j'envisageais de lui faire visiter, mais je voulais qu'elle eût quelque chose qui lui rappellerait ses moments passés en ma compagnie.

— Combien y a-t-il d'étages ? demanda-t-elle en levant les yeux vers le plafond.

— Deux au-dessus de celui-ci. Je te ferai visiter après le déjeuner. Cet étage est dédié à l'espace cuisine, salle à manger, salle de bain, sauna et véranda. L'étage du dessus compte deux chambres d'ami avec salle de bain attenantes ainsi qu'une terrasse et le niveau encore supérieur accueille la chambre principale, équipée de sa propre baignoire, et accédant à la serre située sur le toit et au patio.

Je bombai le torse, pas le moins du monde embarrassé par ma nudité, nous resservant un verre de champagne avant d'explorer le contenu du panier. Du fromage frais, des fruits frais, des crackers et des fruits secs… — C'est absolument parfait pour picorer.

— Attends, laisse-moi faire, dit-elle en donnant une petite claque sur mes fesses nues. Va enfiler un peignoir, sinon ce n'est pas ça que je vais avoir envie de manger. Je sentis mon désir se réveiller sous son regard de braise.

— Et pourquoi ce serait une mauvaise chose ? demandai-je en me pavanant pour l'aguicher davantage.

— Parce que j'ai faim. Elle se mit aussitôt à ouvrir les paquets et à en disposer le contenu sur une assiette qu'elle retira d'un placard.

— J'espérais pouvoir profiter du soleil, dis-je en remuant mon bassin dans sa direction.

— Eh bien, mon cher Tarzan, nous sommes à Paris, pas dans la jungle. Donc s'il te plaît, range ton équipement et laisse-lui le temps de recharger ses batteries, rétorqua-t-elle, toujours concentrée sur sa tâche.

— Ne me dis pas que Mme Asher Davis est pudique ? Je restai planté devant elle dans toute ma splendeur, les mains sur les hanches en signe de provocation.

— Non, M. Ophélia Davis-Jameson. Je ne suis pas pudique, mais j'aimerais être en mesure de manger, parce que je sais pertinemment que dès que tu seras de nouveau en forme, je n'aurais plus le temps de le faire.

Je me mis à rire. — D'accord, je vais mettre un peignoir, mais ne m'appelle plus comme ça, s'il te plaît, implorai-je en lui jetant un regard taquin.

— Oh, excuse-moi. Ça avait été plus facile que ce que je pensais. C'est vrai que c'est difficile à prononcer. Je t'appellerai simplement M. Jameson à partir de maintenant.

— Tu vas le regretter, menaçai-je en agitant mon doigt en sa direction.

— Vraiment ? Elle souleva un sourcil. Eh bien toi, tu vas regretter de te promener tout nu à pointer du doigt les gens, déclara-t-elle avant d'engloutir un grain de raisin.

— Puritaine, raillai-je en me rendant dans la véranda pour attraper l'un des peignoirs moelleux pendant d'une patère.

— Exhibitionniste ! l'entendis-je beugler au loin.

Elle était vraiment faite pour moi. Lorsque je revins dans le salon, les assiettes regorgeant de denrées étaient disposées sur la table qu'Ophélia avait rapprochée de la fenêtre pour nous permettre de profiter pleinement de la vue.

— Tout ça m'a l'air délicieux. Je pris une poignée de grains de raison, puis un morceau de baguette, prêt à tester tous les délicieux fromages à disposition.

— Tu leur as fait préparer tout ça rien que pour nous ? demanda Ophélia, rassemblant différents éléments sur son assiette.

— Tu entends qui par « leur » ? répondis-je, un sourire narquois au coin des lèvres.

— Je ne sais pas, tes employés français peut-être ? Elle plissa les yeux, s'attendant certainement à voir apparaître l'un de mes commis.

— Non, il y a des agents de ménage, mais il s'agit plus d'une équipe de professionnels ; ils viennent une fois par semaine s'assurer que tout est propre et en ordre. Le panier garni est un cadeau de bienvenue de l'ancien propriétaire de l'appartement et je dois dire que c'est un geste fort apprécié.

Je remplis mon assiette, partagé entre admirer la vue magnifique en contrebas ou contempler les traits ravissants, quoique perplexes, de mon épouse.

— Pourquoi est-ce qu'un ancien propriétaire laisserait un panier rempli de produits de luxe ? Enfin, c'est très gentil, mais ça ne te paraît pas étrange ? Tu n'as pas dit que c'était un Aibnb ? La confusion sur son visage était adorable et valait absolument le prix exorbitant auquel j'avais racheté les lieux. Le moment était parfait, et je profitai de chaque seconde, l'observant tandis qu'elle soulevait chacune de ses questions.

— Si, c'est bien ce que j'ai dit. Remarque l'emploi du passé.

Je me levai pour apprécier au plus près l'éclair de compréhension dans ses yeux.

— Tu as acheté cet endroit, c'est ça ?

Je sortis une enveloppe du comptoir, puis m'approcha d'elle d'un pas désinvolte. — Non, répondis-je en lui tendant l'enveloppe, mais toi oui.

— Comment ça ? La prise de conscience qui s'affichait graduellement sur l'expression de son visage était tout aussi divertissante que sa confusion.

Je soupçonnais qu'elle allait refuser mon cadeau et me faire l'honneur d'un commentaire sarcastique, le tout sur un ton suffisant. Je possédais plus d'argent que je ne pouvais espérer dépenser en l'espace d'une vie ; et j'adorais la couvrir de présents parce que je savais qu'au bout du compte, ils lui plaisaient. Pour la première fois de mon existence, j'éprouvais l'envie de rendre quelqu'un heureux. Je ne la connaissais pas encore très bien, et ma générosité n'était pour l'instant due qu'à l'admiration que je lui portais, mais j'en apprenais un peu plus sur sa personnalité tous les jours et l'aimais davantage à chaque nouvelle découverte.

— Ouvre l'enveloppe et regarde par toi-même… dis-je, appuyant ma tête contre ma main comme le ferait un petit garçon.

Ses mains tremblantes peinaient à sortir les papiers de l'enveloppe, mais je la laissai faire sans lui proposer mon aide. Il fallait qu'elle intègre la nouvelle à son rythme. Lorsqu'elle parvint enfin à lire les documents, ses yeux s'écarquillèrent d'étonnement. J'avais déjà lu le dossier plusieurs fois et y avais même apporté quelques modifications, car acheter une propriété en France s'avère être un processus compliqué. J'avais fait appel à un agent immobilier international pour mener les négociations. La transaction s'était entièrement effectuée sur Internet, et j'avais versé la somme due au propriétaire quelques jours avant notre arrivée à Paris. J'avais également fait expertiser l'appartement par trois notaires différents et l'agent immobilier m'avait gratifié de trois visites guidées virtuelles. J'avais acheté l'ensemble meublé, ce qui comprenait non seulement le mobilier, mais également la vaisselle, la verrerie et la literie.

— C'est… l'acte de propriété… Il est à mon nouveau nom. Ophélia Jameson-Davis. Ophélia leva des yeux plein de larmes vers moi. Pourquoi tu as fait ça ?

— Je voulais t'offrir quelque chose.

Un sentiment d'amour grisant me parcourut tout entier.

— Tu trouvais qu'un million de dollars ne suffisaient pas ? Les larmes continuaient de voiler ses beaux yeux verts.

— Ce sera cinq millions… au final. Et non, ce n'est pas assez. Tu m'as aidé à signer un contrat qui va me rapporter cinq millions de dollars à la journée, si ce n'est plus. Avec la publicité que notre mariage génère, les quelques heures que nous avons passées ici m'ont probablement déjà rapporté l'équivalent de la somme que j'ai versée pour cette maison ; ce qui veut dire que tu l'as déjà payée. Je sais que je t'ai préservée des médias, mais il s'avère qu'on est plutôt célèbres. La rumeur court que tu es enceinte, et c'est pour ça que j'ai tant précipité le mariage. Mon agence de relations publiques a déclaré à la presse que le choix d'une cérémonie minimaliste t'était revenu. Une décision judicieuse en cela qu'elle a permis de faire taire les qu'en-dira-t-on te présentant comme une femme vénale. En plus de ça, des preuves que notre mariage n'a coûté en tout et pour tout que cinq cents trente-neuf dollars ont été publiées. L'opération s'avère un réel profit pour mon business, révélai-je en lui souriant amoureusement. La maison est à toi maintenant. Je tenais à ce que tu puisses garder quelque chose de moi, quelque chose qui ne serait pas de l'argent.

— Je n'ai besoin de rien de ta part, répondit-elle en baissant la tête.

— Pardon, je me suis mal exprimé. Je voulais dire, je tenais à t'offrir quelque chose de spécial, car tu es spéciale… et je ne sais pas quoi faire de toutes ces émotions intenses que tu me fais ressentir. J'utilise l'argent et les cadeaux pour dire « je t'aime » …

— Je ne sais pas quoi dire, balbutia-t-elle, abasourdie.

— Eh bien, je me contenterais d'un merci. Et si nous faisions le tour de ta nouvelle maison ?

Elle sourit à ma formule.

— Ma nouvelle maison, murmura-t-elle en prenant ma main. À Paris !

— Viens, je vais te faire visiter. Crois-le ou non, je n'ai même pas encore vraiment vu l'endroit, m'esclaffai-je tandis que nous jetions un œil dans les différentes chambres et testions la pression de la douche.

Nous restions en extase devant la vue du toit et des choses incroyables que l'endroit avait à offrir. Je me rendis soudain compte que la somme que j'avais investie n'était pas si élevée au vu du charme unique de la résidence, et qui plus est, dans ma ville préférée au monde. Ophélia était aux anges. Et lorsque nous ne n'utiliserons plus, j'embaucherais un agent de ménage pour l'entretenir ou Ophélia pourrait choisir d'en faire une location Airbnb pour s'assurer une source de revenu supplémentaire… C'est à ce moment-là que je pris l'ampleur de ce que cela voudrait dire. La notion de divorce me semblait totalement incongrue ; nous venions à peine de nous marier. Je trouvais la perspective même tout à fait odieuse. Je décidai de ne pas m'y attarder davantage et de simplement profiter de la joie dont Ophélia rayonnait.

Chapitre 24

Ophélia

J'étais bouleversée par le cadeau qu'Asher venait de m'offrir. L'appartement était tout simplement envoûtant et je l'adorais. Il n'était pas aussi somptueux et aussi richement décoré que le manoir d'Asher à Washington DC, mais l'endroit était élégant et spacieux sans être froid. Après notre tour des lieux, Asher et moi prîmes une douche avant de nous changer et de partir à l'exploration de la ville. Afin de lutter contre les éventuels désagréments du décalage horaire et d'éviter de somnoler pendant toute la durée du séjour, nous avions décidé de nous occuper et de rester éveillés jusqu'au soir. Après l'en-cas que nous venions d'avaler, nous avions opté pour un café et un dessert à partager dans un petit bistro du quartier. J'étais enchantée de visiter Paris en compagnie d'Asher ; sa personnalité toute entière semblait avoir changée. Il était d'humeur légère et facétieuse, et j'avais l'impression d'enfin percevoir l'homme derrière le masque.

— Quel est ton endroit préféré de la ville ? demandai-je en prenant une gorgée de mon espresso.

— Ici, dans ce café, avec toi, eut-il l'audace de répondre.

— Non, sois sincère.

— Mais je le suis. Il y a beaucoup d'endroits que j'aime dans cette ville, mais ce que j'apprécie tout particulièrement, ce sont les gens et la culture. Et être ici avec toi, à t'admirer dans la luminosité de la fin d'après-midi, en train de boire ton café avec cet air joyeux sur ton visage, je remarque que c'est ça mon endroit préféré au monde. D'ailleurs, si tu te retournes, tu verras les fenêtres de ta maison. Je crois que je chérirais ce moment pour toujours.

Son regard d'adoration aurait difficilement pu m'échapper.

— Tu peux être sacrément fleur bleue quand tu t'y mets ; je l'ignorais, plaisantai-je.

— Il y a énormément de choses que tu ignores sur moi, répliqua-t-il, son air affectueux toujours sur son visage.

— Je peux te poser une question ? J'étais sur le point de m'aventurer sur des territoires inexplorés.

— Vas-y. Son sourire devint légèrement plus réservé.

— D'accord, euh… est-ce que tes parents savent que nous sommes mariés ? demandai-je, décidant d'entamer les hostilités par des questions sur sa famille.

— Non, ils ne sont pas au courant et je ne suis de toute façon pas sûr que cela les intéresserait vraiment. Ils vivent sur une île hawaïenne et sont toujours très occupés à entretenir leur vie sociale. La seule raison pour laquelle ils ont eu un enfant, c'est que c'était la convention à l'époque. Lainey est celle qui m'a élevé. Thomas aussi, dans une certaine mesure, bien qu'il préfère se faire discret. C'est quelqu'un de plutôt solitaire, je pense que tu t'en es déjà aperçu. Les histoires qu'a racontées Lainey hier constituent sans doute mes meilleurs souvenirs d'enfance. L'argent ne fait véritablement pas le bonheur.

Et voilà, je m'en doutais. Il manquait d'affection et souffrait d'une solitude qui l'empêchait peut-être de se laisser aller à l'amour.

— Je suis désolée. Ton enfance a dû être terriblement triste. Tu connais déjà mon histoire ; nous ne sommes peut-être pas si différents. Toi et moi aurions pu bénéficier d'un peu plus de tendresse lorsque nous étions enfants. Peut-être que nous pourrions… je ne sais pas, nous soutenir l'un l'autre ? Je me hasardai à demander pour notre bien à tous les deux, bien que cela semblât risqué.

— Volontiers. Y a-t-il autre chose que tu souhaiterais savoir ?

J'étais sidérée qu'il me permette de l'interroger de cette manière.

— Est-ce que tu as déjà eu le cœur brisé par quelqu'un ? J'ignorais pourquoi je lui posais cette question, mais il me semblait déjà connaître la réponse.

— Non, jamais. Et toi ?

— À de nombreuses reprises, mais seulement parce que j'avais réussi à me persuader que ces types m'aimaient. Mais au final, ce n'était tout simplement pas le cas. Et c'est ça qui fait le plus mal.

J'avais fréquenté plusieurs garçons qui ne sortaient avec moi que pour mon apparence et qui m'avaient jetée dès qu'ils s'étaient aperçus que j'étais en réalité une intello.

— Et moi, est-ce que je peux te poser une question ? Ah, il était d'humeur joueuse. Pourquoi est-ce que tu désires tant avoir des enfants ?

— J'ai grandi enfant unique et bien que ma mère ait fait tout son possible, elle était loin d'être parfaite. Je veux pouvoir prouver que je ferais mieux qu'elle. Je veux danser avec mes enfants et jouer à la poupée Barbie, fabriquer du slime, lancer un ballon dans la cour, les câliner, les embrasser avant d'aller au lit. Je veux simplement avoir une famille.

— Ça a le mérite d'être franc. Il avait soudainement l'air désintéressé ; il devait vraiment détester les enfants.

— Il y a d'autres endroits que tu aimes à Paris ?

— Est-ce que tu es en train d'essayer de changer de sujet ? demanda-t-il, un léger sourire aux coins des lèvres.

— Je pense que c'est le bon moment. Je vois bien qu'à chaque fois qu'on aborde le sujet des enfants, l'atmosphère se tend et je dois admettre que ça m'attriste. Je euh… je préfère laisser le temps m'en apprendre plus sur toi. J'étendis ma main pour serrer doucement la sienne en signe de mea-culpa.

— Dans ce cas, revenons-en à mes endroits préférés. Le Louvre, le Sacré-Cœur, toutes les petites rues artisanales et les boutiques. Le musée Rodin… la nourriture, dit-il, le visage rayonnant.

— Je veux tout voir ! m'exclamai-je en souriant, impatiente d'explorer la ville qui détenait son cœur.

Le reste de l'après-midi fut passé à explorer les boutiques de Montmartre, pour finir dans un petit restaurant qui nous servit le vin idéal pour accompagner notre dîner. Puis nous errâmes dans les ruelles, profitant de la nuit pour admirer la ville lumière main dans la main, tandis que scintillaient la basilique du Sacré-Cœur du haut de sa colline et la tour Eiffel au loin. Nous étions les deux seules personnes sur Terre, le stress et le tumulte des jours précédents, selon toute vraisemblance, envolés. Envolées également mes préoccupations quant à notre mariage ou à la vie que nous mènerions une fois de retour à DC, je profitais simplement de sa compagnie.

J'étais tombée amoureuse d'Asher lors de notre séjour à Paris. J'ignorais si l'affection qu'il me portait s'intensifiait également de son côté, mais j'en avais la nette impression. Tous les matins, il se rendait au petit coffee shop du coin et ramenait deux cafés et quelques pâtisseries avant que je ne me réveille. Nous aurions pu aller au restaurant, bien sûr, mais prendre le petit déjeuner perchés au-dessus de la ville, faire l'amour et rester nus toute la matinée nous semblait une alternative bien plus plaisante. Nous fîmes des sorties, nous promenant des heures durant, visitant des musées, assistant à divers concerts et pièces de théâtre et appréciant nos moments ensemble pendant la journée afin de profiter de la nuit pour nous aimer dans toutes les pièces de cette maison qui m'était devenue si chère. Elle était mon sanctuaire et j'étais ravie d'y accueillir Asher.

Lorsque vint le jour où il nous fallut partir, j'avais la sensation de pleurer la perte d'un être cher.

— Je comprends pourquoi tu aimes tant cet endroit, dis-je en entourant mes bras autour de sa taille, l'attirant plus près de moi. Je n'ai aucune envie de partir.

Ses yeux étaient rivés sur le paysage en contrebas que nous adorions tant.

— Nous reviendrons. Il y a quelques affaires dont il faut que je m'occupe pour l'entreprise, mais dès que cela sera possible, nous reviendrons. Il semblait s'adresser davantage à lui-même qu'à moi, mais je pris sa promesse à cœur. Elle me donnait de l'espoir.

Au moins, nous étions sur la même longueur d'onde. Le trajet du retour se passa confortablement, sans incident notable, et pas seulement parce que nous bénéficions des avantages de la première classe, mais parce qu'il était là avec moi, à lire pendant que j'écrivais dans mon journal intime. Il laissa un œil y vagabonder à quelques reprises, mais cessa dès que je rouspétai. Lorsque la voiture nous déposa devant sa vaste résidence washingtonienne, j'étais heureuse de revoir Lainey et avais hâte de lui raconter toutes nos aventures, le cœur lourd néanmoins de retrouver cet endroit, théâtre de tellement de conflits.

Notre absence avait duré un mois, une période insuffisante pour apprendre à connaître un homme et tomber amoureuse de lui, mais au cours duquel Asher était malgré tout devenu le centre de mon monde. Nous avions fait absolument tout ensemble. Et de retour au manoir, je remarquai que son attitude avait changé durant notre séjour. Son téléphone ne cessa pas un instant de sonner, mais il ignora la plupart des appels, ne répondant qu'à celui incessant d'un interlocuteur visiblement dans l'urgence, tandis que Thomas transportait nos sacs à l'intérieur.

— JoBob, ma femme et moi venons tout juste de rentrer de notre lune de miel. Sa voix trahissait son irritation. Qu'est-ce qu'il y a de si pressant ? Il resta silencieux le temps que JoBob finisse de parler à l'autre bout de la ligne, la colère déformant progressivement les traits de son visage.

— Comme je vous l'ai déjà expliqué, le cryptage ne peut pas être piraté. J'ai assigné plusieurs de mes employés à votre cloud personnel afin qu'ils en contrôlent la sécurité, en opérant du re-cryptage si nécessaire et en vérifiant les différents logiciels de surveillance, également chargés de sa protection. Leur unique fonction est de s'assurer que vos partenaires et vous-mêmes puissent stocker des informations en toute confidentialité. Exactement de la même manière que les espaces de stockage que vous louez dans divers entrepôts et que votre casier souterrain. Vos espaces de stockages sont on ne peut plus sécurisés. Maintenant, si je peux me permettre une question, qu'est-ce que je cache pour vous exactement ? Parce que le contrat que j'ai établi stipule que si toutefois mon équipe décelait une quelconque activité illégale ou quoi que ce soit qui pourrait m'incriminer, moi ou mon entreprise, nous prendrions les mesures nécessaires pour assurer la sécurité du publique. Il avait l'air furieux.

Il patienta à nouveau pendant quelques minutes avant de raccrocher le téléphone, puis il leva les yeux vers moi. — Est-ce qu'il s'est passé quelque chose pendant notre absence ? Quelque chose qui concernerait JoBob ? me demanda-t-il.

J'avais passé le dernier mois dans une bulle avec lui. Je n'en savais pas davantage que lui sur ce qui avait pu se passer en dehors de Paris. — Enfin, chéri, comment pourrais-je le savoir ? dis-je en secouant la tête.

— Eh bien, il va falloir qu'on se renseigne. Utilise ton réseau, tes compétences journalistiques, peu importe ce que tu fais d'habitude pour obtenir tes scoops ; je veux savoir ce qu'il est en train de trafiquer.

J'étais sous le choc face à cette requête, Asher n'ayant jusque-là montré aucun intérêt pour les activités que menaient ses clients.

— Je m'y mets immédiatement. J'étais impatiente de me remettre au travail et de me sentir à nouveau dans mon élément.

Nous prîmes tout juste le temps de dire bonjour à Lainey avant d'aller chacun de notre côté. Asher avait probablement du travail à faire. Lorsque je rejoignis ma chambre, un nouveau MacBook Air, une imprimante ainsi qu'un écran géant et un iPhone dernier cri, encore plus sophistiqué que celui qu'Asher m'avait offert quelques semaines auparavant, m'attendaient. Il n'était même pas encore disponible sur le marché. Je l'utilisai aussitôt pour appeler Asher, dont le numéro était bien sûr déjà enregistré.

— Ouah… qu'est-ce que c'est que tout ça ? m'exclamai-je sur un ton plus enthousiaste que réellement réprobateur.

— J'ai commandé le matériel et organisé sa mise en place lorsque nous étions encore à Paris. Ça me désolait de te voir traîner ton petit carnet et tout noter à la main. J'avais l'impression d'être le monstre qui t'empêchait de t'adonner à ta passion. Maintenant, tu as tout ce qu'il te faut, mon amour, je te laisse opérer ta magie ! Je m'attendris au ton affectueux qu'il employa.

— J'adore ; merci, merci. Asher… Je… Non, mais rien en fait.

Je me retrouvai totalement incapable de finir ma phrase et de lui dire que je l'aimais, du moins pour l'instant. Il était terrifié par l'engagement et par les relations d'amour sincère, sans compter cette épineuse question concernant les enfants qui pendait toujours dangereusement au-dessus de nos têtes, si bien que j'abandonnai mon commentaire.

— Tu quoi, mon ange ? Il avait l'air si tendre et épris.

— C'est juste que… tu es une bien meilleure personne que ce à quoi je m'attendais. Je te remercie.

Je sentais les larmes me monter aux yeux et me hâtai de raccrocher, me mettant aussitôt à sonder le web, épluchant les blogs de mes informateurs à la recherche de renseignements sur les derniers rebondissements concernant JoBob.

Je m'attendais malgré moi à voir Asher apparaître à ma porte, mais il ne vint pas et je me mis au travail. J'explorai le moindre recoin d'Internet susceptible de m'en apprendre davantage sur JoBob et il ne faisait aucun doute que ce dernier trempait dans des affaires extrêmement louches, mais je ne parvins à trouver aucun détail l'incriminant directement parmi les accusations de blanchissement d'argent, d'implication dans des histoires de prostitution, de corruption dans des établissements de jeux et de disparitions suspectes. JoBob se révélait connecté à chacune de mes trouvailles par un ou deux degrés de séparation.

En réalité, la plupart des liens existants entre lui et ces affaires semblaient bénins, mais en fouillant dans les dossiers judiciaires, les contrats et les partenariats, je me rendis compte que JoBob avait joué un rôle conséquent dans la vie de toutes les personnes concernées. Il y avait cet éleveur de cochons du Montana, accusé de proxénétisme et de trafic d'humains, par lequel il se procurait des femmes sur l'ensemble du globe. Une enquête avait eu lieu et aucune femme n'avait été retrouvée sur sa propriété ; l'endroit comprenait néanmoins une immense grange vide, équipée de cabines qui semblaient avoir abrité des individus, au vu des restes de couchage présents, des débris de nourriture, des seaux contenant des excréments humains, et du chemiser en lambeaux que la police trouva sur les lieux.

JoBob était propriétaire de la majeure partie de la ferme et ainsi, un complice silencieux. Il avait refusé d'adresser les découvertes faites par les enquêteurs, clamant sa non affiliation dans les activités de la ferme et insistant sur le fait que le fermier était libre d'utiliser les lieux comme bon lui semblait tant que ses bénéfices restaient suffisamment élevés et que JoBob raflait sa part. Les registres de la ferme avaient été consultés, et l'argent semblait légitime. Le fermier avait quant à lui expliqué les trouvailles faites dans la grange abandonnée en déclarant qu'il y rassemblait vêtements, literie et nourriture dans l'intention d'en faire don à un foyer pour femmes qu'une tornade avait détruit une année plus tôt. Là encore, ses déclarations avaient été vérifiées, mais le tout demeurait suspect.

Pour un homme comme ce fermier du Montana, désireux de cacher des femmes, de l'argent et des combines transactionnelles, des services comme ceux que proposait Asher étaient du pain béni ; son entreprise s'occupait de tout dans une confidentialité absolue. Je découvris des dizaines d'histoires de ce type, toutes connectées à JoBob d'une manière ou d'une autre, et pire encore, ces partenaires commerciaux bénéficiaient du soutien de lobbyistes et de groupes d'intérêt, tous engagés dans la campagne électorale de JoBob. Un frisson parcourut ma colonne vertébrale à l'idée des magouilles obscures et crapuleuses que menait cet homme arrogant et bouffi, qu'Asher protégeait involontairement.

J'ignorais combien de temps je restai là, assise seule dans ma chambre à inspecter les différentes affaires et preuves, creusant les pistes qui se révélaient à moi, et je compris au fil de mes recherches les raisons qui poussaient JoBob à payer cinq millions de dollars par an pour bénéficier des services d'Asher. Mon cœur battait la chamade et l'angoisse me glaçait le sang à mesure que j'en apprenais davantage sur l'homme qui avait pris mon mari au piège.

— Coucou. Asher interrompit ma descente aux enfers de la corruption politique. Tu es partante pour une petite pause ?

Je me tournai pour lui faire face, à court de mots, et il comprit à mon expression que j'avais des choses inquiétantes à lui révéler. — Je devrais peut-être m'asseoir.

— JoBob trempe dans des affaires vraiment louches, Asher. Je pense qu'il est même complice d'activités sérieusement criminelles, et ton entreprise et celles pour lesquelles il travaille sont les endroits rêvés pour se cacher. Franchement, ça m'inquiète beaucoup.

J'avais décidé de ne pas y aller par quatre chemins.

— Le contrat légal qui nous unie le protège hormis en cas de soupçon raisonnable de ma part ou de celle de n'importe lequel de mes employés ; à partir de là, nous avons pour mandat de mener une enquête en interne et d'établir un rapport de nos trouvailles. Si tu suspectes JoBob de corruption, c'est mon devoir d'enquêter. En règle générale, je me moque pas mal des crimes mineurs dont peuvent être responsables mes clients, mais si JoBob met la vie d'individus en danger, je n'aurais aucun scrupule à fouiner dans ses affaires. Sans compter que maintenant que je t'ai épousée, ce sera beaucoup plus simple à faire, ironisa-t-il en m'envoyant un clin d'œil séducteur.

— En effet, dis-je avec sourire, soulagée. Qu'est-ce que tu comptes faire alors ? Je fis rouler ma tête sur mes épaules, ma nuque tendue après toutes ces heures passées sur une chaise à fixer l'écran de mon ordinateur.

— Je vais mettre l'un de mes gars sur le coup et le charger de pirater son compte iCloud. On verra bien ce qu'il y trouve. Il parcourut les quelques pas qui le séparaient de moi et se mit à masser mes épaules jusqu'à ce que je sente mes muscles se détendre. Pour le moment, nous allons manger et nous coucher avant que tu ne t'évanouisses sous la fatigue du décalage horaire, annonça-t-il, se penchant pour enfouir son visage dans mon cou et m'embrasser avec passion.

Je laissai retomber ma tête contre son épaule, savourant ses caresses. Ses mains connaissaient le moindre centimètre de mon corps et suscitaient en moi des émotions d'une intensité vertigineuse au moindre de leur contact sur ma peau brûlante.

Il pinça l'un de mes tétons fermement en prenant soin de ne pas me blesser, puis embrassa ma joue. — Allons dîner. Il m'entoura de ses bras musclés et me souleva de ma chaise. Je le laissai faire sans rien dire.

J'éprouvai brusquement le besoin pressant de sentir son corps sur le mien. Je mourrai d'envie de retrouver cette familiarité physique et de m'y abritée, vulnérable et sensible après la découverte des exploits criminels de JoBob.

Chapitre 25

Asher

Je n'avais pas été choqué par les découvertes qu'Ophélia avait faites à propos de JoBob ; en réalité, c'était précisément ce à quoi je m'attendais. J'étais bien plus perturbé par l'air horrifié sur le visage d'Ophélia. Elle méritait mieux que de devoir gérer ce type de stress. J'étais celui sans scrupules ; elle, en revanche, avait mené sa vie en tâchant de rester responsable et d'utiliser ses talents pour l'écriture et l'observation pour faire avancer l'humanité. Moi, je gagnais de l'argent puis le dépensais ; c'était là ma seule contribution à l'humanité. Tout ça me paraissait soudainement si futile et creux. Fournir des espaces de stockage et protéger la mémoire et les documents importants d'un individu me semblaient être un service préservant une certaine noblesse, mais mettre à disposition des lieux dans lesquels séquestrer des femmes dans le but de vendre leurs corps contre leur gré ou blanchir de l'argent, l'idée m'était insupportable.

Ma décision était prise, j'allais faire tomber JoBob, même si cela voulait dire tomber avec lui. Il devenait impératif que je me prépare à cette éventualité, mais rien ne m'importait plus que la femme que je serais dans mes bras à cet instant et que la fatigue et l'émotion avaient exténuée.

— Lainey nous a préparé un délicieux repas. D'ailleurs, je lui ai dit que nous avions appris à cuisiner certains plats piliers de la gastronomie française et que dès nous nous serions remis du décalage horaire, nous souhaiterions les inviter, Thomas et elle, à dîner. Tu aurais dû voir sa tête ; j'ai cru qu'elle allait s'écrouler sous le poids du choc. Mais elle a accepté notre offre, donc il ne va pas falloir nous louper. Je la redéposai au sol avant de prendre sa main. Après le dîner, tout le monde au lit.

Ses yeux étaient rouges et regardaient dans le vague. — Et tu promets de creuser cette histoire avec JoBob dès demain ? demanda-t-elle avec une naïveté attendrissante. Ses commentaires d'ordinaire vifs et sarcastiques dissimulaient une âme sensible et pure.

— Oui, c'est juré. Je serrai doucement sa main pour ponctuer ma promesse.

Ophélia n'avala pas grand-chose au dîner, mais nous avions si bien mangé en France qu'il lui aurait été impossible d'être affamée. Elle joua distraitement avec sa cuisse de poulet, puis finit sa salade et son verre de vin. Une fois le repas terminé, j'aurais voulu la porter jusqu'à son lit, mais je savais qu'elle refuserait et décidai donc de rester auprès d'elle, recherchant sa proximité.

Une fois déshabillés et nichés entre les draps, elle se retourna vers moi et je déposai un baiser sur les lèvres. Malgré sa fatigue, je brûlais d'envie de lui faire l'amour, de lui rappeler que j'étais là pour elle si elle avait besoin. Rien de ce que nous étions sur le point d'affronter ne pourrait nous éloigner l'un de l'autre. Je la serrai tout contre moi, l'embrassant à nouveau.

— Je t'aime, déclarai-je presque involontairement, mais c'était la première fois que je verbalisais mes sentiments envers elle et la sensation était bouleversante. J'aime tout chez toi, ajoutai-je.

J'enfouis mon visage dans son cou pour l'embrasser, savourant le velours de sa peau et son odeur si caractéristique. Mon érection se fit sentir entre nos deux corps et malgré sa fatigue, elle pressa ses hanches contre moi, intensifiant mon désir. Je soulevai l'une de ses jambes et l'enroulai autour de ma taille tandis que ma bouche entamait sa descente vers sa poitrine. Tandis que mes lèvres stimulaient les pointes durcies de ses seins, je laissai mes doigts parcourir les formes délicieuses de son corps jusqu'à ce qu'ils plongent en elle et qu'elle se cabre.

— Asher, murmura-t-elle, cherchant désespérément le contact. Elle resserra ses bras autour de mon cou, se lovant au plus près de mon corps, déjà au bord de son premier orgasme de la soirée. Je n'ai pas mon diaphragme, balbutia-t-elle.

— Ne t'en fais pas ; je me charge de tout, lui assurai-je.

Je tenais à ce que nous prenions nos précautions et elle s'était tenue au moyen de contraception pour lequel nous avions opté, mais après notre longue journée de voyage et de recherches intenses, remettre son diaphragme en place n'avait pas été sur sa liste des priorités. J'envisageai l'espace d'un instant d'aller fouiller dans son sac pour le trouver, mais je décidai plutôt d'opter pour me retirer le moment venu. Ophélia était dans un état d'extase tel qu'elle n'objecterait sans doute pas. Son corps se tortillait sous le mien avec fougue, et lorsque mon pouce trouva enfin son clitoris, je la sentis exploser sous la puissance de de son orgasme. Je ne me lassais pas de l'expression de son visage lorsqu'elle était sous l'emprise du plaisir. C'était une femme d'une beauté indéniable, mais la vulnérabilité et la confiance qui s'emparaient de ses traits dans ces moments d'intimité étaient irrésistibles.

Elle se mordit la lèvre, gémissant mon prénom. — Oh mon dieu, Asher. Puis elle se raidit et rejeta la tête en arrière, laissant le plaisir déferler par vagues à travers son corps.

— À ton service, dis-je sur un ton taquin, prenant aussitôt place entre ses jambes ; la vision d'Ophélia lâchant prise sous mes caresses avait décuplé mon désir.

Elle me guida en elle et tous mes soucis semblèrent s'évanouir. Je me perdis tout entier dans sa douceur et sa beauté. Ses jambes s'écartèrent encore davantage pour me permettre l'accès et je m'allongeai sur elle, soudant mon corps au sien. Puis je m'emparai de sa bouche, laissant mes hanches aller et venir contre elle jusqu'à ce que je la sente se contracter violemment autour de moi. Son plaisir attisa à nouveau le mien, me transformant en véritable boule d'énergie sexuelle ; j'accélérai la cadence, ne pouvant retenir mes râles tandis que je m'aventurais toujours plus profondément en elle. Je n'avais aucune envie de quitter la chaleur et l'étroitesse de son corps. Je savais qu'il y avait un risque qu'elle tombe enceinte si je finissais en elle, et je n'avais eu de cesse de répéter que je ne voulais pas d'enfants, mais avec elle… pourquoi pas ?

— Je vais jouir, annonçai-je dans un râle, et elle ouvrit les jambes pour me libérer.

Je me retirai à temps et nos corps épuisés s'écrasèrent l'un contre l'autre. Puis, tandis qu'elle reprenait silencieusement son souffle, je me levai pour aller chercher une serviette humide dans la salle de bain pour nous nettoyer. Lorsque je revins dans la chambre, elle était toujours allongée sur le lit, le regard errant vers le plafond. Je me demandai ce qu'il pouvait bien se passer dans la tête de cette brillante créature.

— À quoi penses-tu ? demandai-je en passant la serviette sur son abdomen.

— À un million de choses, répondit-elle calmement.

— Je m'en doutais. Une fois terminé, je repris place à ses côtés. Tu veux parler de celles qui te préoccupent le plus ? proposai-je, une main caressant la peau encore brûlante de son bras.

— J'étais en train de me demander, si tu perds ton contrat avec JoBob, quel impact cela va-t-il avoir sur ton activité ? Je trouvai adorable qu'elle s'inquiète autant pour moi et pour le bien-être de mon entreprise.

— Ça dépend. S'il engage des représailles, j'imagine que ça ne sera pas bon pour moi, mais si je découvre qu'il utilise mes services pour cacher des activités illégales, j'aurais suffisamment de matière pour faire pression et l'empêcher de salir mon nom. Il a la police dans la poche, mais pas le FBI, donc s'il quitte Washington ou le pays, je sais que le FBI s'en mêlera. Dans le pire des scénarios, mon entreprise souffre trop pour que je puisse rattraper le tir, auquel cas il ne nous restera qu'à tout plaquer et à emménager à Paris. On pourrait vivre sur ton salaire de journaliste. Je ne pense pas que l'on manquera un jour d'argent. Je me rapprochai d'elle pour la prendre dans mes bras. Quoi d'autre ?

— Et si tu ne t'étais pas retiré à temps ? murmura-t-elle.

Il y avait une très légère chance que ce soit le cas. J'étais dans un tel état d'extase que j'avais agi au dernier moment et il était possible qu'une quantité même infime de mon sperme se soit retrouvé en elle. Nous avions vraiment joué avec le feu.

— Eh bien, j'en assumerais les conséquences. Je haussai les épaules, préférant ne pas m'attarder sur le sujet.

— Si j'étais enceinte ? Elle se mit à trembler et semblait même au bord des larmes. Elle resta muette l'espace d'un instant, visiblement en plein effort pour reprendre le contrôle de ses émotions.

— Je t'écoute. Je caressai son dos dans l'espoir de l'apaiser.

— Je crois que je voudrais garder le bébé, chuchota-t-elle. Je refuserais de me faire avorter. Ses yeux se remplirent de larmes.

— Et je ne te forcerais pas à le faire, répondis-je avant de remonter la couverture sur son corps tremblotant. Il est temps de dormir ; la journée a été longue et tu es épuisée. Tout ira mieux demain matin. Je déposai un baiser sur sa tempe. Je t'aime, lui rappelai-je.

Elle se blottit contre mon torse, puis murmura, — Je t'aime aussi.

Le calme qui régnait dans la chambre était loin de rendre l'importance du moment. Le lendemain matin, je décidai de la laisser dormir et de filer au bureau sans la réveiller. Je me sentais terriblement nerveux. Il y avait de grandes chances que je découvre quelque chose qui ne me plaisait pas au cours de mon enquête sur ce que JoBob et son réseau de cosignataires avaient stocké. La seule chance qui me restait de survivre à cette situation, c'était de lancer l'alerte et de prier pour que mon entreprise résiste au tumulte des événements qui suivraient.

— Crispin. J'entrai dans le bureau de mon spécialiste du renseignement en toquant à peine à sa porte.

Au vu de sa réaction, Crispin l'informaticien ne s'attendait pas à ce que je fasse un jour irruption dans son antre. Il avait l'air de quelqu'un qui venait de faire dans son pantalon.

— M. Davis ? bafouilla-t-il.

— J'ai besoin que vous piratiez l'espace de stockage au nom de Rails, ordonnai-je sans introduction.

— Je ne peux pas violer le système de sécurité ; nous sommes contractuellement tenus d'assurer l'anonymité de Rails.

Le pauvre transpirait visiblement ; il venait tout juste d'être promu pour surveiller ce compte.

— Seulement s'il exerce ses activités dans la légalité la plus totale. Et je suspecte que ce n'est pas le cas. Je peux obtenir une assignation à comparaître, mais vous allez d'abord devoir vous assurer que tout est bien en ordre parce qu'ils ne vont épargner aucun détail, dis-je sur un ton que j'espérais menaçant.

J'avais laissé passer bien trop de choses.

— Et si je trouve un truc pas clair ? Crispin était vraiment en train de se faire dessus maintenant.

— On verra à ce moment-là… Lancez une recherche, qu'on sache à quoi on a affaire. J'attrapai une chaise, la fit glisser jusqu'au bureau de Crispin et pris place à côté de lui.

Nous passâmes la journée entière à éplucher des dossiers, scannant la moindre information, pour finalement découvrir les preuves de délit d'initié, d'activité frauduleuse de figures politiques, de pots-de-vin versés aux femmes qu'avait fréquentées JoBob et de l'existence d'un enfant illégitime dont il avait caché l'identité. Pire encore, certains restaurants honky tonk semblaient générer beaucoup trop de profits pour des commerces dédiés à la vente de viande grillée et à l'organisation occasionnelle de soirées karaoké. La Spéciale du vendredi soir avait lieu dans chacun de ces établissements et générait des millions de dollars. En m'attardant sur leurs adresses, je m'aperçus que tous avaient un lien avec la fiducie immobilière de JoBob.

— Voilà qui est intéressant, déclarai-je après avoir découvert la dimension ultra lucrative de ces Spéciales du vendredi soir.

— Nous ne pouvons utiliser aucune de ces informations. Il faut que je recrypte le serveur. Crispin sillonnait dangereusement la ligne de crête, à deux doigts de sombrer du mauvais côté de l'affaire en cours.

— Bien sûr qu'il vous faudra le recrypter, mais après avoir copier l'intégralité des dossiers incriminants et les avoir transférés sur mon compte avant la fin de la journée, sans quoi je ferais en sorte que votre nom soit mentionné dans les enquêtes potentielles à venir. Je lançai un regard noir dans sa direction jusqu'à ce qu'il cède.

— Bien reçu. Non, vous avez raison, il faut exposer tout ça à la lumière. Je vais copier les dossiers et je vous les envoie aussi rapidement que possible. Il ne tremblait plus, mais restait malgré tout pâle comme un linge.

— Oh, j'espère sincèrement que par « aussi rapidement que possible », vous entendez « aujourd'hui, avant dix-sept heures », ajoutai-je, mon regard noir toujours en place.

— Oui, c'est ce que je voulais dire, balbutia-t-il en baissant la tête, le nez sur son clavier.

— Très bien, je vous laisse travailler dans ce cas, dis-je avant de quitter son bureau.

Je reçus les dossiers dans ma boîte mail dans l'heure qui suivit. Je décidai donc de rentrer à la maison, où je trouvai Ophélia, le visage collé à son écran d'ordinateur, une grande tasse remplie de thé à côté d'elle sur son bureau. Je la trouvai adorable, assise là, les cheveux en bataille, dans un jean simple et un t-shirt uni.

— Sur quoi tu travailles ? demandai-je en déposant un baiser sur le haut de son crâne.

Elle sursauta à mon contact, trop perdue dans ses réflexions pour m'entendre entrer.

— Oh, tu m'as fait peur, s'exclama-t-elle, les joues rosies par la surprise. J'ai continué un peu mes recherches et là je tape mes notes écrites sur un traitement de texte. Merci encore, d'ailleurs ; je l'adore, dit-elle en caressant doucement son ordinateur.

— J'espère que tu m'aimes plus quand même. Je l'embrassai à nouveau.

— Pas sûr, plaisanta-t-elle.

— Tu m'aimeras plus quand je t'aurais raconté tout ce que j'ai découvert de mon côté. Mets tes chaussures. Et pas la peine de te changer, je t'emmène dans un bar honky tonk pour la Spéciale du vendredi soir. J'espérais vraiment que mon ton rendait le ridicule de la situation.

— Vraiment ? Un bar honky tonk ? Tu sais comment impressionner une fille, toi, dit-elle, sa langue logée dans une joue pour l'empêcher de sourire.

— Ça devient impressionnant si l'on prend en compte le fait que nous sommes sur le point d'infiltrer un établissement pour mener l'enquête, répliquai-je avec un clin d'œil.

— Qu'est-ce que tu crois qu'on va y trouver ? J'avais réussi à avoir son attention.

— Je ne suis pas sûr, mais je pense que ça vaut le coup qu'on y fasse un tour. J'ai bien l'impression qu'il s'y passe quelque chose de compromettant.

— Je serai prête dans cinq minutes. Elle se leva de sa chaise et partit se rafraîchir.

J'étais conscient que nous faisions ce qui était juste, mais malgré tout, mes paumes étaient humides et mon cœur battait la chamade. Je n'avais jamais trahi un client auparavant, mais il y avait beaucoup trop en jeu cette fois-ci pour que je ferme les yeux. Si JoBob remportait les élections, et que les soutiens dont il bénéficiait s'avéraient frauduleux, le pays tout entier serait en danger. Je le devais à Ophélia et à notre nation d'investiguer les cas présumés de corruption dans lesquels était impliqué JoBob.

Chapitre 26

Ophélia

Le sentiment d'enfin faire le travail que j'avais toujours voulu exercer était exaltant. Exposer la corruption qui gangrénait toujours plus la société et informer le monde de la diversité que renfermait l'expérience humaine, voilà les raisons qui m'avaient poussée à entrer dans le monde du journalisme. J'avais tenu un journal depuis notre séjour à Paris, observant Asher et les changements que je voyais s'opérer en lui. Il était devenu plus doux, plus attentionné, plus généreux dans l'affection qu'il me portait. Il s'était mis à me consulter avant de prendre une décision et pour la première fois depuis qu'il m'avait kidnappée, j'avais l'impression d'être sa partenaire. Je pensais que de retour à Washington DC, il allait reprendre ses mauvaises habitudes et se comporter à nouveau comme un idiot, mais je m'étais trompée. Et voilà que maintenant, nous enquêtions sur une situation qui allait peut-être le ruiner, mais il semblait avoir pris l'ampleur de ses responsabilités et était prêt à assumer les conséquences de nos actes.

— Tu es certain de vouloir faire ça ? demandai-je, tandis que notre chauffeur s'arrêtait au niveau d'un bâtiment d'aspect modeste devant lequel s'accumulaient les voitures de luxe.

— Absolument, répondit-il avec une conviction telle qu'il parvint à me rassurer. Pourquoi diable des individus disposant de suffisamment de moyens pour s'acheter des véhicules de luxe et se faire conduire par des chauffeurs viendraient passer la soirée dans un troquet miteux comme celui-ci ? Les traits de son visage se serrèrent en une grimace tandis qu'il étudiait la question. Nous sortîmes de la voiture avant de nous diriger vers la queue qui s'était formée devant l'établissement.

— On dirait bien que la Spéciale du vendredi soir en vaut la chandelle, dis-je sur le ton de la plaisanterie, bien que le stress me gagnât à mesure que nous approchions de l'entrée.

Un videur d'aspect costaud vérifiait l'identité des clients en comparant leur papier avec une liste de noms sur laquelle nous n'allions bien sûr pas apparaître. Je levai les yeux vers Asher ; malgré mes talents de caméléon, j'étais en compagnie d'Asher et il était impossible pour nous de passer inaperçus.

— Je m'en charge, dit-il, voyant mon inquiétude.

Alors que nous arrivions devant le videur, le sourire sur le visage d'Asher s'étira et il fit tout à coup preuve d'un charisme inhabituel. — Bonsoir. Asher Davis, déclara-t-il, l'air impassible.

— Bonsoir, M. Davis. L'homme baissa la tête, parcourant sa liste des yeux. Puis il releva son regard vers Asher. J'ai bien peur que vous ne soyez pas sur la liste, M. Davis. Sa voix était calme et régulière.

— C'est tout à fait normal, je viens seulement d'appeler, rétorqua Asher en le fixant du regard.

— Puis-je vous demander à qui vous avez parlé ? Le videur sortit son portable de sa poche. La liste est générée aléatoirement. Personne ne peut appeler pour y apparaître.

— JoBob Rails nous a invités.

Le videur se saisit aussitôt de son talkie-walkie. — J'ai un certain Asher Davis accompagné d'une invitée, précisa-t-il dans l'appareil.

— Quel est le problème ? Asher devenait visiblement agité et sa voix se durcit.

— J'attends simplement que la sécurité me donne le feu vert, M. Davis ; ça ne devrait prendre qu'un moment. Toutes mes excuses pour le délai.

Comprenant que le videur n'avait aucune intention d'appeler JoBob, Asher tenta la menace. — Est-ce qu'il va me falloir appeler JoBob moi-même ? Il est inadmissible que ma femme et moi devions attendre de la sorte.

Je remarquai qu'Asher était presque aussi bon acteur que moi.

— Non, ça ne devrait prendre que…

— Tout est ok, l'interrompit la voix grésillant à l'autre bout du talkie-walkie.

— Vous pouvez y aller. Je vous souhaite une très bonne soirée, annonça enfin le videur en décrochant la chaîne afin de nous permettre l'accès.

Bien que le restaurant eût un aspect extérieur miteux, l'intérieur bénéficiait d'un éclairage tamisé et d'une décoration sobre, mais élégante.

— Bonsoir. Un agent de sécurité vêtu un costume noir s'approcha de nous. Je vais vous demander vos téléphones portables ainsi que vos clés, s'il vous plaît. Il ouvrit un coffre personnalisé afin que nous y placions nos effets.

— Est-ce vraiment nécessaire ? demanda Asher, l'agacement toujours perceptible dans sa voix.

— Ce sont les règles de la maison. Pas de téléphones, pas d'armes, pas de clés. Tous vos effets vous seront rendus à la fin de la soirée. Mon sang se glaça ; il se passait à l'évidence des choses pas très claires dans ce bar.

— Nous ne resterons pas toute la soirée, aboya Asher.

— Dans ce cas, je vais vous procurer un ticket afin que vous puissiez récupérer vos affaires au moment où vous déciderez de partir.

Il n'y avait visiblement aucun moyen de contourner la règle ; nous allions devoir nous y soumettre.

— Très bien. Asher déposa son téléphone dans la boîte, et je me séparai également du mien à contre cœur. Nous n'avons pas de clé ; j'ai un chauffeur, et aucun de nous deux ne dispose d'armes. Le ton monotone d'Asher en disait long sur le niveau de colère qu'il avait atteint.

— Je dois tout de même vérifier. Veuillez lever les bras. Il mima le geste et tendit ses bras à l'horizontal pour former un T.

Là encore, nous n'eûmes d'autre choix que d'obtempérer sous peine de nous voir refuser l'entrée. Il utilisa un détecteur de métaux ainsi que ses mains pour vérifier que nous ne portions effectivement aucune arme, et le moins que l'on puisse dire, c'est qu'il était méticuleux ; l'expérience se révéla particulièrement inconfortable. Asher dut se retenir pour ne pas lui asséner un coup de poing au moment de me palper, mais le regard que je lui jetai l'arrêta net. Il était impératif que nous apprissions ce que cachaient ces soirées, et il n'était pas question que sa jalousie nous trahisse.

— Bonne soirée à vous, déclara l'agent avant de verrouiller la boîte et de confier le ticket à Asher. Les salles dorées seront sur votre droite et les salles noires, sur votre gauche, ajouta-t-il, indiquant de sa main les directions à prendre.

Il ne nous donna aucune information supplémentaire et lorsque nous nous fûmes éloignés de l'agent de sécurité, Asher poussa un long soupir. — Je crois qu'on ne va pas aimer ce qu'on va voir. Reste près de moi. Tu préfères qu'on commence par quel côté ? demanda-t-il, son sourcil froncé trahissant son inquiétude.

— Toujours viser l'or, plaisantai-je dans l'espoir d'atténuer la tension de la situation.

Ce que nous découvrîmes ce soir-là nous donna le tournis. Les Salles Dorées, comme ils les appelaient, contenaient une série de kiosks où un intendant était chargé de récupérer les mises ainsi que les informations bancaires des clients pour parier sur des « services ». Le menu ressemblait à ceux fournis dans les salons de massage, le « Confort Doré », à dix mille dollars, étant le service proposé le moins cher. Le service le plus cher s'intitulait la « Vie Dorée » et s'élevait à dix millions de dollars.

Nous n'avions aucune idée de ce pour quoi Asher payait lorsqu'il demanda le pack « Confort Doré », mais nous fûmes aussitôt escortés derrière le kiosk, jusqu'à une salle de fortune contenant un large lit. À l'intérieur nous attendait une femme portant une robe dorée transparente.

— Maître, maîtresse… dit-elle, ponctuant son accueil d'un hochement de tête poli.

— Asher, on ne peut pas faire ça, murmurai-je, la nausée s'emparant de moi.

— Parle-lui. Asher s'assit sur le bord du lit. C'est à toi de jouer.

La pièce, qui n'était rien de plus que quelques rideaux tendus et reliés entre eux, contenait également de l'eau, une bouteille de vin et un saladier rempli de préservatifs posés sur une petite table.

— Ça vous dérangerait de vous asseoir ? demandai-je en désignant la chaise de la main. J'ai quelques questions à vous poser.

— Bien sûr, maîtresse. La jeune femme, une blonde aux cheveux longs et au corps svelte, s'approcha de la table et prit place en face de moi.

Le matériau de sa robe était si transparent qu'il révélait son corps nu. Elle marchait avec une précision robotique qui me fendit le cœur. Cette femme n'avait probablement pas choisi la retenue et le contrôle dont elle faisait preuve à chacun de ses mouvements.

— Vous êtes ici de votre propre gré ? commençai-je, le cœur tremblant.

— Je suis ici pour vous servir. Elle baissa la tête et je compris que c'était ce qu'elle avait été conditionnée à répondre.

— D'accord, je vais reprendre avec des questions plus simples, si vous me le permettez. Quel est votre nom ?

— Je répondrais à peu importe la manière dont vous souhaitez m'appeler. Son regard était toujours rivé sur le sol.

— Depuis combien de temps faites-vous cela ?

— Depuis toujours, répondit-elle.

— Est-ce un fantasme que vous appréciez réellement ? Touchez-vous un salaire ? Je rapprochai ma chaise de la sienne.

— J'apprécierais tout ce que vous me ferez. Vous trouverez un coffre contenant plusieurs objets que vous pouvez utiliser. La douleur ne me dérange pas ; et nous avons une infirmière à disposition sur le site. Vous pouvez me faire ce qu'il vous plaira tant que cela ne me fragilise pas de façon permanente ou ne me tue.

— Savez-vous si l'endroit est équipé de caméras ? Elle leva les yeux légèrement vers moi, puis les dirigea vers un coin de la pièce où j'aperçus effectivement une caméra.

— Si je voulais vous ramener chez moi, est-ce que cela me serait permis ? demandai-je dans l'espoir de trouver un moyen d'obtenir des réponses moins cryptées.

— Si vous souhaitez que je vienne avec vous, il vous faudra acheter le pack « Vie Dorée », répondit-elle d'une voix fluette.

— Combien de temps ce pack me permettrait-il de vous garder ? Je me concentrai sur ma respiration pour ne pas me laisser emporter par la colère et la peur.

— Aussi longtemps que vous le souhaitez.

— Un jour, deux jours ?

— Pas en général.

— Combien de temps alors ?

— Il faut plutôt compter en années… Sa voix n'était plus qu'un murmure.

— Que se passe-t-il dans les salles noires ?

— Tout ce que vous souhaitez.

— C'est-à-dire ? Pourriez-vous me donner un exemple ?

— Des jouets.

— Quels genres de jouets ? Des sextoys ? Des fouets ? Des couteaux ?

— Tout ce qui vous ferait plaisir, maîtresse.

Je faillis vomir.

— Et concernant la drogue ? Me serait-il possible d'en utiliser ou de vous en administrer ?

— Je suis là pour vous servir.

— Si je décidais de partir maintenant, que se passerait-il pour vous ?

— Je serais… interrogée sur les raisons de votre mécontentement, puis réassignée autre part.

— Et si je laissais mon mari ici avec vous et partais faire un tour en voiture ? Est-ce que je pourrais ramener quelque chose ? Quelque chose qui nous procurerait encore plus de plaisir ?

— Vous trouverez ici tout ce dont vous pourriez avoir envie. Vous n'êtes pas autorisée à quitter les lieux. Si vous souhaiter qu'une personne supplémentaire nous rejoigne, vous pouvez acheter un autre pack « Confort Doré » ; nous disposons de liens, de sextoys et d'autres accessoires dédiés à votre plaisir. Si vous souhaitez quelque chose de permanent, cela peut également être arrangé.

— Quoi, comme un tatouage ?

— Oui, ou quelque chose de plus… Elle était au bord des larmes, terrifiée à l'idée que nous puissions choisir d'emprunter cette voie.

Je regardai Asher. Il se leva, et je n'étais d'abord pas sûre de ce qu'il allait faire, mais je compris soudain. — Je reviens, dit-il, nous laissant seules quelques instants.

— Souhaitez-vous que je me déshabille ? demanda la jeune femme dès qu'Asher fut parti.

— Est-ce que vous avez d'autres vêtements ? Quelque chose qui serait plus adapté pour se promener dans la rue, par exemple.

— Souhaitez-vous que je me déshabille ? Ou préférez-vous que je mette d'autres vêtements afin que vous me les ôtiez ? Agh, tout ça me dégoûtait.

— Partons pour la deuxième option.

— Dans ce cas, oui, j'ai d'autres vêtements.

— Changez-vous, s'il vous plaît. Je vous attends.

Je détournai la tête de sa silhouette disparaissant derrière un rideau, duquel elle resurgit bientôt vêtu d'un haut dangereusement court et d'un mini short en jean. Au moins, l'ensemble n'était pas transparent.

Asher revint environ une demi-heure plus tard. — Ok, la voiture est en chemin.

De sa main pendaient une laisse de couleur dorée et une chaîne que je refusai de regarder. Je restai auprès de la jeune femme qui ne nous avait toujours pas révélé son nom et d'Asher. La voiture arriva et le chauffeur nous ouvrit aussitôt la porte. Asher se glissa le premier sur la banquette arrière, puis la jeune femme, et enfin moi. Dès que la porte fut fermée, j'entamai mon interrogatoire.

— Vous étiez retenue là-bas contre votre gré ? demandai-je.

Elle resta d'abord muette, des larmes s'accumulant silencieusement dans ses yeux.

— Répondez-nous s'il vous plaît, implora Asher. Je viens de payer dix millions de dollars et de signer un contrat qui me rend malade. Si vous aimez ce genre de choses et que je viens de faire un don à un groupe de participants consentants, je m'en remettrais, mais si vous y étiez retenue contre votre gré, nous nous rendons directement à la police pour faire fermer ce trou ce soir. Mais vous devez être honnête avec nous. Je ne vous jugerai pas quoi qu'il arrive, intervint Asher, utilisant ce ton ferme qui le caractérisait et qui sembla fonctionner.

— Je pensais que c'était ce que je voulais au début. Mais… la plupart des femmes qui travaillent là-bas le font contre leur volonté, dit-elle enfin, sa voix si ténue qu'il était difficile de l'entendre.

— Est-ce que vous étiez autorisée à partir quand vous le vouliez ? demandai-je. Par exemple, si vous n'aviez pas eu envie de rester ce soir, auriez-vous pu partir ? Pourriez-vous même partir maintenant ?

— Non.

— Que se passerait-il si vous décidiez malgré tout de le faire ? Je commençais à sérieusement m'inquiéter pour les femmes que nous venions de laisser dans ce bar et pour toutes celles qui devaient endurer les Spéciales du vendredi dans le pays entier. Que feraient-ils ?

Les yeux fixés sur un point tout droit devant elle, sa voix d'automate répondit, — Si c'était ma première fois, je serais punie, mais sans laisser de traces visibles, même nue. Ils utiliseraient l'électricité. On me donnerait des pilules et me forcerait à ne servir que les clients les plus dépravés jusqu'à ce qu'on m'autorise à servir à nouveau des gens de votre standing. Et si je récidivais, je ne sais pas. Je ne l'ai fait qu'une fois, nous confia-t-elle, toujours sur le murmure.

— Nous allons à la police. Asher toqua à la vitre qui nous séparait du chauffeur jusqu'à ce qu'elle s'abaisse. Emmenez-nous au commissariat le plus proche.

Nous roulâmes du bar jusqu'à la station de police où nous passâmes la nuit. Il était presque deux heures du matin lorsque les officiers firent irruption dans l'établissement et la plupart des clients étaient déjà partis. Les quelques domestiques toujours présents affirmèrent qu'ils n'étaient en aucun cas forcés. La situation dans laquelle nous nous retrouvions était délicate et coûta une somme d'argent astronomique à Asher. Mais alors que la police se retirait, l'une des femmes trouva le courage de nous livrer qu'elles avaient toutes été enlevées dans différentes petites villes américaines. Certaines d'entre elles étaient prostituées et aucune ne travaillait dans cet établissement de son plein gré ; on vendait leurs services sans qu'elles puissent objecter. C'étaient là toutes les informations dont nous avions besoin.

La femme que nous avions secourue s'appelait Kathryn. Au cours des semaines suivantes, Asher récupéra son argent et plusieurs des habitués ainsi que le propriétaire du bar furent arrêtés. L'Office central pour la répression de la traite des humains intervint, et les femmes qu'ils trouvèrent furent libérées et dédommagées afin qu'elles puissent reprendre le cours de leur vie. Kathryn nous remercia de l'avoir aidée à s'échapper, ayant été captive pendant plus d'un an. Les ravisseurs se rendaient d'un établissement malfamé à un autre pour essayer au mieux de ne pas attirer l'attention, puis établissaient une liste des noms à soumettre au tirage au sort afin de gagner un laisser-passer pour la soirée de leur choix. Les clients venaient des quatre coins du monde pour participer. Chaque menu ne contenait que trois options par événement : une nuit, une semaine ou une période indéterminée avec une femme. La Salle Noire était une boutique qui vendait des sextoys et des accessoires grotesques, ainsi que différentes drogues à utiliser sur les femmes pour lesquelles les clients avaient payé. Bien que JoBob fût le propriétaire de ces établissements, on ne pouvait le porter responsable de l'achat et de la vente de ces femmes.

Asher mit au jour de nombreuses informations supplémentaires, dissimulées dans l'iCloud appartenant à JoBob, notamment les noms et données personnelles des femmes enlevées. Après une enquête plus approfondie, il découvrit que JoBob avait acheté le silence de certaines d'entre elles. J'admirais la démarche d'Asher d'exposer toute cette affaire. Nous avions recensé une centaine de victimes dont le sort pouvait être directement relié à JoBob, mais seulement vingt-neuf d'entre elles avait accepté de témoigner. Je comptais m'entretenir avec chacune et recueillir le moindre détail de leurs récits sordides.

— Comment avancent ces articles ? demanda Asher tandis que nous nous glissions entre les draps.

— J'ai presque terminé. J'aurais bientôt ce qu'il faut pour publier le premier numéro de *Truth Magazine*, qui mettra en avant les femmes que j'ai pu interviewer. Je commence à soupçonner JoBob de tremper dans bien des affaires louches. Certains des témoignages que j'ai recueillis l'incriminent directement et pourraient nous mener à d'autres récits tout aussi accablants, mais je ne peux simplement pas tout révéler dans le premier numéro. J'étais stressée, mais confiante et motivée.

— Tu es incroyable, ma chérie. Concentre-toi sur cette première publication, en mobilisant tes talents, ta compassion et ton expertise. Nous sommes sur le point de révéler au monde quelque chose de capital et si j'ai bien une certitude, c'est que tu es capable de le faire. Asher enroula ses bras autour de moi.

— Tu es vraiment, vraiment sûr de vouloir commencer ton propre magazine ? demandai-je, consciente des dépenses que ce choix impliquait.

— Je suis déjà propriétaire d'un magazine en ligne pas très connu et principalement suivi par un groupe d'intellos, et d'un autre dédié à l'entreprenariat, dont je n'ai pas lu un article depuis des années. Notre revue, *Truth*, sera mon premier succès journalistique et je t'aime encore plus du fait que c'est toi qui rends cela possible. Tout avait l'air si facile avec lui. J'ai un réseau de plusieurs millions de contacts en ligne. Il nous faudra recruter un graphiste, sachant que le magazine restera numérique à ses débuts. Dès que tu auras terminé et qu'un éditeur aura révisé le premier numéro, je le diffuserai à tous mes contacts et le transférerai à une poignée de journalistes réputés qui refusent de lécher les bottes de JoBob et nous aurons amorcé une révolution. Son sourire était fier et triomphant.

— Tu sais que je t'aime, toi ? Je me sentais si heureuse, et il était temps que j'admette que j'étais tombée éperdument amoureuse de lui.

Chapitre 27

Asher

Produire ce premier numéro nous prit plusieurs semaines de travail, et lorsqu'il fut enfin publié, les réseaux sociaux s'enflammèrent. JoBob finit par apprendre que j'étais celui qui avait lancé l'alerte sur les opérations criminelles se produisant dans les bars honky tonk d'Amérique, mais puisqu'il ne pouvait pas être publiquement connecté à ces événements, il n'avait d'autre choix que de faire profil bas. Personne ne savait ce qu'Ophélia et moi faisions dans ce bar cette soirée-là. J'avais confié à JoBob lorsque l'affaire éclata qu'elle et moi étions passés devant l'établissement et avions déduit qu'une soirée spéciale s'y déroulait. Ophélia m'avait alors supplié d'y faire un saut, et en voyant les horreurs dont le bar avait été le théâtre, nous avions décidé d'appeler la police. Je fis semblant de ne pas savoir qu'il était propriétaire de l'établissement et qu'il avait même financé le projet entier, empochant 30% des bénéfices sur chaque transaction.

Notre magazine indépendant, *Truth*, accumulait déjà des millions d'abonnés. Le premier numéro comprenait plusieurs entretiens menés avec les femmes impliquées dans les soirées honky tonk qui avaient accepté de témoigner sous réserve que leurs noms et leurs visages demeurent anonymes. Nous avions par ailleurs contacté les femmes que JoBob avait contraintes à avoir des relations sexuelles et dont il avait ensuite acheté le silence, et publié les témoignages de celles qui nous avaient autorisés à le faire. Après toutes nos recherches, lorsque l'enquête toucha à sa fin, j'étais enfin prêt à appeler JoBob pour mettre fin à notre contrat.

— Eh bien, ma chérie, dis-je en entrant dans la chambre d'Ophélia, qui lui servait maintenant de bureau. Le magazine est un sujet tendance sur

Twitter, Facebook et Google. Mes publicitaires ont pu financer l'opération dans les six premières heures. Cela va générer des millions de dollars. On est déjà presque viral. J'étais incroyablement fier de ce qu'elle avait accompli.

— Mais ton entreprise va être frappée de plein fouet ; et c'est sans parler de ton image. Elle était tellement inquiète que les muscles de son visage étaient tendus et sa peau avait pris une teinte grisâtre. De plus elle mâchouillait sa lèvre inférieure, ce qui n'était jamais bon signe.

— JoBob est une raclure et il faut absolument l'arrêter. Ta plume est éloquente et éclairée, et grâce à elle, tu rends leur vie à ces femmes. Nous allons faire de ce magazine un tremplin par lequel donner une voix aux opprimés. Je t'applaudis pour ce que tu as accompli et je n'ai aucun scrupule à mettre ce monstre K.O. Je suis prêt à me battre. J'ai suffisamment en banque pour me le permettre, et si je ne le fais pas, qui le fera ? Et puis, qui sait, ce magazine pourrait un jour devenir aussi lucratif que SAFE.

Je tirai une grande fierté du regard adorateur que me jeta Ophélia, mais je ne m'étais pas lancé dans cette entreprise uniquement pour elle. Faire tomber JoBob était tout simplement la bonne chose à faire. Je savais qu'il allait essayer de me contacter par tous les moyens dès qu'il aurait eu vent de la publication. Je décidai de célébrer et préparai deux cocktails qu'Ophélia et moi sirotâmes sur la terrasse, profitant du calme avant que la tempête ne s'abatte sur JoBob et ne détruise ma carrière sur son passage, mais cela m'importait peu. Pour la première fois de ma vie, j'avais choisi de faire ce qui était juste.

— Je suis fière de toi, confiai-je à Ophélia avant de prendre une gorgée de mon martini à la grenade.

— C'est vraiment ça, mon truc. Elle se tourna vers moi et me sourit. Faire tout mon possible pour essayer d'aider les autres en exposant les salopards du monde, mais moi aussi, je suis fière de toi, Asher. Tu as dû faire preuve d'énormément d'intégrité, et tout particulièrement sachant que tu pourrais perdre ton entreprise. Sa voix trahissait son inquiétude.

— Ça va aller pour moi, ne t'en fais pas. J'ai alerté les autorités dès que j'ai compris que quelque chose de louche se tramait. La balle est désormais dans leur camp. Ils ont commencé leur enquête et je ferai face à tout ce qu'ils pourront découvrir. Si d'autres clients utilisent mes services pour dissimuler leurs crimes, ils couleront inévitablement. Tous ont signé des contrats autorisant des vérifications ponctuelles, donc bienvenue à la première vérification. Je levai mon verre dans sa direction et elle trinqua en riant.

L'air nocturne était très agréable, ni trop chaud ni infesté d'insectes. Je brûlai d'envie de la prendre là, sous le ciel étoilé. Mon domaine était si vaste que personne ne pourrait nous voir. Lainey avait déjà rejoint ses quartiers sur la propriété et Thomas était déjà probablement au lit. J'avalai la dernière gorgée de mon cocktail et posai mes yeux de braise sur Ophélia en espérant qu'elle lise dans mes pensées.

— Je sais ce que ce regard veut dire, dit-elle en plissant les yeux, un sourire s'étirant sur son visage.

— Tu veux jouer dehors cette nuit ? demandai-je en me caressant à travers mon pantalon, sentant la bosse en dessous grandir.

— Tu es trop ! Attends-moi, je vais chercher Ethel. Elle se leva de sa chaise, m'envoyant un clin d'œil taquin.

— Tu as donné un nom à ton diaphragme ? L'étincelle dans ses yeux était pleine de promesses.

— J'en avais marre de l'appeler « diaphragme », dit-elle sur un ton faussement crispé.

— D'accord. Dans ce cas, va chercher Ethel. Je t'attends, répliquai-je en baissant les yeux vers mon entrejambe.

— Oh, chouette ! Tu as une érection ! s'exclama-t-elle, faisant mine de s'extasier.

— Dépêche-toi de revenir ; il t'attend !

Elle ne mit pas longtemps, mais cela suffit à me faire regretter de ne pas pouvoir être aussi spontané que je l'aurais souhaité. Lorsqu'elle me rejoignit enfin sur la terrasse, elle était complètement nue.

— C'est mieux ? demanda-t-elle en levant les bras de manière enjôleuse.

— Tu sais à quel point j'aime te voir nue. Tiens… Je fis glisser la fermeture éclair de mon pantalon et libéra mon érection. Viens t'asseoir là-dessus.

— J'espère que tu es conscient d'à quel point tu es ringard. À moins que ce ne soit volontaire ? Parce que si ce n'est pas volontaire… je crois que tu es en train de perdre tes talents de sexpert, plaisanta-t-elle en enjambant mes cuisses.

— Je ne dois pas me débrouiller si mal que ça, sachant que tu es exactement là où je te veux. J'embrassai son ventre nu et plongea mes doigts entre les lèvres de son vagin déjà humide. On dirait bien que tu es prête. Je la repositionnai doucement sur moi, et elle se chargea du reste.

— Peut-être un peu. Elle fit aller ses hanches sur mon bassin jusqu'à ce que je me retrouve en elle, et mon esprit vagabonda vers des contrées merveilleuses.

Peu importe le nombre de fois que nous couchions ensemble, chaque fois était unique. Elle connaissait tous les recoins sensibles de mon corps et savait comment me rendre fou. Mes mains s'accrochèrent à ses hanches et je la laissai faire tout le travail, savourant les pointes durcies de ses seins tandis qu'une brise délicate soufflait sur mon visage. Faire l'amour à

Ophélia me permettait d'occulter les événements qui étaient en train de se dérouler. Tout était allé si vite depuis notre retour de Paris ; il me tardait d'y retourner, juste elle et moi.

Elle ralentit la cadence pour m'empêcher de finir trop rapidement. Je me levai, la portant dans mes bras, la déposai sur une chaise longue double que nous avions récemment achetée pour profiter du ciel, et ne put qu'admirer les formes délicieuses de son corps.

— Qu'est-ce que tu regardes ? demanda-t-elle, un sourire au coin des lèvres.

— J'étais en train de me dire que j'avais énormément de chance de t'avoir allongée nue sur ma terrasse, m'attendant les jambes écartées. Je la rejoins sur la chaise longue, me glissant à nouveau dans son Eden.

— Je te rappelle que tu m'as kidnappée. Les parois de son vagin se contractèrent autour de mon pénis et je dus me retenir pour ne pas perdre le contrôle. Ses doigts me caressaient les flancs tandis que ses hanches allaient et venaient au rythme des miennes.

— Argh, si vous continuez de faire ça, c'en est fini de moi, madame, dis-je sur le ton de la plaisanterie, bien que je fusse très sérieux.

Elle enroula ses jambes autour de mon bassin, se soudant à moi. Puis elle se redressa, s'appuyant sur ses coudes pour m'embrasser.

— Je veux tout de toi. Je sais que tu peux durer des heures. Je ne m'en fais pas. Sa bouche gourmande s'empara de la mienne et nous nous perdîmes l'un dans l'autre comme si nous retrouvions après des années de séparation. Fidèle à ma parole, je finis quelques instants plus tard dans un râle rauque, la plaisir parcourant mon corps haletant et tremblotant contre celui de la femme la plus incroyable au monde.

— Je crois que c'est moi ton prisonnier, soufflai-je contre son oreille en me laissant retomber à côté d'elle, suant et épuisé. Elle ne répondit rien et se contenta de m'embrasser. Et toi. Mes doits caressèrent paresseusement son entrejambe. Tu as joui ? Je n'ai pas senti.

— Non, absolument pas. Elle mordit mon téton, rapprochant son corps pour permettre l'accès à mes doigts.

— Excuse-moi, à quoi je pensais ? Je plongeai un deuxième doigt en elle. Ça devrait t'aider. Je fis aller et venir ma main, pinçant son clitoris à chaque passage, tout en mordillant sa poitrine, un geste qui, je le savais, la rendait folle sans la mener à l'extase.

Il me fallait me montrer créatif. Lorsqu'elle ne parvenait pas à jouir en même temps que moi, cela signifiait généralement qu'elle était préoccupée. Je déposai un baiser sur sa joue.

— Tout va bien ? J'immobilisai ma main quelques instants.

— J'espère que nous avons pris la bonne décision. Je veux dire, je sais que c'était la meilleure chose à faire, mais… Elle fronça les sourcils, et je compris ce qu'il me fallait faire pour rassurer ma femme.

— Nous avons pris la bonne décision et tu le sais. Tu t'inquiètes pour moi, mais tu refuses de l'admettre. Je vais donc prendre soin de toi, Mme Davis-Jameson, comme une reine mérite que l'on prenne soin d'elle. Là-dessus, je me levai de la chaise longue.

Après avoir récupéré une serviette du meuble situé près du jacuzzi, je m'agenouillai devant elle entre ses jambes. Je passai la serviette délicatement sur la surface de son corps, ravivant son désir. Lorsque sa peau fut propre et sèche, je plaquai ma bouche contre son entrejambe, faisant aller ma langue jusqu'à ce qu'elle se cabre d'extase. Je continuai toutefois mes mouvements et plongeai ma langue en elle pour qu'elle atteigne une deuxième fois l'orgasme et finisse par tomber de fatigue.

Lorsque mon téléphone sonna le lendemain matin, je l'entendis à peine. Mon visage était enfoui dans la poitrine d'Ophélia et la seule chose que je souhaitais à cet instant, c'était qu'on me fiche la paix jusqu'à ce que j'aie pris ma douche et mon café. Mais la sonnerie ne s'arrêtant pas, je décrochai sans faire attention au nom qui s'affichait sur mon écran.

— C'est quoi ce bordel, Davis ? Je vais te démolir. Attends un peu, tu vas voir ; j'ai envoyé mes sbires, ils sont en route pour ton foutu manoir en ce moment même. Ils ont ordre de buter ta femme pour avoir sali mon nom, beugla JoBob à l'autre bout du fil.

Au son de sa voix, j'appuyai aussitôt sur le bouton d'enregistrement de mon portable. — Pardon, quoi ? demandai-je d'une voix que je gardai ensommeillée et désorientée dans l'espoir qu'il morde à l'hameçon et répète sa tirade.

Je n'avais aucune idée de l'heure qu'il était. Ophélia, que la sonnerie avait également réveillée, et moi avions dormi comme des souches après la séance d'exercices de la veille.

— J'ai dit que j'avais envoyé des types chez toi pour flinguer ta connasse de femme, cracha-t-il. On devrait sonner bientôt à ta porte.

— Parfait, mon équipe de sécurité sera là pour leur ouvrir, répondis-je sur un ton décontracté.

Je me penchai en silence sur ma table de nuit pour sortir un morceau de papier et un stylo du tiroir. Je me mis à écrire, tout en écoutant JoBob crier à la calomnie.

Va retrouver Lainey et Thomas, et allez vous barricader tous les trois dans le sous-sol. Ne pose pas de questions. VAS-Y MAINTENANT !

Je tendis la feuille à Ophélia, qui sortit du lit et enfila un peignoir avant de s'élancer dans le couloir. Elle avait saisi à quel point la situation était sérieuse. Je préférais les savoir tous en sécurité dans mon bunker.

Je ne l'avais pas fait construire ; j'avais acheté la maison avec. Ma résidence disposait d'un abri antiatomique que je veillais à garder prêt pour ce type d'occasion. Je ne m'étais pas fait de nombreux ennemis, mais j'avais également très peu d'amis. Je travaillais avec tous types de personnes, toutes plus douteuses les unes que les autres, et l'idée d'avoir à disposition un bunker sécurisé ne me semblait au final pas si ridicule. L'endroit était à l'épreuve des balles, insonorisé et équipé de son propre système de ventilation ; un lieu impénétrable, hormis pour les détenteurs du code d'entrée. Celui-ci était également gravé sur les murs afin que les habitants puissent à tout moment sortir du bunker ; personne ne pouvait néanmoins y entrer. En ce qui me concerne, j'avais pris soin de mémoriser le code à mon arrivée dans la résidence.

Ma réaction était peut-être démesurée, mais j'avais décidé de prendre au sérieux les menaces de mort émises envers ma femme.

— Vous devriez vous calmer et m'expliquer ce que vous reprochez à ma femme avant de commettre un meurtre. Je m'adressai à lui comme à un enfant.

— Et je porte aussi plainte contre toi ! continua-t-il en braillant dans le combiné.

— Pour diffamation, j'ai bien compris, mais pour qu'il y ait diffamation, il faut que les chefs d'accusation soient faux. Or, la seule chose dont ma femme est responsable, c'est d'avoir pris note des témoignages des femmes dont vous avez abusées. Elle a veillé à utiliser les bonnes normes de référencement à chaque fois qu'elle a cité l'une d'entre elles et vous remarquerez que votre nom n'a été mentionné que dans les récits de femmes dont vous avez acheté le silence, ce qui, permettez-moi de vous le rappeler, est illégal, ou de victimes du réseau de prostitution que vous avez financé. Donc… expliquez-moi à quel moment ma femme s'est rendue coupable de quoi que ce soit qui justifie que vous envoyiez des tueurs à gage chez moi pour l'abattre.

— Tu vas couler, Davis, menaça-t-il.

— Et vous aussi… cette conversation a été enregistrée. Je raccrochai, satisfait d'avoir obtenu suffisamment de matière pour au moins accroître l'intérêt du FBI dans cette affaire.

J'avais lu chaque mot de l'article d'Ophélia et pouvais confirmer qu'elle s'était contentée de faire son travail de journaliste et de mettre en lumière l'abus dont avaient victimes toutes ces femmes. C'étaient elles, ainsi que d'autres qui avaient eu affaire à JoBob dans les différents établissements où elles avaient été forcées de travailler, qui avaient directement mentionné son nom. Ophélia n'avait rien fait qui aurait pu nuire à JoBob plus que les choix de vie personnels de ce dernier.

Mon cœur se mit à battre la chamade lorsque, alors que je venais de raccrocher, l'agent de sécurité posté à la porte d'entrée du domaine m'envoya un message m'alertant de la présence d'intrus sur la propriété et m'informant qu'il avait fait appel à des renforts. Ma réponse lui indiquait que la menace était réelle et que nous passions en confinement total, et lui ordonnait de prévenir la police et de déployer ses hommes le plus rapidement possible.

Chapitre 28

Ophélia

La peur au ventre, je courrai dans les couloirs à la recherche de Lainey que, si je voyais juste, j'allais trouver en train de faire le ménage au rez-de-chaussée ou de préparer quelque chose dans la cuisine. Mon cœur se pinça lorsque je fis irruption dans une cuisine déserte, mais j'aperçus bientôt Thomas près de la porte d'entrée, le nez collé à son écran de portable.

— Asher nous veut tous dans le bunker immédiatement, pas de questions, soufflai-je, hors d'haleine. Où est Lainey ?

— Je lui envoie un message pour qu'elle nous y rejoigne, répondit-il calmement en se levant de sa chaise. Suivez-moi. Je lui emboîtai le pas, passant devant l'ascenseur pour emprunter des marches dont j'ignorais jusque-là l'existence.

Il entra un code et la porte s'ouvrit aussitôt ; il alluma ensuite la lumière et nous nous engageâmes dans un long escalier au bout duquel nous attendait une autre porte. Thomas entra à nouveau le code pour l'ouvrir.

— Entrez et mettez-vous à l'aise. Le code Wi-Fi est différent de celui du niveau supérieur. Je vous le donne dans une minute.

Je m'aperçus que j'avais laissé mon portable à l'étage et quitté la chambre d'Asher avec pour vêtements un simple peignoir. Je me sentis tout à coup vulnérable et isolée. Je resserrai les pans de mon peignoir autour de moi, constatant à l'occasion qu'il était resté en place même lors de ma course folle à travers la maison, tandis que Thomas refermait la porte.

— Vous trouverez des vêtements dans la chambre principale. Ce sont ceux d'Asher, mais vous dénicherez sans doute quelque chose à votre taille si vous souhaitez vous changer. Il y a également une salle de bain, n'hésitez pas à l'utiliser. Lainey vient de répondre à mon message et devrait nous rejoindre incessamment sous peu.

— Je vous remercie, Thomas. J'empruntai le couloir menant à la chambre tout au fond.

Je passai plusieurs portes et constatai que la surface de l'aménagement souterrain était aussi vaste, si ce n'est plus, que celle de la maison d'Asher. La chambre principale avait été conçue avec goût et contenait un grand lit double, une salle de bain luxueuse ainsi qu'un salon équipé d'un écran de télévision massif. Les lieux ne manquaient de rien. Je fouillai dans les tiroirs d'Asher et trouvai un t-shirt large qui m'arrivait aux cuisses ainsi qu'un pantalon de survêtement, qu'il me fallut replier aux niveaux des hanches et des chevilles, mais l'ensemble était confortable et me tenait chaud. Je rejoignis le séjour au moment où Lainey arrivait.

Je commençais à me sentir mieux ; il ne manquait plus qu'Asher. Il avait apparemment reçu un appel de JoBob qui, si j'avais bien compris, m'avait menacé de mort. Pensant qu'il avait probablement également menacé Asher, j'allais devoir attendre de le revoir avant de pouvoir me détendre.

— Dans quoi s'est encore fourré Asher ? grommela Lainey en entrant dans le bunker. J'ai de la lessive à plier et une pâte à cookies qui va finir par se dessécher dans le frigo.

— Des cookies aux pépites de chocolat ? demandai-je, sentant l'eau me monter à la bouche.

— De quelle autre façon comptiez-vous célébrer vos trois mois de mariage ? Évidemment que ce sont des cookies aux pépites de chocolat, mais ils risquent d'être immangeables si je ne les fais pas cuire avant que la pâte ne s'effrite. Elle traversa le séjour et ouvrit la première porte du couloir.

La pièce était modestement meublée, mais confortable. Elle posa son sac à main sur la table avant de retourner dans le couloir pour jouer avec les boutons d'un compteur.

— C'est une véritable fournaise ici, dit-elle en s'éventant lorsqu'elle réémergea dans la pièce.

— Thomas, vous pourriez essayer de contacter Asher et de prendre de ses nouvelles ? J'étais tellement inquiète.

— J'ai déjà reçu un message de sa part. La situation est sous contrôle ; la police et nos agents de sécurité sont sur place. Il est en sécurité.

— Mais… Je commençais à paniquer.

— Bon, ma fille, intervint Lainey. Pour commencer, je vais vous préparer un thé à la camomille. Asseyez-vous sur le canapé, et sur l'iPad que vous trouverez posé sur la table basse, il devrait y avoir une application « TV ». Asher peut se montrer aussi créatif que vous, mais tous les écrans de télévision de la maison fonctionnent avec cette même application ; recherchez la rubrique qui s'intitule « bunker » et vous devriez tomber sur son catalogue de films. On va se détendre avec une boisson chaude et des cookies, et regarder quelque chose en attendant qu'Asher nous donne son feu vert. Ces abrutis ne savent pas à quel point l'homme à qui ils ont affaire est intelligent, dit-elle avec fierté.

— Cet endroit est vraiment impressionnant. Vous y avez chacun votre chambre ? Discuter avec Lainey m'aidait toujours à penser à autre chose que ce qui me tourmentait.

— Tout à fait, nous avons tous une chambre attitrée, plus deux chambres d'amis. On ne sait jamais quand un désastre peut s'abattre. Et bien qu'Asher reçoive très rarement des invités, il veille toujours à ce que l'endroit soit néanmoins prêt pour les accueillir en cas de crise. J'ai toujours secrètement espéré que des enfants finiraient par occuper ces pièces. Et peut-être que ce jour viendra maintenant qu'il est marié. Oh, la pauvre femme ; l'étincelle d'espoir dans ses yeux me fendit le cœur.

— Je ne compterais pas trop là-dessus. Je n'avais aucune envie de lui faire de la peine, mais je refusais de lui mentir.

— Vous ne voulez pas d'enfants ? Elle fit de son mieux pour dissimuler sa déception.

— Bien au contraire, j'en meure d'envie. C'est Asher qui refuse d'en avoir, confiai-je en prenant une longue inspiration.

— Eh bien, Asher n'est pas très doué pour reconnaître ce qui est bon pour lui, mais il finira bien par changer d'avis, dit-elle en déposant le thé et le plateau de cookies sur la petite table.

Thomas prit un biscuit et prit place à côté de nous. — Ce garçon est têtu comme une mule. Coucher avec des escrocs, enlever sa future épouse… il a beaucoup à apprendre avant de pouvoir devenir père, marmonna Thomas.

— Je crois que c'est de cela dont il a le plus peur, révélai-je, sentant le poids de la situation me peser sur les épaules. Je ne peux pas le forcer à être quelqu'un qu'il n'est pas. Lorsque le moment viendra, il me faudra faire un choix.

Notre bulle se voyait fragilisée par l'incertitude des événements à venir une fois que le monde commencerait à lire notre magazine. La mention de JoBob en tant que responsable des violences commises allait faire scandale. Je me réjouissais de pouvoir aider ces femmes à élever la voix, mais la situation du moment était tellement troublante que je brûlais d'envie de revoir Asher ; lui seul savait comment faire pour me rassurer dans ces instants.

— Il est têtu, ça je confirme, et un peu bête de faire du business avec des gens aussi peu fiables, déclara Lainey, mais j'ai vu le changement dans son comportement ces derniers mois. Je ne perds pas espoir qu'il change un jour d'avis. Ne le laissez pas tomber, Leah, il a simplement besoin de temps pour apprendre.

J'appréciais infiniment qu'elle utilise le prénom que je préférais.

C'était un sentiment étrange. Toute ma vie, j'avais dû insister pour qu'on m'appelle Leah, et Asher avait catégoriquement refusé. Et bien que cela m'ennuyât de l'admettre, j'aimais beaucoup la manière dont mon prénom sonnait dans sa bouche et avais donc fini par arrêter de protester. Moi aussi, j'avais changé à son contact. Il avait réussi à me convaincre que je méritais de belles choses, telles qu'une carrière dans le journalisme, et que je devais honorer le prénom que ma mère avait choisi pour moi. Elle n'avait certes pas été un parent exemplaire, mais elle restait malgré tout ma mère, et au moment de ma naissance, sa vie n'avait pas encore basculé. Elle n'était que le produit de son environnement et c'était peut-être ce qui m'avait poussée à devenir journaliste, lui donner la voix qu'elle n'avait jamais eue.

C'est alors que je pris conscience que nous nous étions réfugiés dans un bunker souterrain pour échapper à une ordure qui pensait pouvoir exploiter des femmes et s'en sortir. Je n'avais brusquement plus peur, j'étais hors de moi !

— Comment JoBob ose-t-il me menacer ? m'exclamai-je. Pour qui se prend-il ? Il a fait souffrir toutes ces femmes, directement ou indirectement, et il croit pouvoir jouer des muscles pour s'en tirer. J'espère vraiment qu'Asher va trouver les personnes qui sont après moi, parce qu'il est grand temps que JoBob pourrisse derrière des barreaux. J'étais en pleine tirade lorsque j'entendis enfin la voix d'Asher retentir derrière moi.

— Tout à fait d'accord sur ce point et j'ai bien l'impression que c'est là qu'il va finir. La police a attrapé trois hommes qui jurent que leur intention était seulement d'entrer par effraction, mais ils étaient tous armés. Je ne sais pas s'il y en a d'autres. Les officiers sont en train de passer au crible mes caméras de surveillance pour comprendre par où ils sont entrés et combien ils étaient. Nous n'avons repéré aucun véhicule, ce qui veut probablement dire que quelqu'un les a déposés devant la résidence.

— Qu'est-ce qu'on fait maintenant ? demandai-je, le regardant d'un air paniqué et soulagé tout à la fois. Soulagé qu'il fût de retour, et paniqué que la police eût réellement trouvé quelqu'un sur la propriété, des personnes envoyées pour me tuer.

Et s'il en restait d'autres, cachés quelque part sur le domaine ?

— On attend que la police nous donne son feu vert et ensuite on déménage dans un endroit sécurisé. Il était sérieux ?

— Aucun endroit n'est plus sécurisé que celui-ci, Asher. On ne peut pas simplement rester là ? Je veux dire, tu as un bunker et tout ce qui faut dedans.

— D'accord, mais dans ce cas, il va falloir que les agents de sécurité soient en service vingt-quatre heures sur vingt-quatre, sept jours sur sept. Je me doute que tu détestes l'idée, mais il semble que ce taré compte tenir ses promesses, et je ne laisserai rien t'arriver.

C'était lui le héros tout à coup ? Agh.

— Pourquoi ne vous ne retourneriez pas à Paris ? Avec nous, cette fois-ci, suggéra Lainey avec un clin d'œil.

— Oh, c'est le projet, mais lorsque tout cela sera terminé. Nous avons déclaré la guerre ; maintenant, il nous faut la gagner. J'adorais voir Asher prendre le contrôle de la situation.

— Tu penses qu'ils vont l'arrêter ?

Si JoBob allait en prison, Asher et moi pourrions reprendre le cours de nos vies ; et avec un peu de chance, il avait retenu la leçon et ferait plus attention dans le choix de ses clients à l'avenir.

— Pour l'instant, il nie complètement son implication. Et l'enregistrement de notre conversation de ce matin ne peut pas constituer une preuve parce que je ne l'avais pas prévenu au préalable. Il nie également avoir passé ce coup fil. La police l'a ramené au poste pour l'interroger, donc nous verrons où cela nous mène. Tes articles semblent avoir énervé beaucoup de monde ; apparemment, il y avait bien plus de personnes d'influence impliquées dans les Spéciales du vendredi que nous le pensions. La meilleure chose à faire pour l'instant est de rester discret ; et de continuer à écrire, en ce qui te concerne. Le bon côté de tout ça, c'est que le premier numéro de notre magazine a vraiment fait le buzz. Je suis persuadé que les offres d'emploi vont pleuvoir au moins aussi rapidement que les tentatives de politiciens et chefs d'entreprise véreux pour essayer d'échapper aux conséquences de leurs crimes. Il sourit puis se laissa tomber à côté de moi sur le canapé.

— Je vous sers une tasse thé ? J'ai l'impression qu'il vaut mieux rester ici en attendant d'obtenir le feu vert de la police. Lainey avait raison ; nous étions plus en sécurité enfermés dans le bunker pendant que les officiers continuaient de chercher les potentiels tueurs à gage toujours présents sur la propriété.

— Ce n'est pas de refus. Asher s'installa confortablement au fond du canapé et croisa les jambes sur la table basse.

— Tu n'as pas l'air terriblement inquiet. Je veux dire par là que tu m'as kidnappé pour être en mesure d'agrandir ton business et maintenant… Je préférais ne pas le dire à voix haute, mais tout pouvait s'arrêter pour lui. Et Rupert Mandeville ? Tu n'as pas encore finalisé le contrat pour le rachat de sa société, et je ne suis pas sûre que toute cette histoire agisse en ta faveur.

— Je sais. J'étais conscient de ce qui était en jeu avant même qu'on se lance dans l'aventure, mais au moment où je t'ai kidnappée, mon entreprise était tout ce que j'avais. Il jeta un regard plein d'affection dans ma direction. Aujourd'hui, je m'en fiche pas mal de la perdre… Il prit ma main, ses doigts caressant tendrement la peau de mon poignet. J'ai quelque chose de bien plus précieux qu'une société de stockage.

— Ça, c'est bien vrai, intervint Lainey en lui tendant une tasse de thé.

Chapitre 29

Asher

Nous restions discrets deux semaines durant, passant la plupart de notre temps dans le bunker. Lainey trouvait le concept ridicule et avait décidé de ne pas rester avec nous, tout comme Thomas, mais tous deux avaient insisté pour qu'Ophélia et moi y passions au moins les nuits. J'avais renforcé la sécurité et nous n'avions rencontré aucune autre difficulté depuis le jour de l'appel de JoBob. Je n'avais d'ailleurs eu aucune nouvelle de lui, et après un contrôle complet de ma société, j'avais mis fin aux contrats de tous les clients susceptibles de stocker tout document ou objet suspect. Au final, JoBob et ses associés se révélèrent être les seuls à tremper dans des affaires criminelles. J'avais bien découvert quelques entrepôts utilisés pour la plantation de cannabis, que nous dûmes finalement déménager en Californie, mais rien qui ne comparait au scandale qu'avait causé JoBob. Rupert et moi étions censés nous rencontrer cette semaine-là pour aborder certains problèmes que la vente de sa société avait soulevées et dont j'ignorais la nature.

L'histoire de JoBob et du petit magazine qui avait exposé l'horreur de ses délits au travers de témoignages poignants avait explosé, comme nous nous y attendions. Ophélia commençait à crouler sous les appels d'offres et les coups de téléphone, si bien que je décidai de lui programmer un assistant virtuel chargé de gérer les demandes et de filtrer les fouineurs et les indiscrets. J'avais préféré un assistant virtuel à un humain afin d'éviter qu'Ophélia ne passe involontairement ses journées aux côtés d'une personne potentiellement connectée à JoBob, infiltrée pour planifier secrètement son meurtre. Ainsi, personne ne pouvait s'approcher d'Ophélia. Je l'autorisais à recevoir ses amies, et elles passaient beaucoup de temps ensemble, mais je ne la laissais pas s'aventurer en dehors de la maison sans moi et un garde du corps. Elle n'avait pas l'air perturbée par cette mesure, occupée qu'elle était avec ses recherches en préparation du prochain numéro à paraître.

Une routine s'installa peu à peu, si bien que les deux hommes en costume noir faisant irruption dans mon bureau avec une assignation à comparaître me prirent par surprise. J'avais d'abord cru que leur présence concernait l'organisation de mon témoignage contre JoBob, et ne pris conscience de la situation que lorsque je consultai les documents pour découvrir que celui-ci portait plainte contre moi pour diffamation, sous prétexte d'atteinte à sa campagne électorale. Il était temps que je prenne un avocat. JoBob était suffisamment véreux pour gagner ce type de procès et assez obstiné pour me poursuivre jusqu'à ce qu'il m'extorque le moindre centime. Lui aussi était milliardaire ; il connaissait les règles du jeu à la déloyale. Je n'étais pas follement alarmé, mais je devais admettre que l'affaire commençait à légèrement me préoccuper. Il m'avait fallu trouver un requin pour me représenter, quelqu'un qui n'aurait pas peur de tenir tête à l'équipe de JoBob.

— C'est moi qui ai financé le magazine qu'Ophélia a rédigé, donc c'est après moi qu'il en a. Et bien sûr, c'est moi qui ai l'argent ; il n'obtiendrait pas grand-chose en portant plainte contre elle. C'est d'ailleurs pour cette raison que nous avons des comptes individuels, et le magazine n'est qu'une petite publication. Il vise donc le plus gros poisson, expliquai-je à mon avocat, qui trouvait ridicule la notion même de JoBob me traînant en justice.

— Pour moi, la victoire est dans la poche. À mesure que l'enquête avance, les officiers découvrent la mesure de la maltraitance infligée à ces femmes par M. Rails… donc je n'aurai qu'à objecter et à refuser les charges. Ce sera ensuite au juge de décider si cette affaire est fondée. Cela étant dit, j'ignore l'étendue de l'influence de Rails. Il pourrait avoir toute la cour dans la poche ; on verra comment les événements se déroulent, signala mon avocat sur un ton calme et confiant qui soulagea mes inquiétudes.

On ne pouvait pas en dire autant de mon rendez-vous avec Rupert.

— On laisse tomber le contrat, commença-t-il sans même un bonjour.

— D'accord, donc vous avez une autre société prête à acheter à votre prix de vente ? J'étais pleinement conscient que personne n'avait montré le moindre intérêt pour son entreprise de stockage. La vendre à quelqu'un d'autre que moi lui ferait perdre beaucoup d'argent ; je devais néanmoins admettre que j'étais moi-même de moins en moins enthousiaste à l'idée de racheter.

— Au risque de me répéter, Davis, je refuse de vendre à un homme à l'éthique douteuse, dit-il, me perçant de ses petits yeux de fouine.

— Et à quoi faites-vous référence au juste ? J'avais besoin de savoir ce qu'il avait entendu dire. Nous avons mené une enquête sur la totalité de nos comptes après avoir suspecté l'un de nos clients d'utiliser nos espaces de stockage pour dissimuler des transactions illégales. J'ai ordonné l'audit dès les premières suspicions. Je dirais que c'est une démarche qui rentre plutôt dans la définition de l'éthique, rétorquai-je.

— Oui, vous avez appliqué la bonne procédure. Nous ne serions pas en train d'avoir cette conversation dans le cas inverse ; j'aurais simplement mis fin au contrat sans préambule. Je ne connais pas la mesure de votre implication dans ces affaires de corruption, mais maintenant que les fédéraux s'en mêlent, c'est un élément qui risque d'être constamment soulevé. Mais ce qui m'inquiète le plus, ce sont les choix que vous avez faits dans votre vie personnelle. Voyez-vous, moi aussi j'ai mené ma petite enquête et j'ai découvert que vous avez rencontré votre soi-disant femme une semaine seulement avant votre mariage. Votre joli récit d'une idylle secrète pour éloigner votre dulcinée de l'œil du publique sous prétexte qu'elle déteste l'attention, c'est du baratin. Vous l'avez payée pour qu'elle vous épouse dans le seul but de m'impressionner. Ses yeux d'abord troublés se plissèrent en un regard noir.

Les événements venaient de prendre une tournure inattendue. Je pris une profonde inspiration. Quelques mois auparavant, ces accusations m'auraient rendu vert de rage par leur véracité. Mais depuis que j'avais épousé Ophélia, j'étais tombé fou amoureux d'elle. Je ne pouvais pas confesser son kidnapping ni les raisons qui m'avaient poussé à le faire, mais je pouvais absolument déclarer avec conviction l'amour que je portais à Ophélia.

— J'aime mon épouse. C'est une femme remarque, une activiste, une écrivaine talentueuse, et la partenaire idéale que je ne mérite pas. La manière dont je l'ai rencontrée et les circonstances autour de notre mariage ne regardent qu'elle et moi. Si vous voulez relier le choix de nous aimer avec mon désir de racheter votre société, c'est votre droit. Que notre histoire ne convienne pas à votre perception de l'amour, soit. Vos préjugés sont vos problèmes. Si vous parvenez à trouver un acheteur prêt à investir la somme que vous demandez dans le rachat de votre société et qui mène une vie ordinaire, tant mieux pour vous. Que vous m'autorisiez à racheter ou non importe peu à ce stade. Je ne vous laisserai pas parler de ma femme de cette manière, que ce soit dans ce bureau ou n'importe où ailleurs. C'est une personne admirable et la raison qui m'a poussé à devenir un autre homme. Vous êtes libre de penser ce que vous voulez à mon sujet ; ça m'est honnêtement complètement égal, mais ne vous avisez pas de toucher à ma femme ! Je vous remercie de m'avoir reçu, M. Mandeville, mais il se fait tard. Je me vois dans l'obligation de mettre fin à notre conversation, car j'aimerais pouvoir rentrer à l'heure pour dîner avec ma femme. Bonne soirée. Là-dessus, je me levai, le laissant assis bouche bée à son bureau.

J'étais si furieux que rester une minute de plus dans cette pièce m'aurait poussé à agir de façon regrettable. Frapper Rupert au visage aurait fini par faire du tort à Ophélia, et j'avais donc décidé de faire la seule chose dont j'étais capable, m'enfuir. Je ne retournai même pas à mon bureau après cela. Mon portable et mon portefeuille étaient toujours dans mes poches ; je m'arrêtai donc simplement à l'accueil pour prévenir le réceptionniste que j'avais terminé pour la journée, et appelai mon chauffeur afin qu'il me conduise à la maison. J'étais exténué.

Je fus accueilli par l'odeur délicieuse de quelque chose en cours de préparation dans la cuisine et par le sourire ravissant d'Ophélia.

— Tu rentres en avance.

J'étais toujours surpris qu'elle semble heureuse de me revoir.

Au début de notre relation, elle paraissait hermétique à mes avances, mais au fil des mois, elle s'était adoucie et me vouait maintenant une affection entière et sincère. C'était cet amour qui avait fait de moi un homme meilleur. Et pour cultiver cette transformation, je souhaitais offrir à Ophélia tout ce qu'elle désirait, tout ce qui pouvait enrichir sa vie. Elle avait certes accès à mon argent, bien qu'elle n'en eût jusque-là pas dépensé un centime, mais je savais qu'elle retenait toujours une partie d'elle. Alors que l'année défilait et que la fin de notre contrat se rapprochait, je décidai d'émettre la possibilité d'un futur ensemble.

— J'ai passé une journée merdique. JoBob porte plainte contre moi pour diffamation et Rupert ne veut plus me vendre sa société, me lamentai-je en me laissant tomber sur un tabouret du bar de la cuisine tandis que Lainey cuisinait. Qu'est-ce que vous nous préparer pour ce soir, Lainey ? Ça sent divinement bon.

Lainey se retourna fièrement, les joues rosies par la vapeur des casseroles en ébullition. — Cordons bleus au poulet, haricots beurre, salade au chèvre chaud et tarte à la poire.

— Dîtes-moi, vous cherchez à nous engraisser ? Ça a l'air incroyable en tout cas. J'ai l'impression que vous commencez à apprécier devoir cuisiner pour plus d'une personne. Et des plats français, en plus de ça ; je suis jaloux. Vous aviez promis de nous laisser, Ophélia et moi, vous préparer un repas bientôt, donc vous serez priée de choisir une date, madame, lui dis-je en souriant, reconnaissant de pouvoir passer du temps en sa compagnie.

Depuis qu'Ophélia était arrivée, Lainey avait commencé à passer plus de temps avec nous. Je savais que toutes deux s'entendaient à merveille et avaient construit une amitié solide, et j'appréciais énormément l'accueil que Lainey avait réservé à Ophélia.

— Je serais aux anges si je devais cuisiner pour encore plus de personnes… mais je ne voudrais pas me porter malchance. Et en ce qui concerne votre invitation ? Hmmm, après seulement un mois de leçons ? Bien sûr, pourquoi pas. Je ferais en sorte d'avoir des citrates de bétaïne à portée de main.

Je ne savais pas vraiment où elle voulait en venir avec tout ça, mais je décidai de laisser couler. Je n'étais pas prêt à affronter Lainey sur ce type de sujet. — D'accord, challenge accepté. Vous apportez votre citrate de bétaïne, et je vous promets de vous préparer quelque chose qui ne nécessitera pas que vous vous en serviez, répliquai-je en faisant mine de la fusiller du regard.

— Nous verrons cela. Elle me foudroya des yeux en réponse. J'adorais ces moments complices avec elle dont j'avais été privés enfant.

— Bon, pourquoi JoBob te poursuit, toi ? C'est moi qui ai rédigé les articles, et de quoi Rupert a-t-il besoin pour conclure l'affaire ? Tu veux que j'aille le voir pour lui annoncer formellement que tu n'es plus la personne que tu étais ? Il ne me fait pas peur, tu sais. Je n'attends que ça de pouvoir le remettre à sa place.

J'étais flatté et amusé qu'elle soit si remontée ; la conversation avec Lainey avait pourtant été légère, mais elle n'avait malgré tout pu s'empêcher de monter sur ses grands chevaux.

— Euh, je ne suis pas certain que ce soit une bonne idée… Je te connais ; je sais comment tu peux être quand tu es en colère. Je me penchai sur elle pour lui embrasser la joue. Je travaille avec un avocat, donc ça devrait aller. Et je ne suis même plus sûr de vouloir racheter la société de Rupert.

Voilà, c'était dit.

— Oh, je vois… Eh bien, je m'en vais dans ce cas. Au vu de l'expression sur le visage d'Ophélia, je savais qu'elle plaisantait, mais ses paroles me blessèrent malgré tout.

— J'ai créé un monstre… répliquai-je, tâchant de garder un ton léger en dépit du poignard qu'elle venait involontairement de me planter dans le cœur. Tu partirais vraiment ? demandai-je, ma voix trahissant mon insécurité.

— Non, je plaisantais. Tu as vraiment dû passer une sale journée pour avaler ça. Elle était sérieuse cette fois-ci, ce qui était une bonne nouvelle, car nous entamions notre quatrième mois de mariage, et huit mois plus tard, tout serait terminé.

— Et quand l'année sera écoulée ? Je levai les yeux vers elle, conscient que Lainey ne perdait pas une miette de notre conversation. J'étais ravi d'avoir un témoin, sa présence ne me dérangeait pas le moins du monde.

Ophélia jeta un coup d'œil en direction de Lainey, puis murmura, —

Eh bien, c'est-à-dire que… on n'en a jamais discuté.

— Le dîner est presque prêt. Vous ne voudriez pas mettre cette conversation sur pause et reprendre une fois que je serai partie ? demanda Lainey en nous faisant face.

— Non, en fait, si ça ne vous dérange pas, je préférerais que vous restiez. Elle sembla surprise par ma requête. Vous êtes la personne qui me connaît la mieux au monde et si je perds mes moyens, j'aurais peut-être besoin d'un bras droit.

— Peut-être qu'elle aussi, intervint Lainey en désignant Ophélia de la tête.

— Peu importe, ajoutai-je, prenant soudainement conscience que j'étais en minorité.

Ophélia s'éclaircit la gorge, la mine concentrée comme si elle était en train de rassembler son courage avant de parler.

— Tu peux tout me dire, nous dire. Je veux savoir ce que tu penses, dis-je pour l'encourager.

— D'accord. Je t'aime, Asher. Je t'adore, bien plus que ce que je n'aurais d'abord pensé. Et les événements récents n'entachent en rien ce que je ressens pour toi, parce que je t'ai observé et tu assumes l'entière responsabilité des décisions que tu as prises par le passé et essaie de rectifier tes erreurs. J'admire ta démarche et je suis fière de toi.

— Merci. J'apprécie de te l'entendre dire, mais ça ne répond pas vraiment à ma question. Je savais déjà ce qu'elle pensait de tout ça, mais l'inquiétude sur son visage m'indiquait qu'il y avait autre chose, quelque chose qu'elle refusait de me dire. Mon cœur s'accéléra.

Elle prit une longue inspiration. — Un jour, Asher, je voudrais avoir des enfants. Et plusieurs, parce que je sais à quel point on peut se sentir seul à grandir son frère ou sœur. Trois, peut-être ? Mais tu n'en veux pas, ce qui veut dire qu'un jour… notre mariage devra se terminer. Elle fit une pause quelques instants, des larmes voilant ses yeux. Même si je n'en ai vraiment pas envie…

— Je sais. Je me levai et plaçai un bras autour de ses épaules.

— Si je peux me permettre un commentaire, intervint Lainey. Je vous ai vu grandir, Asher, et j'ai vu l'indifférence dont ont fait preuve vos parents envers vous, vous repoussant toujours plus vers moi, Thomas ou les différentes nounous qu'ils ont engagées et virées au fil des années. À votre place, je ne voudrais pas d'enfants non plus, mais Ophélia est différente. Elle est capable de plus d'amour que vos deux parents réunis n'auraient jamais pu vous donner. Vous avez assez d'argent pour faire appel à des professionnels pour vous aider avec l'éducation, bien qu'Ophélia et moi serions là sur la ligne de front. Et il se pourrait que vous finissiez par trouver la paternité épanouissante. Lorsque vous avez un enfant, votre cœur se décuple. Je ne vous ai pas donné naissance, mais je vous ai élevé. Vous êtes bien plus un fils pour moi que n'importe quelle autre personne sur la planète, et bien que vous ayez failli me rendre folle à de nombreuses reprises au cours des années, je vous aime, et je peux aujourd'hui dire que je suis très fière de ce que vous êtes devenu. Si c'était à refaire, je vous élèverais moi-même ; officiellement. J'aurais alors peut-être pu réparer certains des dommages que vos parents ont causés, mais puisque je ne peux pas remonter le temps, laissez-moi être là pour vous maintenant.

Lainey m'apparut forte et magnifique à cet instant ; je n'aurais pu l'aimer davantage.

— J'ai su que j'étais en minorité dès le début de la conversation, dis-je en riant. Et mesdames, je dois dire que vous m'avez convaincu. Ophélia, je me tournai vers elle et plongeai mon regard dans le sien. Je t'aime, et si t'aimer signifie devoir me lancer dans des aventures terrifiantes comme la paternité, je le ferais et pas seulement pour sauver notre mariage, mais également pour expérimenter avec toi quelque chose qui te tient à cœur. Je vais sans doute être très mauvais et me sentir parfois incapable, mais je suis là pour toi. Je ne veux pas regarder le calendrier et compter les jours jusqu'au moment de te perdre. Je veux pouvoir le voir comme les annales du temps qu'il nous reste à vivre ensemble et donc, si tu acceptes de rester mon épouse après notre année contractuelle, je te promets de faire des enfants avec toi, mon amour. Toutes les prières, tous les sacrifices et rituels sont les bienvenus pour qu'ils finissent plus comme toi que comme moi. Mon cœur était sur le point d'exploser. Qu'en dîtes-vous, Lainey, vous êtes prête à vous occuper de bambins ? Je levai les yeux vers elle, la vulnérabilité lisible sur mon visage.

— J'attends ce moment depuis des années, Asher. J'ai prié à genoux tous les soirs pour des enfants. J'ai hâte de voir la maison vivante, bruyante et désordonnée… répondit-elle, un sourire ravissant se dessinant sur ses lèvres.

— Disons, cette maison ou celle de Paris. Vous accepteriez d'apprendre le français ? J'étais on ne peut plus sérieux et tout à fait prêt à vendre le domaine.

— Tu penses qu'on pourrait vivre avec mon salaire de journaliste ? Je haussai les sourcils en posant un regard taquin sur Ophélia.

— Bien sûr. Et je suis sûr que Lainey saurait rendre des nouilles chinoises instantanées aussi bonnes qu'un plat gastronomique… Ophélia posa sa tête contre mon épaule, savourant un sentiment d'euphorie qu'elle n'avait jamais éprouvé auparavant.

— Paris et les nouilles chinoises me conviennent parfaitement, même si Dieu sait que j'espère que nous n'en arriverons pas là. Toute cette histoire va se tasser ; le bien finit toujours par gagner. Lainey essayait de nous rassurer, mais je savais que ce n'était pas comme ça que les choses fonctionnaient.

— Je l'espère sincèrement. J'embrassai Ophélia avant de reprendre ma place à côté d'elle.

— Le dîner est prêt, annonça Lainey en sortant du four des cordons bleus dorés et crépitants desquels s'échappaient du fromage fondu.

— Ça a l'air délicieux. Vous vous joignez à nous ce soir ? Vous en avez fait assez pour nourrir toute une légion, peut-être que Thomas pourrait également nous rejoindre ?

— Bien sûr, je vais voir avec lui. Vous deux, mettez la table, et nous dînerons ensemble, en famille, déclara Lainey d'une voix chaleureuse.

Je me tournai vers elle. — Merci d'être toujours là pour moi, Lainey. J'ai tellement de chances de vous avoir.

— Le sentiment est partagé, répondit-elle avant de nous ignorer à nouveau et de servir les assiettes.

Tout comme moi, elle n'était pas très à l'aise avec les émotions.

Chapitre 30

Ophélia

Après ma conversation avec Asher concernant notre mariage, je me sentais apaisé et bien moins inquiète quant à notre avenir. Je n'étais pas pressée de commencer une famille, mais le fait de savoir qu'il n'excluait pas l'idée était un énorme soulagement. Je n'avais pas remarqué le stress qu'avait provoqué en moi cette incertitude et je me sentais réellement heureuse pour la première fois de ma vie.

— Tu pensais vraiment ce que tu as dit ce soir ? demandai-je à Asher tandis que nous nous préparions à aller au lit.

— Que j'étais prêt à avoir une famille ? Oui, je le pensais. Il se pencha sur moi pour m'embrasser et je sentis que notre connexion était désormais tout aussi émotionnelle que physique.

— Merci d'avoir compris à quel point cela compte pour moi. J'attendis qu'il ôte ses vêtements et qu'il les jette dans le panier à linge sale pour prendre ses mains. Il avait une allure puissante et superbe lorsqu'il était nu. J'étais assise sur le lit, et lui se tenait devant moi dans toute sa gloire. Je me penchai légèrement en avant pour embrasser son pénis et passai mes doigts dans la broussaille de poils qui le bordait, incitant son érection naissante.

— Oh, c'est bon, gémit-il lorsque je le pris dans ma bouche.

Ce n'était pas dans mon habitude de démarrer nos préliminaires par une fellation, n'affectionnant pas particulièrement cette pratique, mais je prenais plaisir à le voir apprécier. Il me caressa doucement les cheveux, se retenant de s'emparer de mon crâne pour diriger mes mouvements. Une fois de plus, je remarquai avec satisfaction qu'il me laissait mener la danse. Lorsque je fus prête, je plaçai mes mains sur son fessier ferme et parfaitement sculpté et l'attirai tout contre moi, l'amenant dans les profondeurs de ma gorge, au-delà de ma zone de confort.

— Oh, oui, râla-t-il tandis que ses hanches s'agitaient frénétiquement.

Lorsque je reculai mon visage, il avait du mal à reprendre son souffle. Son pénis se dressait devant lui, raide et impatient. — Ça a l'air d'avoir fonctionné, dis-je en souriant, mes doigts caressant l'extrémité de son érection, massant le gland enflé, le poussant vers le bord du précipice.

— Tu m'aurais simplement regardé que ça aurait fonctionné aussi. Il rampa par-dessus moi jusqu'à son côté du lit et s'étendit là. Comment tu te sens ? Prête pour un tour ? demanda-t-il tout en faisant glisser sa main entre mes jambes.

— Toujours. Je le laissai jouer avec moi quelques instants, puis déposai un baiser sur ses lèvres. Je ne me lassais pas de l'embrasser. Donne-moi une minute, que j'aille chercher Ethel, murmurai-je. Je reviens.

Il attrapa ma main avant même que je ne sorte du lit. Je lui jetai un regard confus.

— Pas cette fois. Sa voix déformée par le désir m'envoûta et j'étais prête à lui obéir, mais je préférai protester.

— Ethel est efficace dans 98% des cas ! Sauter du bateau avant que le canon n'explose, ça ce n'est pas si efface, signalai-je sans cesser de le caresser, savourant la sensation de son corps sous ma main.

— Au diable la sécurité, rétorqua-t-il, l'air amusé.

— Si tu veux devenir papa tout de suite, et passer tes nuits à changer des couches et me regarder allaiter, soit. Je suis prête avoir une famille, mais je ne suis pas sûre qu'on puisse en dire autant en ce qui te concerne. Je suis ravie que tu sois ouvert à l'idée et que notre relation n'est plus de date de péremption, mais ce soir… avec le procès et tout ce qui se passe en ce moment… je ne crois pas que ce soir soit le bon moment pour faire les fous. Je n'aimais pas particulièrement devoir lui faire la morale comme un parent face au comportement imprudent de son adolescent, mais je savais comment il devenait dans les affres de la passion ; il ne fallait rien prendre de ce qu'il disait pour argent comptant.

— J'insiste. Si on se retrouve avec un petit junior sur les bras, j'assumerais complètement. Et dans le cas inverse, il y a toujours demain soir. Il embrassa mes lèvres et me serra contre lui. Maintenant, monte à bord, c'est toi qui pilotes.

— D'accord, mais… Je ne savais vraiment pas quoi ajouter. Je me mis à sonder ma réserve de commentaires sarcastiques, mais aucun ne correspondait à la situation. Tout ce que j'avais, c'était un sentiment d'immense gratitude. Merci, soufflai-je avant de me positionner au-dessus de lui.

— Je t'aime, répondit-il tandis que je le guidais en moi. Et j'aime déjà notre futur mini toi.

— Tu as intérêt. Je commençai à bouger sur lui, savourant la délicieuse friction de sa peau sur la mienne.

Après ce moment, nous nous perdîmes l'un dans l'autre. Lorsque mes muscles commencèrent à se fatiguer sous l'effort, il me prit tendrement dans ses bras et ses hanches reprirent la cadence. Il plongeait en moi avec tellement de force et de passion que je crus un instant l'avoir perdu, mais il finit par ralentir ses mouvements pour reprendre sa respiration et m'embrasser à nouveau.

— Mets-toi sur les genoux, m'ordonna-t-il dans un mugissement bestial.

Je ne résistai pas ; j'adorais lorsqu'il me prenait par derrière. Il veillait toujours à ce que nous restions connectés en jouant avec mon clitoris et mes seins, tout en me pénétrant aussi profondément qu'il le pouvait. Je me mis en position et posai ma tête sur l'oreiller, appréciant la douceur du coton tandis qu'il entrait en moi et m'attirait toujours plus contre lui. Ses lèvres caressèrent mon oreille, ses hanches entamant un rythme lent.

— Je ne me lasse pas de la sensation de ton corps dans le mien, murmurai-je, me soumettant tout entière au plaisir.

— Tu es tout pour moi, répondit-il en souffle brûlant contre ma mâchoire. Tu es brillante. Il donna un long coup de hanches. Magnifique. Encore un autre, plus en profondeur. Drôle, attentionnée, merveilleuse, révéla-t-il à chaque mouvement de son bassin, nous rapprochant toujours plus l'un de l'autre jusqu'à ce que nos deux corps fusent l'un avec l'autre. Il déposa une pluie de baisers sur mon épaule, le long de mon dos, puis plus haut à la base de ma nuque, avant de s'écrouler sur moi tandis qu'il s'agitait furieusement en une danse effrénée. Je vais jouir… râla-t-il contre mon oreille. En toi ou non ?

Je pouvais à peine parler lorsque je l'attrapai pour le serrer contre moi. — On n'est pas encore prêt ; il nous faut plus de temps juste toi et moi… mais un jour, je te demanderai de rester.

Il se retira alors et il me sembla entendre un soupir de soulagement. J'appréciais énormément qu'il envisage de fonder une famille immédiatement, mais nous méritions plus de temps rien que lui et moi. Je sentis un frisson puissant le parcourir et je me contractai, le rejoignant dans l'extase, tremblotante, laissant le plaisir de mon orgasme explosif emporter ce qui restait de mon énergie par vagues. Il me récupéra dans ses bras et se colla contre mon dos, son érection amorçant sa détente entre nos corps. Il embrassa la peau brûlante de mon cou et de mon oreille, puis dégagea les cheveux collés à mon visage afin que je puisse sentir l'air frais de la climatisation.

— Je t'aime, déclarai-je en orientant mon visage vers lui, découvrant sur le sien toute l'admiration et l'amour qu'il me vouait.

— Je t'aime plus que tout au monde, répondit-il, l'air heureux. Et merci… de nous laisser du temps. Dès que tu voudras commencer à agrandir la famille, je serai là. Je serai prêt quand tu le seras, mais je te remercie d'avoir compris qu'il nous fallait plus de temps. Tu es une femme incroyable, Ophélia Davis Jameson.

— Mon acte de mariage stipule que mon nom est officiellement Ophélia Jameson, et ça me convient très bien. Je suis heureuse d'être ta femme, Asher Davis. Je suis fière d'être Mme Asher Davis. Tu es un homme remarquable, et je te vois malgré tout continuer de t'améliorer de jour en jour. Je veux être une Davis, ta famille, et si nous avons un bébé… je fis une pause pour respirer et Asher en profita pour m'interrompre.

— Plusieurs, intervint-il.

— Plusieurs bébés, cette famille s'agrandira. Une famille de milliardaires ordinaire, ennuyeuse à mourir et qui aiment ses enfants. Un concept complètement révolutionnaire. Je mimai une explosion avec ma main.

— Si insoumise, si frondeuse, murmura-t-il contre mon front. Je te promets de leur donner autant d'amour que je pourrais, pour aussi longtemps que possible.

Tout à coup, ces vœux horribles que nous nous étions récités le jour de notre mariage prenaient un tout autre sens ; ils représentaient notre engagement l'un à l'autre, qui durerait jusqu'à notre dernier souffle.

****

Le restant de l'année fut passé à Paris, Ethel nous accompagnant toujours dans les folles soirées que nous étions heureux de passer seuls, lui et moi. Asher subit un stress considérable le temps que toute cette affaire avec JoBob soit résolue. Le FBI avait mené l'enquête dans sa société, ce qui n'avait fait qu'accroître les réserves de Rupert Mandeville, mais le temps filait à une vitesse folle ; il lui fallait absolument trouver un acheteur ou il allait devoir liquider son entreprise avant la fin de l'année. Asher m'avait assurée que la sienne était toujours lucrative, même sans l'activité que générait JoBob ou le rachat Mandeville, et je choisis de le croire.

Je travaillai sur le prochain numéro du magazine à paraître, croulant sous les appels d'offres d'organes de presse plus renommés. C'était un soulagement d'être en mesure de m'organiser à mon rythme et d'exploiter les pistes qui m'intéressaient. Mon ami Scott du *Times* me signala même qu'il pouvait me décrocher un emploi fixe, et je refusai. Nous gagnions suffisamment grâce aux espaces publicitaires pour que je me verse un petit salaire, et j'étais vraiment heureuse de contacter les sociétés qui avaient souffert du manque d'éthique dont avait fait preuve JoBob et d'autres figures politiques corrompues dans leurs transactions commerciales. En outre, nous passions tellement de temps dans ma maison parisienne que je n'avais aucune envie de m'enchaîner à un bureau.

Ce qui me surprit le plus au cours de mes recherches pour la deuxième publication de *Truth*, c'était que de nombreux politiciens et dirigeants faisaient appel à moi pour que je les interviewe et mette en lumière le travail qu'ils effectuaient pour protéger et aider les femmes, les enfants et les individus les plus vulnérables de la société. J'étais globalement très occupée par la recherche et la rédaction des articles, presque trop occupée pour m'apercevoir des changements qui s'opéraient en moi. Bien sûr, je pouvais toujours compter sur les filles et Asher, et ce fut au cours de l'une de nos réunions hebdomadaires qu'Harper remarqua quelque chose.

— Leah, ma poule, la vie de palace te fait un bien fou, tes seins sont énormes, dit-elle en avalant sa troisième part de pizza gourmet.

— Euh, merci ? Je posai ma pizza, pensant un instant que j'avais dû prendre du poids. Pourtant Asher et moi faisons beaucoup d'exercice, ajoutai-je avec un grand sourire.

— Je m'en doute, répondit-elle en riant.

— Je suis probablement juste ballonnée. Mes règles devraient bientôt tomber, cette semaine, ou la semaine dernière, je ne sais plus. Ça doit être de la rétention d'eau. Je repris ma part de pizza ; qu'est-ce que cela pouvait faire que je sois légèrement plus pulpeuse qu'avant ? Surtout qu'on me reprochait toujours d'être trop maigre.

— Ou alors, tu es enceinte. Dans les yeux d'Harper brillait un éclat diabolique.

— Haha.

C'était entièrement possible, mais même sans Ethel, Asher et moi faisions attention. Disons, la plupart du temps… Oh mon dieu.

C'est là que je compris. Asher et moi avions en réalité fait preuve de laxisme dernièrement concernant Ethel ; de temps à autre, nous recourions à la méthode du retrait précipité lorsqu'aucun de nous n'avait la motivation d'aller la chercher, mais pas à chaque fois. Il y avait d'ailleurs eu, quelques mois auparavant, une nuit passionnée et incroyablement belle qui nous avait poussée à faire preuve d'une extrême imprudence. Cette nuit-là, Asher avait murmuré à mon oreille, — J'espère que ce soir est le grand soir. J'étais prête à devenir mère ; je l'avais été bien avant de rencontrer Asher, mais j'avais décidé de lui donner le temps de se faire à l'idée. La vérité, c'était que nous adorions passer du temps ensemble, et nous allions maintenant pouvoir le faire pendant le restant de nos jours.

— S'il s'avère que tu es enceinte, tu penses que tu vas enfin révéler à tes parents que tu es mariée ou tu comptes passer cette étape ? Je veux dire, ça fait sept mois maintenant. Tu ne penses pas que c'est le bon moment pour leur dire, comme ça l'était déjà il y sept mois ? Je détestais quand elle avait raison.

— Ouais, je le ferai à la fin de l'enquête. Je veux d'abord être sûre que le procès n'ait pas lieu et qu'Asher ne se fasse pas poursuivre pour une autre raison. Tu imagines, sinon ? Si je disais à mes parents : « Hey, vous vous rappelez que je vous avais dit que je travaillais pour un petit magazine, que tout allait bien et que j'allais régulièrement en France pour le travail ? Eh bien, mon colocataire actuel vit dans une très grosse maison, et c'est d'ailleurs un peu comme mon meilleur ami ! En fait, on s'entend tellement bien que je l'ai épousé et maintenant il est en prison pour trafic sexuel, blanchissement d'argent et dissimulation de preuves ». Je n'ose même pas imaginer le scandale.

— Et donc, qu'est-ce que tu leur as dit ?

— Eh bien, que j'avais dégoté une bonne place en tant que journaliste pour un magazine, que ma mère a passé la nuit à lire par ailleurs, et que je vivais avec mon patron, un type très sympa qui possède un manoir et qui me loue une chambre, répondis-je avec un sourire embarrassé. Comme ça, quand je leur dirai enfin, « au fait, j'ai oublié de mentionner qu'on était mariés », la panique devrait être gérable.

— Et quand tu leur diras, « au fait, j'ai également oublié de mentionner que vous alliez être grands-parents », tu penses que ça va se passer comment ?

— Je ne suis pas enceinte, donc je n'ai pas besoin de leur en parler pour le moment.

— N'attends pas trop longtemps, quand même, dit-elle en levant les yeux en l'air. Ça ne va pas être si facile de cacher un ventre tout rond quand viendront les fêtes de fin d'année.

Eliza préféra rester silencieuse, mais je voyais bien que ni elle ni Harper ne s'étaient laissées berner. J'aurais dû avoir mes règles deux semaines auparavant et je ne ressentais aucun des symptômes prémenstruels. Ma poitrine était gonflée ; j'étais fatiguée et ballonnée… et très probablement enceinte. Il me faudrait bientôt affronter mes parents. Je ne me sentais soudain plus si bien.

Chapitre 31

Asher

Je trouvai la présence d'Ophélia dans la salle d'audience rassurante tandis que je me préparais à témoigner à l'audience préliminaire. Le FBI avait découvert assez de preuves de trafic sexuel aux niveaux national et international pour forcer à comparaître JoBob et certains de ses compères, qui finirent par être inculpés. Tout ce que j'avais à faire, c'était de répondre aux questions que l'on me posait. Nous n'en étions qu'à la phase préliminaire et JoBob avait été mis en liberté provisoire. Il avait promis de me faire couler et j'avais alors décidé que le jeu n'en valait pas la chandelle. Je revendis SAFE à un chef d'entreprise coréen, me lavant les mains de toute cette histoire. Je parlai également à Duk Kim de la société de Rupert Mandeville, et aux dernières nouvelles, il l'avait rachetée. Je n'étais plus à la tête d'une entreprise, mais me retrouvais avec des millions de dollars supplémentaires en banque. C'était la chose la plus libératrice que j'avais jamais faite. En rétrospective, acheter une société m'avait fait l'effet d'un emprisonnement. Je détestais le secteur du stockage… et lorsque l'enquête et le procès seraient terminés, je pourrais enfin passer autre chose.

À l'appel de mon nom, je me sentais terriblement nerveux, mais je savais que j'étais en train de faire ce qui était juste. J'avais d'abord fermé les yeux sur les activités que menaient certains de mes clients, mais lorsque j'en avais appris la nature, j'avais aussitôt lancé l'alerte. Si à l'issue du procès, JoBob était jugé innocent, il me poursuivrait pour diffamation parce que j'étais propriétaire de *Truth* et par là, responsable de ce qu'écrivait Ophélia. Le deuxième numéro avait reçu autant d'honneurs que le premier et commençait lui aussi à générer des profits. Étant donné les codes de déontologie que respectait Ophélia dans son travail, les menaces de JoBob ne m'inquiétaient pas, mais elles effrayaient Ophélia, et je préférais éviter qu'elle ne subisse un niveau de stress trop élevé au vu de sa condition.

Je rejoignis la barre, puis levai les yeux vers Ophélia et son sourire affectueux me donna la force dont j'avais besoin pour témoigner. On me fit prêter serment et l'interrogation commença.

— Lorsque M. Rails a fait appel à vos services, le coût annuel était exorbitant pour l'usage d'une dizaine d'entrepôts et compte tenu du taux du marché concernant le stockage numérique. Pouvez-vous expliquer les raisons d'une facturation aussi élevée, M. Davis ? demanda le procureur.

— Il voulait un cryptage quotidien et une confidentialité absolue pour un certain nombre de comptes. Nous ne cherchons pas à savoir ce que nos clients stockent, c'est là l'une de nos règles fondamentales, mais nous n'autorisons personne d'autre que le propriétaire du compte à avoir accès audit compte. M. Rails souhaitait que je permette un accès sécurisé à plusieurs personnes. Concernant ses stockages physiques, il exigeait que la sécurité soit assurée vingt-quatre heures sur vingt-quatre pour chacun des bâtiments, et m'avait confié que certains objets contenaient des informations sensibles qui allaient nécessiter une surveillance particulière. Pour ce service supplémentaire, il était prêt à verser une somme conséquente.

J'avais les paumes moites, conscient que mes déclarations me donnaient des airs tout aussi coupables que les clients que je dénonçais.

— Et ça ne vous est pas venu à l'esprit de lui demander ce qu'il entreposait ? Le procureur semblait ne pas être venu pour plaisanter ; je détestais le fait que son ton me fit trembler.

— Nous parlons d'un homme qui venait de se présenter aux élections présidentielles. Je me suis dit que ces informations étaient confidentielles et cruciales pour les stratégies en œuvre dans sa campagne électorale. Ce n'est que lorsque je me suis mis à creuser un peu, suite à une suspicion, que j'ai pensé à pirater le système de sécurité. Ce qui était la vérité.

L'interrogatoire sembla durer pendant des heures, mais en réalité, il se termina au bout d'à peine dix minutes, avant que la défense ne reprenne la parole et me reproche lors des dix minutes suivantes d'avoir trahi la confiance de son client, après quoi mon intervention prit fin. Je n'étais après tout qu'un témoin. Personne ne m'arrêta et Ophélia m'attendis pour que nous quittions la salle d'audience ensemble. L'un des membres du bureau du procureur m'avait signalé qu'agir rapidement pour donner l'alerte aux autorités avait joué en ma faveur.

— Rentrons à la maison, dis-je à Ophélia une fois à l'air libre. La journée a été longue et tu as besoin de repos, ajoutai-je, oubliant comme cela m'arrivait parfois qu'elle était capable de prendre ses propres décisions.

— Je ne suis pas en sucre ; les femmes enceintes ne meurent pas de rester assise dans une salle d'audience. Les hormones de grossesse semblaient avoir eu pour effet d'intensifier son sarcasme. La vraie question, c'est comment te sens-tu ? J'ai cru que tu allais t'évanouir à un moment.

— Moi aussi, je te rassure, mais ça va mieux. En la serrant dans mes bras, j'aperçus une femme nous approcher. J'étais d'abord réticent à lui parler et très honnêtement, un peu agacé, mais elle se rapprocha doucement et s'arrêta juste devant nous.

— Je suis désolée de vous interrompre, commença-t-elle d'une voix timide et réservée. C'est juste que… je euh, je suis l'une des femmes forcées de travailler, vous savez, pendant les vendredis soirs, et… Ses yeux se remplirent de larmes et sa gorge sembla serrée par l'émotion. J'ai cru que je ne sortirais jamais de là.

Sans même réfléchir, Ophélia ouvrit grand les bras et enlaça la jeune femme. — Je suis désolée que vous ayez subi tout ça, dit-elle.

Je me sentais légèrement mal à l'aise, comme toujours face aux effusions d'affection, mais je regardai ma femme compatissante procurer à cette femme le moment de paix et de réconfort dont elle avait besoin.

— Je ne sais pas comment vous remercier, parvint-elle à formuler malgré ses sanglots.

— Tâchez d'obtenir l'aide nécessaire et menez la vie que vous méritez de vivre, répondit Ophélia.

— Je suis très heureux pour vous que toute cette histoire soit terminée, ajoutai-je, peinant à trouver les mots justes.

— Je tenais simplement à vous remercier, renifla-t-elle, s'efforçant de se reprendre.

— Je vous en prie, répondit Ophélia avec douceur.

— Je vous libère maintenant, signala la jeune femme en se reculant de quelques pas.

— Je suis ravie que vous soyez venue à notre rencontre ; c'est bien de savoir qui nous avons aidé, ajoutai-je, lui offrant une poignée de main. Elle me salua et je lus dans ses yeux que nous avions fait ce qui était juste.

— Prenez soin de vous, cria Ophélia alors qu'elle s'éloignait de nous.

Après quelques secondes, Ophélia brisa le silence. — Du coup, comment tu te sens ? Elle prit ma main dans la sienne.

— Terrifié, répondis-je avec sincérité.

— Mais le procès est presque terminé et ça ne sent pas bon du tout pour JoBob. Il s'est mis dans une panade monumentale. Elle se mit à rire, et le beige des couloirs du tribunal me parut soudain moins terne.

— Non, ce n'est pas le procès qui me fait peur, mais la réaction de tes parents. Le simple fait d'y penser me donnait des sueurs froides,

— Ce ne sont que de simples éleveurs de homards, discrets et amateurs d'armes à feu. Son rire ne manquait jamais d'alléger la situation, même si l'idée que l'un d'eux puisse m'accueillir avec un fusil me terrorisait. C'est moi, leur fille à qui ils parlent toutes les semaines, qui devrait être inquiète. Et c'était exactement ce qu'exprimait maintenant son visage… bien qu'elle me semblât malgré tout trop calme au vu de la situation.

— Tu veux dire, pour avoir oublié de leur mentionner que ça fait un an que tu es mariée ? répliquai-je en lui donnant un léger coup de coude dans les côtes.

— Techniquement, j'étais censée divorcer au bout d'un an, donc il n'y avait aucun intérêt à leur en parler.

— Oui, mais maintenant que le divorce n'est plus de mise ? Tu ramènes un mari et un ventre de femme enceinte à la ferme de homards ; ils vont sans doute être ravis.

— Oui, je sais. Je vais simplement leur dire qu'étant donné que j'ai épousé un milliardaire, j'ai trouvé plus sage de faire profil bas au cas où l'un de nous avait décidé de rompre.

— C'est ça ton histoire ? Je n'arrivais pas à y croire.

— Ouais, répondit-elle avec un grand sourire.

— Je sens que ça va être un weekend amusant.

Plus tard dans la journée, nous nous envolions en direction du Maine, et le père d'Ophélia avait insisté pour venir nous chercher à l'aéroport.

— Alors ? demandai-je tandis que nous nous rapprochions d'un homme grand et mince, à la peau bronzée et légèrement ridée. Qu'est-ce que tu leur as dit à propos de nous ?

— Que j'avais une surprise. Elle se mordit la lèvre et fit une grimace.

— Ah, chouette, rétorquai-je en levant les yeux au ciel. Je devrais peut-être nous réserver une chambre d'hôtel au cas où ton père projetterait de me tirer dessus pendant mon sommeil. Il a l'air poli, mais on ne sait jamais, les pères avec leurs filles…

— Ne t'inquiète pas ; ça va bien se passer. Salut, papa ! Elle lui fit un signe de la main et mon estomac se noua.

— Salut, ma chérie, répondit-il. Vous êtes descendus de l'avion sacrément rapidement ; je ne m'attendais pas à vous voir avant au moins vingt bonnes minutes. Il la prit dans ses bras pour une étreinte pleine de tendresse.

J'attendis à proximité, leur laissant toutefois l'espace de se retrouver sans interruption.

— Papa, commença-t-elle en se détachant de son père. Tu te souviens que j'avais une surprise pour vous ? Elle lui offrit ce sourire adorable que j'aimais tant.

— Oui, bien sûr. Ses yeux se levèrent vers moi avant de se plisser en un regard confus.

— Eh bien, je te présente Asher. Elle me désigna d'un geste de la main, et je tendis aussitôt la mienne vers son père pour le saluer.

— Enchanté de faire votre connaissance, monsieur. Je me sentais comme un adolescent le soir du bal de promo.

— Davis ? demanda immédiatement son père.

— Lui-même, plaisantai-je, sentant tous mes muscles se tendre sous le stress.

— Tu es amie avec Asher Davis ? Il se tourna vers sa fille.

— Nous sommes un peu plus que des amis, papa. Est-ce qu'on pourrait attendre d'arriver à la ferme avant de rentrer dans les détails.

— Chérie, Asher Davis est marié… depuis l'année dernière, je crois, murmura-t-il à l'oreille d'Ophélia. Je ne suis pas certain que sa femme apprécierait que tu voyages avec lui. Il fronça les sourcils et je crus l'espace d'un instant qu'il allait lui passer une soufflante.

— Ne t'inquiète pas, papa, elle est parfaitement au courant. Et il faut bien qu'il rencontre ses beaux-parents un jour, surtout maintenant que tu vas être grand-père.

Le visage du pauvre homme perdit toutes ses couleurs. — Laisse-moi aller chercher ta mère… dit-il sur un ton robotique avant de s'éloigner de nous.

— Vraiment ? Je croisai les bras, fronçant les sourcils.

— Je me suis dit que c'était plus judicieux d'arracher le pansement d'un seul coup, se défendit-elle, mimant le geste avec sa main.

— Et de lui mettre un coup de poing dans l'abdomen, apparemment. Je lui attrapai le bras, la guidant dans la direction que son père avait prise.

Lorsque nous les rejoignîmes au milieu de la salle d'attente de l'aéroport, la mère d'Ophélia semblait être en train d'assimiler les révélations que son mari venait de lui faire. Nos valises n'étaient pas encore disponibles à l'aire de récupération des bagages, ce qui voulait dire que la conversation qui allait suivre se ferait devant un public.

— Maman. Ophélia se précipita dans les bras de sa mère.

Sa relation avait sa mère semblait bien meilleur que celle qu'elle entretenait avec son père.

— Chérie, papa vient de m'annoncer que tu étais mariée et que tu attendais un bébé ? Si les autres voyageurs ne faisaient pas attention à nous avant, ils n'avaient désormais d'autres choix que d'assister à la scène que nous leur offrions.

— Est-ce qu'on peut parler de tout ça dans la voiture ? Je meurs de faim. Voici Asher, il est milliardaire et c'est mon mari depuis un an, mais je n'étais pas certaine que notre mariage allait durer et j'ai donc choisi de ne pas vous l'annoncer jusqu'à ce que je me rende compte que j'étais enceinte.

C'était au tour d'Ophélia d'avoir le teint blafard. Je me précipitai pour me placer derrière elle au cas où elle tomberait dans les pommes.

— Je suis ravi de vous rencontrer tous les deux. Je comprends que vous soyez sous le choc pour le moment, mais je peux vous assurer que c'est une longue histoire et qu'il y a bien plus à raconter. Puis-je vous inviter à déjeuner ? Cela nous permettrait de reprendre depuis le début. Comme vous le savez déjà, il arrive qu'Ophélia – je leur offris un sourire sincère qui sembla adoucir leur expression étourdie – se précipite et saute des étapes. Elle est d'ordinaire généreuse avec les détails, mais je suppose qu'elle est un peu angoissée aujourd'hui.

Je les laissai tous les trois abasourdis au milieu de l'aéroport pour aller récupérer nos valises. Après quoi nous rejoignîmes leur 4x4, un ancien modèle, avant d'emprunter l'autoroute. La conversation fut d'abord étrangement formelle, mais Ophélia était dotée d'un talent rare pour faire passer n'importe quoi avec une franchise pourtant brutale et presque grinçante.

— Ok, j'ai omis de vous dire que j'étais mariée à un milliardaire, mais comme j'ai déjà mentionné, tout s'est passé tellement vite que j'ai préféré m'assurer que je l'aimais vraiment avant de vous le présenter. Aïe.

— Peut-être que tu aurais dû essayer de découvrir ça avant de l'épouser, répliqua sèchement sa mère.

— Eh bien, on a eu de la chance. Je l'aime beaucoup et nous attendons un bébé. Donc, youpi, vous allez être grands-parents ! Elle leva les bras en l'air et fit une petite danse assise.

Je ne savais pas quoi ajouter et préférai la laisser s'enterrer toute seule. Après tout, c'était de ses parents dont il s'agissait.

— Mais tu ne nous as pas invités au mariage, chérie. Ton père et moi aurions apprécié que tu nous tiennes au courant. Je n'ai qu'une fille et je n'ai même pas pu la voir se marier… La mère d'Ophélia se mit à pleurer et son père tenta de la réconforter en lui caressant le genou tandis qu'il conduisait.

Je commençais à comprendre pourquoi elle avait voulu un mariage aussi bas de gamme.

— Si cela peut vous rassurer, vous n'avez pas rater grand-chose. Je décidai d'intervenir dans l'espoir d'alléger sa peine. Ophélia a insisté pour que nous nous marions à la mairie et elle avait coloré ses cheveux en violet pour l'occasion. Je suppose que vous avez manqué au moins ça. La teinture est partie après seulement quelques jours, mais je suis sûr qu'elle pourrait le refaire si c'est ce que vous souhaitez, dis-je en faisant un clin d'œil à Ophélia. Elle ne voulait rien d'élaboré, mais peut-être que vous et moi pourrions la convaincre d'accepter d'organiser une cérémonie digne de ce nom. Après la naissance du bébé, Ophélia et moi pourrions échanger nos vœux en votre présence. Je suis certain que nous adorerions tous les deux être debout devant l'autel entourés des personnes que nous aimons.

Je n'en avais pas parlé à Ophélia, mais ça m'était égal ; sa famille méritait ce mariage. — Tenez, regardez, je me penchai entre les sièges avant de la voiture pour montrer mon écran de portable à la mère d'Ophélia, voici certaines des photos que nous avons prises.

— Oh, c'était bien violet, s'exclama cette dernière. Tu ferais ça, Leah, envisager un vrai mariage auquel ton père et moi pourrions assister ? Elle se tordit la tête vers l'arrière pour s'adresser directement à sa fille.

— Oui, bien sûr. On pourrait le faire à la ferme. À l'enthousiasme dont était empreinte sa voix, elle ne plaisantait pas.

Nous passâmes ainsi le weekend avec ses parents. Leur attitude envers moi devint progressivement plus chaleureuse, et l'image de ces parents soutenant leur fille adorée me réchauffait le cœur. Je me surpris à penser que la prochaine fois que nous reviendrions, il me faudrait inviter Lainey et Thomas à se joindre à nous. Tout semblait si parfaitement normal ; un sentiment inédit pour moi. Je posai mon regard sur le visage radieux d'Ophélia et compris qu'elle et moi étions en train de construire cette normalité dont j'avais tant manqué. Nous avions plus d'argent que nécessaire, si bien que j'allais pouvoir continuer de soutenir le magazine que nous avions lancé et pourquoi pas financer une association à but non lucratif pour aider les survivants de trafic sexuels et autres victimes d'activités criminelles. Lorsque je soumis l'idée à Ophélia, elle était ravie.

— Je pourrais gérer l'association pendant que tu continues de rédiger tes articles. On pourrait même engager d'autres personnes et agrandir l'équipe. J'ai toujours ma liste de contacts à disposition, sans compter que ton lectorat ne cesse de s'élargir. Et… peut-être que – je n'étais pas sûr qu'elle accepterait cette dernière requête, mais je tentai toutefois ma chance – nous pourrions baser nos opérations à Paris, dans ta maison ?

J'étais si soulagé de voir la joie se répandre sur son visage.

— Vraiment ? Tu ferais ça ? Enfin, il faudrait de toute façon revenir de temps à autre pour que je puisse rendre visite à mes amies et à ma famille, mais oh mon dieu, Asher… vivre à Paris ! s'exclama-t-elle, rayonnante et pleine de vie. Et je tombai encore un peu plus amoureux d'elle.

— Ça me semble parfait.

Elle jeta ses bras autour de mon cou et me couvrit de baisers. Il m'avait fallu du temps pour trouver le bonheur, mais là serré tout contre Ophélia, j'irradiais une joie dont j'étais sûr qu'elle éclairerait la voix de notre avenir ensemble.

Épilogue

Ophélia

L'emménagement dans ma maison parisienne se fit rapidement, et bien que j'eusse insisté pour qu'Asher ajoute son nom sur le bail, il refusa. Nous n'avions aucune intention de divorcer, mais il souhaitait que je possède quelque chose qui nous tenait tous les deux à cœur. Lainey et Thomas finirent par nous rejoindre dans la Ville lumière et Asher mit son manoir washingtonien en location. Je continuai mon travail pour *Truth*, apportant les dernières finitions au cinquième numéro, jusqu'à ce qu'il me faille expulser Ansel Heath Davis du confort de mon ventre. Outre la naissance de notre magnifique fils, j'offris, trois semaines avant la première fête des pères d'Asher, un cadeau d'une valeur presque aussi inestimable que notre précieux bébé.

— Qu'est-ce que c'est que ça ? demanda Asher en prenant mon cadeau dans une main, tout en tenant Ansel de l'autre. Un livre ? Il baissa les yeux vers l'ouvrage, que je n'avais pas pris la peine d'emballer et lut le titre. *L'Épouse à durée déterminée.* Il leva le regard vers moi pour prononcer la suite. *Le récit de mon mariage à un homme remarquable*, par Ophélia Davis.

Asher était célèbre dans le monde entier pour son engagement à aider les associations dédiées à la lutte pour les droits des femmes. Il n'était plus le coureur de jupons d'autrefois, mais un dissident opérant sur toute la surface du globe pour assurer la santé, la sécurité et le bien-être d'individus marginalisés. Mes mémoires étaient un recueil d'extraits de mon journal intime attestant les qualités incroyables de l'homme qu'il était devenu.

— Joyeuse fête des pères, dis-je.

Les larmes que je voyais briller dans ses yeux étaient tous les remerciements dont j'avais besoin.

— Tu… Il secoua la tête, incapable d'articuler ses émotions.

— Je t'aime, fut tout ce que j'ajoutai avant de lui prendre notre bébé endormi des bras et de l'installer dans son berceau.

À ma grande surprise, Asher m'attrapa par derrière et me serra si fort dans ses bras que je crus un instant m'évanouir.

— Je ne te mérite pas… murmura-t-il contre mon oreille.

— Et tu ne vas plus m'avoir pour très longtemps si tu ne te détends pas un peu, Tarzan, répliquai-je avec peine.

— Désolé. Il relâcha son étreinte. Je t'aime tellement, Ophélia, aujourd'hui, demain et pour le restant de mes jours !

— J'y compte bien. Qui aurait pu deviner qu'un an allait devenir une vie entière. Je l'embrassai, célébrant le début de notre vie heureuse avec beaucoup d'enfants.

Asher

— Ok, Harper, Eliza, il est temps de rentrer chez vous. J'arrivai comme un cheveu sur la soupe, ce qu'elles n'eurent pas l'air de tellement apprécier.

Eliza et Harper étaient venues nous rendre visite depuis les États-Unis et avaient toutes deux décidé de louer pour l'été un appartement un peu plus bas dans la rue où se trouvait la maison d'Ophélia. Ça ne me dérangeait aucunement et Ophélia était bien sûr aux anges ; le problème était qu'elles ne quittaient jamais la maison.

— Oh c'est vrai ? Quelle heure est-il ? Ophélia avait l'air tout à coup paniqué.

— Ah, maintenant tu te souviens, dis-je sur un ton faussement accusateur. La baby-sitter est en bas et la séance de dédicace pour la promotion de ton livre commence à quinze heures, donc on se bouge. Je n'ai aucune envie de devoir traîner ma femme enceinte à travers les rues de Paris juste parce que tu es en retard pour ta séance de signatures au Louvre. Tu sais à quel point la circulation est compliquée ici !

— Oui, c'est vrai, c'est abominable. On se voit plus tard, les filles ; on pourrait peut-être se retrouver pour une tisane au café du coin demain matin. Je suis sûre qu'Ansel adorerait y boire un chocolat chaud avec un petit croissant.

Ne pas lever les yeux au ciel à cet instant me demanda beaucoup d'efforts. Nous ne laissions Ansel manger des aliments riches en sucre que très rarement. Il était comme moi, un petit gars plein d'énergie, même à son très jeune âge.

— Bon. Je pris Ansel dans mes bras et lui donna un baiser sur la joue. Dis aurevoir à maman. Lainey et Marie t'attendent au rez-de-chaussée avec ton déjeuner et ensuite, au dodo pour une sieste, monsieur !

— Oui, papa. Mon dieu, je fondais à chaque fois.

J'aimais tellement cet enfant. Ophélia avait raison ; le sentiment d'avoir une famille à soi était incomparable. Nous étions certes très occupés et les colères d'Ansel n'étaient pas de tout repos ; il avait très certainement hérité du mordant d'Ophélia, mais il était parfait. Nous étions si chanceux de l'avoir et j'étais de plus en plus impatient de rencontrer notre fille à mesure que les mois passaient. La perspective d'après-midis remplis de robes de princesses et de dinettes me réjouissait sincèrement. Je comptais la gâter autant que j'avais gâté sa mère, bien que, si elle ressemblait à Ophélia autant qu'Ansel me ressemblait, elle finirait par refuser chacun de mes cadeaux. Je n'en avais, cela dit, pas grand-chose à faire ; je couvrirais ma famille de tout l'amour dont je disposais.

Devenir parents ne nous ralentit aucunement, Ophélia et moi, et notre amour l'un pour l'autre ne fit que grandir avec le temps. Il allait bien au-delà de notre appréciation physique réciproque. Nous étions des âmes sœurs. Mon cœur se gonflait tous les matins à la vue d'Ophélia se réveillant auprès de moi ou lorsque les hurlements perçants de notre bébé nous tiraient de notre sommeil. J'étais comblé tous les soirs lorsque je m'endormais dans ses bras… ou que nous tombions tous les deux de fatigue sur le canapé après des heures passées à essayer de coucher Ansel. Ma seule véritable certitude était que j'aimais Ophélia et notre famille grandissante du plus profond de mon cœur. Je n'aurais jamais imaginé pouvoir un jour ressentir un tel sentiment de bonheur, et j'étais pourtant désormais l'homme le plus heureux au monde.

FIN

Cher·e·s lecteur·rice·s,

Un grand merci d'avoir lu mon livre! Si vous avez passé un agréable moment et que vous souhaitez me rendre un petit service, n'hésitez pas à me laisser un commentaire sur Amazon. En tant qu'autrice auto-éditée, je ne dispose pas des ressources des grandes maisons d'édition.

Encore merci

À propos de Mia

Salut, moi c'est Mia!

Je voue une passion sans nom aux histoires d'amour, que j'aime mettre en mots pour votre divertissement. Depuis ma plus tendre enfance, j'ai su qu'écrire était ma vocation, et je n'arrive toujours pas à croire que c'est aujourd'hui mon métier!

Si vous souhaitez me contacter, vous pouvez me joindre à cette adresse:

miafayebooks@gmail.com

Je suis impatiente de lire vos commentaires!

Avec mes amitiés,

Mia